COLLECTION FOLIO

Éric Fottorino

Je pars demain

Gallimard

Licencié en droit et diplômé en sciences politiques, Éric Fottorino est ancien directeur du journal *Le Monde*. Il a publié son premier roman *Rochelle* en 1991. *Un territoire fragile* (Stock) a reçu le prix Europe 1 et le prix des Bibliothécaires. Il est également l'auteur de *Caresse de rouge*, paru aux Éditions Gallimard, couronné par le prix François-Mauriac 2004. *Korsakov*, son septième roman, a été récompensé par le prix Roman France Télévisions 2004, et par le prix des Libraires 2005. Il a reçu le prix Femina pour *Baisers de cinéma* (Gallimard) et le Grand Prix des Lectrices de *Elle* pour *L'homme qui m'aimait tout bas*.

Aux lecteurs qui souhaiteraient, après la lecture de ce titre, suivre la route d'Éric Fottorino et découvrir les textes consacrés à la course du Midi Libre parus à l'origine dans *Le Monde*, nous recommandons *Petit éloge de la bicyclette*, disponible en Folio 2 €.

Pour Michel Fottorino, mon père.

Pour mes jeunes cyclistes,
Constance toujours en avance
et Zoé qui veut la rattraper…

Dix ans après...

Dix ans déjà ont passé, ont filé même, comme un peloton lancé à vive allure, depuis que j'ai accompli ce rêve un peu fou : disputer un grand prix cycliste à travers les Cévennes et le Languedoc, participer à ce « jeu des mille bornes » que constituait l'épreuve du Midi Libre réservée aux coureurs professionnels. Que de plaies et de bosses, je veux dire que de sommets réputés inaccessibles ! La Croix Neuve de Mende ou le mont Saint-Clair à Sète, et tous ces « talus » aux noms inconnus mais qui vous arrachent grimaces et morceaux entiers de cœur palpitant...

Il a fallu en avaler, des kilomètres en solitaire, livré aux intempéries, et ne trouvant d'autre compagnie que mon for intérieur, pas toujours fréquentable les jours de mal aux jambes ou de dos en capilotade. Mais les côtes furent vaincues, les doutes repoussés, et la mémoire retrouvée chemin faisant, reprenant les routes de mon adolescence, ressuscitant les gestes d'autrefois comme si jamais je n'avais vieilli, comme si le temps était une roue, un éternel recommencement, une aventure circulaire.

Une décennie plus tard, cette magnifique course du Midi Libre n'existe plus. Le cyclisme est un monde qui ne tourne plus très rond, chahuté par les affaires de dopage qui ne cessent d'entacher la légende des cycles et la réputation des champions. Si les spectateurs se pressent toujours nombreux le long des routes bosselées du Paris-Roubaix ou pentues des grandes étapes alpestres et pyrénéennes du Tour de France, une certaine magie a disparu. Celle qui survit dans les rêves d'enfance et dans les vieux exemplaires de *Miroir du cyclisme*.

Pour autant, qu'on soit champion ou non, il s'agit de se dépasser, d'aller plus loin que soi. L'exercice est possible pour le cycliste, quoique délicat, en certaines fins d'après-midi, lorsque les ombres s'allongent et qu'elles vous doublent, pointues et pressées, sans autre forme de politesse. Disons qu'avec ce *Je pars demain*, je me suis rattrapé. Mais rassurez-vous, je cours toujours. Pour longtemps. Pour passer le temps. Pédaler pour arrondir les angles de l'existence, c'est une activité que je conseille. Elle permet de (re)partir dans la vie d'un bon pied. Tête baissée mais tête haute, tête en l'air, tête joyeuse. Le vélo est une fête qui dure toute la vie. Comme la lecture. Comme l'écriture.

À présent, en route !

24 décembre

Noël. Constance, ma petite fille au regard grave, a deux ans et demi. Aujourd'hui au Jardin des Plantes, pour la première fois de sa vie, elle a donné quelques coups de pédale sur son vélo tout neuf. Je n'ai pas résisté à le lui offrir avant l'arrivée officielle du Père Noël. Un adorable vélo rouge qui ressemble à l'enfance comme les ballons rouges, sans marque ni slogan publicitaire. Je l'ai déniché derrière la rue Mouffetard, il semblait nous attendre là. Le marchand est un Tunisien de Gafsa, une ville du Sud dont mon grand-père fut autrefois le maire, dans les années d'après-guerre ! « Un vélo artisanal », m'a assuré son épouse, une solide Néerlandaise. « Le fabricant est à Montreuil. » Je l'ai pris sans hésiter. Une selle Royal, de petits pneus ventrus, une ravissante pompe blanche crochetée le long du cadre, un porte-bagages de métal, les deux roues stabilisatrices et le bourdonnement de la roue libre. Le vélo devrait toujours rester ce gentil mystère du premier âge, un objet d'équilibre et de détente, de souplesse, d'harmonie. Il y a un petit écusson sur l'arrière du garde-boue, en bas : Gepetto, c'est l'enseigne du magasin. J'y vois aussitôt l'allusion à Pinocchio, au nez qui s'allonge de mensonge en mensonge. C'est vrai que, ces temps-ci, vélo et vérité...

À cinq heures du soir, en tennis et survêtement, j'ai repris seul la direction du Jardin des Plantes. Une demi-heure de course à pied avant le coup de sifflet péremptoire des gardiens pressés de fermer les grilles. C'est vrai, c'est Noël. Je trottine le long des grandes allées de tilleuls pareils à des candélabres éteints, un manège d'enfants tourne encore. La nuit s'immisce. Cette fois, je dois me rendre à l'évidence. L'idée folle que j'ai eue il y a tout juste une semaine est en train de prendre tournure. Participer à une course cycliste de mille kilomètres à travers les montagnes du Midi, après tout ce que j'ai lu et appris du cyclisme professionnel. À quarante ans... Je pense aux mousquetaires dans *Vingt Ans après*, Aramis encore plus gris, Porthos le souffle plus court, Athos perclus et d'Artagnan plein de la mélancolie de n'être plus ce qu'il a été. Je n'ai même pas un vélo de course, je ne suis pas préparé physiquement et déjà tout se met en place pour que je participe à cette épreuve.

Hier matin, j'ai appelé Hein Verbruggen sur son téléphone portable. Verbruggen, c'est le patron de l'Union cycliste internationale. Il était sur une piste de ski et m'a demandé de le rappeler mardi prochain. Je n'ai pas évoqué notre projet. Rien ne sera possible sans l'accord de l'UCI. Je guette chaque information sur le parcours, les difficultés, le kilométrage. Dans ma tête, j'y suis déjà.

Mais, pour l'instant, je souffre un peu sur le bitume du Jardin des Plantes. Dans l'après-midi, j'ai lu la moitié du livre de Christophe Bassons, *Positif*, écrit en collaboration avec Benoît Hopquin. Un livre extraordinaire de vérité, qui montre bien l'impuissance face à l'emprise du milieu où le dopage est une manière d'appartenir à la famille autant qu'une triche délibérée pour échapper aux lois de la gravité. On souffre avec Bassons quand il ne peut plus suivre une meute gorgée d'EPO et de cocktails explosifs. On le comprend d'avoir tant de fois essayé de fuir ces bacchanales chimiques. En lisant ces pages de paria, en découvrant ses larmes versées quand l'effort était trop dur, je me suis pris à trembler pour ma pauvre carcasse de jeune « quadra ». Bassons dit que ses capacités physiques sont comparables à celles de Bernard Hinault. Comme il l'écrit un rien désabusé, le Breton était surnommé « le Blaireau », en raison de sa hargne. Lui aussi se voit en blaireau, mais le mot a changé de sens. Dans ce milieu où la « charge » est la règle, il fait figure d'idiot. Une des rares fois où, vidé de la tête aux pieds, il a accepté une injection de caféine — dans le peloton, les gars appellent ça une « récupération » —, son soigneur a raté la

15

veine. Un hématome est apparu. C'était l'été, il a dû courir avec des manches longues et la honte au front. Décidément, Bassons n'a pas la veine du dopage. Mais ce chagrin à cœur fendre qu'il promène page après page, préférant courir en Grande-Bretagne pour pouvoir rester silencieux parmi des coureurs dont il ne comprend pas la langue...

J'ai une pensée pour Bassons, et même plus d'une, pendant que je termine mon footing au Jardin des Plantes. Ce matin, comme Constance donnait les premiers coups de pédale de sa courte vie, de petits coups prudents, le pied revenant en arrière, comme un chat lape un bol de lait, je me suis surpris à détacher ma montre pour calculer mon rythme cardiaque. Je n'avais plus accompli ces gestes depuis vingt bonnes années. J'ai compté soixante-deux coups à la minute, deux doigts pincés contre la carotide, sous le regard interrogateur de ma petite. C'est trop. Il faudra ramener ce cœur aux environs de cinquante-deux, comme avant. Folie !

Quand les grilles ont fermé — je me suis fait houspiller par un gardien qui m'a indiqué une dernière sortie du côté de la guérite —, j'ai voulu courir encore un peu dans les rues de mon quartier. S'ils avaient su, ces gens insouciants occupés aux derniers préparatifs du réveillon, ce qui m'animait à cet instant... J'ai grimpé la côte des arènes puis je suis descendu en direction de la mosquée. La nuit tombait. Des fidèles sortaient par petits groupes, l'un portait dans sa main un

16

plat en terre cuite où brillait sous l'éclat d'un lampadaire l'or d'une semoule de couscous. Cela m'a fait envie. Toutes sortes de choses traversent l'esprit quand on produit un effort physique. Là, j'ai pensé que je devrai suivre des règles de diététique, et renoncer aux éclairs au café, comme celui que j'ai avalé il y a une heure et qui se rappelle aigrement à mon estomac. Je me dis que je devrai réapprendre à m'alimenter pendant ces longues heures de selle qui m'attendent, pour éviter les jambes de coton et les sueurs froides qui signalent le coup de fringale. Pas de dopage, d'accord, mais au moins des fruits secs, des barres de céréales, du chocolat, monsieur le bourreau... Aux coureurs affamés, le fondateur du Tour, Henri Desgrange, recommandait sans rire de manger du charbon.

J'ai regagné mon immeuble. Avant de rentrer, je suis resté un instant dans la courette pour reprendre mon souffle. Assouplissements, abdominaux, moulinets des bras et rotation des épaules, gestes dérisoires devant les exigences de l'épreuve future. Je me demande : sont-ils encore à l'EPO, les pros que je côtoierai au Midi Libre ? Dans le carré de ciel qui se découpe au-dessus de ma tête, un sourire de lune. Je pense à Pasteur dans sa soupente cherchant le vaccin contre la rage. Pourquoi faut-il que les images « spontanées » de ma cervelle me montrent une aiguille ? Je prends de nouvelles résolutions à chaque minute. Finis, les ascenseurs. Je monterai les étages marche par marche. Je me surprends dans l'escalier de l'immeuble à grimper sur la pointe des pieds en rehaussant les talons, comme Paul Meurisse dans *Le Monocle rit jaune*, quand il flingue en rafale avant de souffler dans l'âme fumante de son pétard, les pieds montés sur ressort.

C'est Noël. Qui m'aurait dit que l'année 2000 s'achèverait pour moi avec cet incroyable projet. Tout a été si vite. La semaine dernière, le directeur de la communication du *Monde*, Gérard Morax, est venu dans mon bureau. Il a su que j'avais couru à vélo, dans le temps. Il croit que j'ai été un champion. Je lui avoue ma passion de jeunesse mais tempère son enthousiasme : je n'étais pas un crack, loin s'en faut. J'avais le virus, je n'ose pas dire que tout petit j'ai été vacciné avec un rayon de bicyclette, on pourrait y voir malice. J'ai gagné une vingtaine d'épreuves sur route et sur piste, décroché deux titres de champion universitaire, remporté quelques belles courses dans les côtes de Vendée, des Deux-Sèvres et de Charente. J'aimais bien cet effort long et violent à la fois, cette sensation de la nature toute proche, le défilé des paysages dans le cliquetis des dérailleurs et le frôlement des roues, ce petit peuple des campagnes et des usines, du port maritime de La Pallice (je vivais à La Rochelle), qui se rendait à la course comme on va à la messe, pour communier, encourager les coureurs aux gambettes de majorettes, rasées de frais, huilées, chauffées au Musclor — il y avait le 1 et le 2, je crois que le premier était moins fort... La course, c'était un jeu, et je suis joueur.

Morax est chargé d'étudier l'image de la course du Midi Libre. Première réflexion : qu'est-ce que *Le Monde* vient faire dans cette « galère », un sport à l'image désastreuse, contaminé par les affaires de dopage ? Nous qui, dans un éditorial, avons titré « Ce Tour doit s'arrêter » (à propos de la Grande Boucle 1998), nous nous retrouvons, par le biais des prises de participation dans le grand quotidien *Midi Libre*, propriétaires d'une épreuve clé du calendrier professionnel, une compétition que gagnèrent les plus grands champions, de Merckx à Hinault, de Géminiani à Indurain, une course test où les équipes se mettent sur orbite en vue du Tour de France. Gérard Morax est dubitatif et se sent un peu seul. L'impact du Grand Prix du Midi Libre sur les ventes du journal éponyme est, selon de récentes études, quasi nul. À première vue, aucune raison de persister, sauf à vouloir tenir une parole, celle d'aller voir, de se rendre compte sur pièces, de favoriser la rentabilité de l'opération (l'épreuve est déficitaire par-dessus le marché).

Morax est un homme chaleureux et enthousiaste. Il est venu à bout d'une terrible maladie et le sport, dit-il, l'a sauvé. Pas n'importe quel sport : le vélo. En Normandie, il roule tous les dimanches ou presque, cinquante kilomètres, je l'imagine grimaçant tête baissée dans le vent, tenace et heureux d'être là sur son vélo, souffrant mais vivant. On a parlé ensemble de cet amour de fous, on s'est vite compris. Il fallait de la complicité pour se jeter dans une telle aventure. Quand il est venu me voir, il voulait juste me consulter sur un projet de charte éthique. Il se demandait si le romancier que je suis pourrait aussi relayer le journaliste et tenter de redonner au Midi Libre un peu de lustre en chantant sa légende plume à la main, au printemps.

Je n'ai rien répondu sur le moment. J'ai seulement retrouvé d'anciennes coupures de presse qui relataient ma brève carrière de « futurino », comme m'appelaient mes copains. Je lui ai dit qu'on en reparlerait le lendemain. Toute la soirée, et tard dans la nuit, j'ai feuilleté les carnets de course que je tenais avec un soin méticuleux (mieux que mes cahiers d'école, ronchonnait ma mère), notant chaque détail, les circuits d'entraînement, le rythme de mon pouls au réveil, le nom de mes adversaires d'alors, sous une rubrique « à surveiller », puis les comptes rendus de « compète », sans complaisance quand je courais comme un pied, signalant aussi les crevaisons, les primes gagnées — y compris un rôti de porc à Aytré, une course de cadets datant de 1975. Chemin faisant sur ce parcours d'adolescent, les preuves de la passion sont revenues comme autant d'évidences. Bien sûr, j'avais rêvé de gloire cycliste, de maillot jaune, je me voyais déjà, etc., les posters de Merckx et de Coppi punaisés dans ma chambre de La Rochelle. Je ne savais pas encore le dopage, les mafias, les intimidations des gros bras qui écument les critériums de Clochemerle après injection de « je-ne-sais-quoi », parfois infectés et menés en bande à l'hôpital car piqués avec la même « fléchette » passée de main en main, derrière les bagnoles, sur un air de guinguette, pendant que je m'échauffais dans la campagne en espérant passer la ligne blanche en tête.

Le lendemain, j'ai dit à Gérard Morax : la charte éthique, c'est pas mal. Jouer les Blondin ou les Fallet sur le Midi Libre, c'est bien aussi. (En moi-même, je trouvais assez dur de rivaliser avec l'Antoine question calembours de génie du genre « le col tue » ou « la défaillance de Limoges » ; quant à René Fallet, sa phrase : « Ceux qui ont fait du vélo savent que dans la vie rien n'est jamais plat », cette phrase, donc, me paraissait inégalable. Dans ma musette, je n'avais qu'un mince aphorisme : la caravane publicitaire est un signe avant-coureur.)

« Que dirais-tu, ai-je lancé à Morax, si je participais à l'épreuve du Midi Libre. Je me prépare comme un pro, je cours, et chaque soir je raconte "ma" course. Pas question de raconter "la" course, je ne la verrai pas. Je "passerai par la fenêtre" au mieux au bout de cinquante ou cent bornes. Mais je pourrai donner l'image d'une autre manière d'aimer le vélo, la performance, le dépassement de soi. On défendra les valeurs du *Monde*. Mieux, mon maillot immaculé sera une idée, l'indépendance, le refus de

l'intimidation. » Il y a quelque chose de verti-
gineux à porter une idée plus grande que soi.
Je garderai toujours en mémoire l'éclat dans le
regard de Gérard, ses yeux joyeux, comme
quelqu'un à qui on vient de faire une incroyable
surprise et qui la découvre avec une gourman-
dise d'enfant. Tout de suite il a dit « oui ». Merci,
Gérard. Je m'en souviendrai quand je serai
planté dans les rampes à vingt pour cent du
mont Saint-Clair, si j'arrive jusque-là, fin mai,
dans la dernière étape du Midi Libre, celle qui
mène à Sète, où je supplie qu'on ne m'enterre
pas.

Très vite nous n'avons plus vécu, respiré,
pensé que pour cette idée. Il fallait aller vite. J'ai
exposé le projet à notre directeur, Jean-Marie
Colombani. Une idée formidable, a reconnu
Jean-Marie, le front barré par l'inquiétude. « Mais
ta santé ? Tu as quarante ans, pas vingt-huit ou
même trente. » Je l'ai rassuré comme je pouvais,
me mentant peut-être aussi en affirmant que je
tiendrais la distance. Entre-temps, j'avais écrit
un bref texte « Un coureur libre au Midi Libre »
qui avait emporté l'adhésion de Noël-Jean Bergeroux, l'homme du *Monde* dans le quotidien
de Montpellier. C'était un allié de plus dans
cette longue course par étapes qui commençait
par une épreuve de persuasion. Il n'était pas
encore temps de pédaler — je ne parle pas de
vaincre —, mais de convaincre.

Dans une première réaction bien compréhen-
sible, le directeur de la rédaction, Edwy Plenel,

m'a franchement signifié son hostilité. Il m'a écouté avec un sourire figé, puis la même barre de souci que celle de Jean-Marie a creusé son front. Je suis rédacteur en chef au *Monde*, il m'a nommé là pour l'épauler sur les enquêtes, ce n'est pas pour me laisser filer six mois... Je n'ai pas insisté, le moment n'était pas propice. Je suis revenu à la charge le lendemain, sur un mode plus concret. Pas question de quitter le journal : j'assumerais pleinement mes fonctions, je préparerais les enquêtes, je traiterais comme d'habitude avec les membres de la rédaction et les signatures extérieures au moins jusqu'au début du printemps. J'aménagerais seulement mes horaires pour rouler un peu chaque jour. Je m'absenterais une journée par semaine, que je compenserais le soir et le samedi. Ce discours rassura Edwy, qui me laissa partir avec un large sourire, convaincu sans doute de ma folie douce, sachant aussi qu'on ne peut pas grand-chose face aux passions.

Le 20 décembre, la direction du *Monde* adhérait pleinement au projet. Celle du *Midi Libre*, aussitôt mise dans la confidence, était de tout cœur à mes côtés. Gérard n'avait pas perdu de temps. Il s'était mis en rapport avec Christian Kalb, chargé de communication de la Française des Jeux, une équipe de pros dirigée par le double vainqueur de Paris-Roubaix Marc Madiot. Christian Kalb a aussitôt trouvé l'initiative séduisante et s'est dit prêt à favoriser sa mise en œuvre en me fournissant matériel et suivis médical et sportif. D'emblée, la relation s'est établie clairement : nous ne pouvions accepter d'être « sponsorisés » par une équipe de professionnels, même réputée pour son refus affiché du dopage. Mais j'avais perdu le fil du peloton depuis vingt ans. Je le renouerais avec des coureurs propres et accueillants.

Dans Française des Jeux, il y a « jeux ». C'est dans cet esprit que je vais me préparer. Marc Madiot, au téléphone, m'a convié à un stage à Hyères pour le début janvier. Quand on s'est parlé, ses gars venaient déjà de parcourir cent quatre-vingt-dix bornes à La Baule, un stage qualifié pourtant d'« administratif ». En entendant « Hyères », j'ai pensé à l'histoire de Jacques Demy, qui avait voulu tourner ses *Demoiselles* à Hyères, pour le plaisir de ce titre : *Les Demoiselles d'Hyères*. La ville ne lui avait pas plu, il était allé en repérage à Rochefort, ma région. À l'idée d'aller à Hyères faire du vélo, j'ai l'impression de boucler une drôle de boucle, car je suis né non loin de là, à Nice, où je n'ai pas vécu, et sous une autre identité, mais c'est une autre histoire. Premier conseil de Madiot : « Roule ! »

Fabrice Vanoli, le logisticien de la Française des Jeux, m'a appelé sur mon portable le 22 décembre : j'aurai un équipement complet à ma disposition dès les premiers jours de janvier. Il m'a demandé mes cotes, taille, poids. Je pourrai passer dans leur magasin près de Roissy. C'est Noël. Moi aussi, je vais avoir un vélo, comme ma petite fille. Le plus beau vélo de ma vie, sûrement.

25 décembre

Trop dans la tête et pas assez dans les jambes. Footing à neuf heures du matin dans le Jardin des Plantes quasi désert, sous l'œil de quelques gros corbeaux hitchcockiens et d'une famille de Japonais qui se photographient les uns les autres. Des muscles se réveillent, dont j'avais oublié l'existence, dans les reins, le long du dos, des chevilles, à l'articulation des genoux. Je me demande si j'ai encore le « muscle du coureur », ce renflement poplité qui descend de la cuisse comme un serpent et surplombe la rotule. Bizarre, mon idée de serpent, une crainte inconsciente d'être piqué. Je cours à pied, mais dans mon esprit je suis déjà à bicyclette. Je gravis la colline du Labyrinthe derrière la serre tropicale, redescends autour de l'enclos aux kangourous prostrés comme des statues. Puis je repars entre le jardin des Iris et la ménagerie, contourne une étrange pyramide de sable posée entre deux allées, un grand tamis transparent qui donne naissance à d'autres petites pyramides, comme du temps perdu et sans cesse recommencé. Plus loin, j'entends la rumeur des trains quittant Austerlitz en ce lundi de Noël. Une phrase de Blondin me revient, ce doit être dans *L'Humeur vagabonde* : « Un jour, nous prendrons des trains qui partent. » Je songe au train d'enfer imposé par les professionnels dans les épreuves comme le Midi Libre. Cette question me traverse : pourrai-je m'accrocher aux roues des plus faibles en montagne ? Si seulement je pouvais suivre un « gruppetto », ces petits paquets de sprinters que les cols font dégringoler à l'arrière, qui roulent de concert à un rythme régulier afin d'arriver dans les délais à bon port. Je gamberge : eux aussi m'auront largué. J'ai encore à l'esprit les pages du livre de Christophe Bassons, sa surprise et son écœurement de gamin trompé quand, sur son poste de télévision, il suit Lance Armstrong et le voit se jouer des difficultés là où lui a donné sang et eau. Bassons, il ne fallait pas le secouer : il était plein de larmes (copyright Henri Calet). Ce jeune type talentueux de vingt-six ans se faisait larguer comme qui rigole faute d'avoir succombé aux délices et poisons du dopage. Que puis-je espérer d'autre que de finir le parcours, sans doute « lessivé » ? Il ne faut pas croire au Père Noël, même un 25 décembre.

Gérard Morax m'a prêté la cassette d'un documentaire de Canal + consacré au dopage sur le Tour de France, *Citoyen K*, mené par Arno Klarsfeld. Des séquences et des propos me reviennent pendant que je continue à courir dans ce jardin désert sous un ciel tout gris. Un soigneur affirme que les coureurs ne souffrent plus sur un vélo. Depuis le début des années quatre-vingt-dix, le dopage les a propulsés dans un monde irréel. On peut gravir un col bouche fermée comme si la route était plate (Fallet aurait-il écrit sa profonde maxime s'il avait vécu au temps de l'EPO ?). Bassons parle des passe-murailles. Le vélo est en état de lévitation. Un autre témoin compare ce « tour de passe-passe » à un tour de magie. C'est formidable tant qu'on ne connaît pas le truc. Ces champions hyperaffûtés, piqués pour récupérer, piqués pour se durcir, piqués pour n'avoir plus que les muscles sur les os — y compris le fameux « poplité » aux allures de serpent —, ces champions ne font rêver que si on oublie le « truc ». Mais qui peut oublier ?

Comme hier, pendant que la douleur gagne mon corps — et cela fait pourtant à peine vingt minutes que je trottine —, des pensées surgissent et s'effilochent. Il faudra que je retrouve mes écrits sur le fonctionnement du cerveau, une enquête que j'avais écrite pour *Le Monde* en 1997. Je me souviens de travaux passionnants prouvant qu'on peut améliorer ses performances physiques par la seule force de la pensée, en répétant mentalement certains gestes, franchir les haies d'un cent dix mètres, enchaîner les revers de tennis, pédaler en souplesse... Je ne vais pas seulement me remettre au vélo. Je vais en rêver. Voilà le genre d'idées qui m'assaillent en même temps que les douleurs musculaires. Le cerveau sécrète la pensée comme un fruit cuit de la confiture.

Pourquoi ne me suis-je jamais dopé, gamin, quand j'accrochais un dossard dans mon dos

pour la gagne ? Étais-je si honnête, si vertueux ?
Ni plus ni moins que les autres. Mais j'étais
trop trouillard pour m'injecter une saloperie.
J'essaie de me souvenir. Une course chez les
cadets. On avait tous le même braquet. Un
jeune dominait la meute de la tête et des épaules, Francis Castaing. Tous les dimanches, il
gagnait. C'était devenu un rituel, le lundi matin,
je cherchais son nom à la page des résultats
sportifs, et immanquablement il s'inscrivait en
gras, ici, là, partout : premier, Castaing. Un
jour, j'ai couru contre lui. C'était donc ce gars,
l'épouvantail ? Il ne payait pas de mine. Il n'était
ni très grand ni très costaud. Seuls impression-
naient ce regard sombre, ce visage fermé, cette
absence de sourire, les signes d'une innocence
perdue prématurément. Pour lui, tout cela n'était
pas un jeu, ou alors un jeu dangereux. Je me
suis accroché à sa roue le plus longtemps que
j'ai pu, mais soudain, dans une courbe, il s'est
détaché, j'ai perdu un mètre, puis deux, je ne
l'ai plus revu avant l'arrivée. Des années plus
tard, il est devenu professionnel. Un bon sprinter qui n'est pourtant jamais sorti du lot. Moi,
j'attendais qu'il « casse la baraque ». Jusqu'au
moment où il a reconnu avec une courageuse
franchise qu'il s'était dopé pendant longtemps.
Depuis toujours ? Ses victoires dominicales,
miraculeuses, n'étaient que de la poudre aux
yeux. Même si les vieux briscards baragouinaient
qu'on ne ferait jamais gagner l'Arc de Triomphe
à un tocard. Histoire de dire que le dopage

n'inventait pas un crack de toutes pièces. Certes, mais, sans « je-ne-sais-quoi », était-il beaucoup plus fort que moi, ce Castaing ?

D'autres souvenirs affluent. Une fin d'échappée dans une course de côtes. Nous sommes deux en tête depuis près de soixante-dix kilomètres. Je sens les crampes m'élancer sous les cuisses comme des coups d'aiguille. Mon compagnon de fugue, un bon copain, me propose une petite bille rouge qu'il a sortie de sa poche dorsale, je l'ai prise pour ne pas faire d'histoires, mais je l'ai jetée aussitôt. J'ai dû lâcher prise à trois petits kilomètres de l'arrivée. Lui a tenu un peu plus, mais ce qui restait du peloton l'a repris dans la dernière montée, un casse-pattes. Je n'ai jamais osé lui demander ce que c'était, sa bille rouge. Souvenirs olfactifs, odeurs de camphre mêlées au parfum des embrocations, effluves de Synthol, masques bizarres de jeunes coursiers écumants, leurs yeux de chats sauvages, la bave séchée autour de la bouche comme les stigmates d'une lutte à mort.

On m'attend au journal. Je termine en allongeant la foulée dans la colline avant de plonger vers la sortie. J'observe le conciliabule muet des kangourous sur l'herbe rase de décembre. Un vers d'Aragon m'arrive sans crier gare : « *Croire en hiver à son printemps.* »

Membres courbaturés, muscles de verre, drôles de sensations. J'ai décidé de « faire le métier » : veiller à me coucher tôt pour récupérer, manger léger le soir. Faire le métier : Bassons raconte que, chez les pros, aujourd'hui, l'expression signifie « se doper ». Quand j'étais cadet, cela voulait seulement dire : s'imposer une discipline spartiate pour aller au bout de ses rêves.

Sur mon lit, un maillot blanc avec en lettres rouges précédées d'une voile jaune l'inscription « Midi Libre » et, au dos, une représentation en couleurs vives des hauts lieux de la région, les arènes de Nîmes, le pic Saint-Loup, Palavas, Agde et Port-la-Nouvelle, et bien sûr Béziers, Narbonne, le bleu de la Méditerranée. On dirait une chanson de Trenet illustrée par le Facteur Cheval. Je ne peux détacher mon regard de cette image naïve. Un cadeau de Gérard Morax, qu'il a rapporté d'une réunion avec les responsables du *Midi Libre*. J'y vois un encouragement à distance, une façon de me dire « on vous attend ». Gérard m'a aussi laissé deux cartes Michelin, la 235 (Midi-Pyrénées) et la 240 (Languedoc-Roussillon). Je les ai dépliées en accordéon, petit frisson d'aventure. Il m'a également donné un projet d'itinéraire de l'épreuve, sans les kilométrages. Je sais juste que le parcours total avoisinera mille kilomètres. Un jeu des mille bornes. Départ à Gruissan, en bord de mer. Puis Saint-Cyprien, Pézenas, un contre-la-montre dans les rues de Montpellier, un départ au pont du Gard, puis Laissac, Rignac, Mende. Et enfin Florac, Sète.

Demain, Hein Verbruggen me dira si le rêve peut continuer.

Mon cœur bat un peu avant d'appeler Hein Verbruggen au numéro qu'il m'a laissé. Il répond directement. Je lui expose le projet en lui rappelant que *Le Monde* est devenu l'actionnaire de référence du quotidien régional *Midi Libre*. Il m'écoute avec attention. J'insiste : ce projet est encore confidentiel, ni la Fédération française de cyclisme ni le ministère de la Jeunesse et des Sports n'ont été prévenus. Il est le premier, je l'ai voulu ainsi. Il est sensible à la démarche.

« Notre initiative doit vous surprendre…

— C'est vrai, je suis un peu surpris, mais (bref silence), mais tout ce qui peut contribuer à redorer l'image du cyclisme, en ce moment… »

Je sens que l'affaire est jouable. Je lui propose un rendez-vous à Genève, Gérard Morax viendra avec moi. Verbruggen accepte de nous recevoir le 8 janvier. Nous aurons trois heures pour nous expliquer.

« Si tout cela me paraît valable, je préviendrai les instances dès le 11 afin d'engager une démarche officielle », me dit-il.

Avant de raccrocher, sentant la porte ouverte, je lui demande si je peux commencer à m'entraîner. Il répond oui. Nous venons de franchir une nouvelle étape.

La perspective de remonter sur un vélo devient de plus en plus concrète. Un rêve de gamin, courir avec les pros. Gérard Morax, à qui je rends compte du coup de fil, est en état d'apesanteur. Moi qui mesure les efforts à fournir — deux cents kilomètres par jour le nez dans le guidon —, je suis vite repris par la loi de la gravité.

Pas une minute pour aller courir. On parle d'un possible accord entre Israéliens et Palestiniens. Je dois préparer un ensemble sur le sommet de Camp David de juillet qui se solda par un échec malgré les efforts de Clinton. Une enquête de Sylvain Cypel qui nous tiendra en haleine pendant quarante-huit heures. J'attrape au vol une information sur le Vendée Globe, course en solitaire sans escale ni assistance technique. On devrait redorer la légende des courses cyclistes. Pourquoi ne pas supprimer les voitures suiveuses et tout ce tralala derrière, laisser les coureurs livrés à eux-mêmes, se débrouiller seuls quand ils crèvent, comme aux temps héroïques du Tour de France, quand Eugène Christophe réparait sa fourche cassée chez un forgeron au pied du Tourmalet. On va dire que je lis trop... Je ne penserai sans doute plus cela dans cinq mois, si je suis victime d'un ennui mécanique qui augmente mon retard...

Constance a les joues toutes rouges. Est-ce le cadre de son vélo qui a déteint ? Non, une petite maladie d'enfant appelée virose (et non vie en rose). Tout compte fait, le vélo aussi est une maladie d'enfant, dont je ne suis pas encore guéri.

27 décembre

Je me promène au réveil avec le maillot du Midi Libre sur le dos. Le paysage naïf du Languedoc finira par s'inscrire en filigrane sur ma peau.

Je me souviens que le parcours du Midi Libre passe certaines années par le col de Perjuret, qui fut jadis fatal à Roger Rivière. Il descendait à tombeau ouvert et rata un virage. On le retrouva cassé en deux, la colonne brisée. Il ne devait plus jamais marcher. À l'époque, on parla de dopage. Des anciens racontaient qu'il n'y avait aucune trace de patin sur sa jante, comme s'il n'avait pas freiné.

J'ai pu préparer les pages sur l'échec de Camp David pendant la matinée. Un dialogue vif entre Clinton et Arafat retient mon attention. Le président américain reproche au chef palestinien son refus de la moindre concession. Arafat répond : « Les Égyptiens ont bataillé sur un kilomètre de désert pour faire la paix avec Israël, et vous voulez que je renonce à Jérusalem ! » Tout est minuté. Déjeuner rapide à la cafétéria à onze heures trente. Réunion de rédaction à midi où je présente les pages Proche-Orient. À treize heures, je suis en survêtement dans le Jardin des Plantes. Je n'aime pas courir à pied. Si j'avais un vélo... Patience. J'ai pris un abricot sec avant de m'élancer sous une petite pluie froide. J'entrerais bien dans la serre tropicale où j'aperçois les immenses feuilles des bananiers. De l'autre côté, cactus et agaves dans un décor aride. Un air de désert mexicain qui, par vagabondage de la pensée, me donne une image d'Eddy Merckx du temps où il battait son record de l'heure sur la piste de Mexico. Un effort immense, intense, jusqu'au bout de ses forces. « Si quelqu'un bat ce record, je n'essaierai pas de le reprendre », avait averti le champion belge. On n'était pas au temps de l'EPO et des préparations spéciales. Qui aurait imaginé que Moser battrait ce record en série, puis le Suisse Rominger, pulvérisant la barre des 50 kilomètres/heure sans donner l'impression d'un effort surhumain.

Je me suis engagé dans la colline du Labyrinthe. Il me semble que je cours avec plus de facilité que les autres jours.

Je me souviens de mes entraînements sous la pluie, dans la campagne rochelaise, j'avais quinze, seize, dix-sept ans. De longues virées avec le vent toujours de face ou de côté, jamais dans le dos. (À la longue, un esprit même très sain peut arriver à croire que les éléments lui en veulent.) Des heures de selle, avec peu à peu une pression lancinante dans les reins, la même que je ressens maintenant, la nuque raide, les muscles tétanisés. Quelquefois, je finissais exténué dans la salle de kiné de mon père. Entre deux clients, il me massait les jambes en profondeur, cambrait sa paume sous la plante de mes pieds. Le sang refluait vers les cuisses, je me sentais soudain léger, comme réparé. Je repartais prendre un lait fraise au Café du Théâtre, sous les arcades, près du Vieux-Port, un café qui n'existe plus maintenant. Un lait fraise !

Cela fait trois quarts d'heure que je cours dans le Jardin des Plantes. J'arrête là. Il me semble que je pourrais continuer, mais inutile d'en faire trop. Un jeune handicapé est en arrêt devant un très vieux fossile, comme s'il se cherchait un air de famille avec le monde. Vite, une douche, je retourne au journal monter une page sur Catherine Deneuve et la Dorléac. Le moral est bon : c'est vrai que j'aurais pu courir un peu plus longtemps. Le sport est une folie. On veut toujours aller plus loin, plus vite, grimper plus haut.

28 décembre

Une heure de course à pied dans le Jardin des Plantes, sans trop souffrir, sauf dans la colline du Labyrinthe. Je fais mon ordinaire de corbeaux et de cris de fauves, peut-être le lion Marcel, derrière les grilles de la ménagerie. Je passe et repasse devant la serre aux cactus, Constance l'appelle « la serre çapique ». Après une demi-heure de course, j'ai ôté mes lunettes. Il me semble que je cours mieux dans un certain flou. Quand l'heure viendra de grimper les grands cols du Midi, je m'en souviendrai. Je compte sur ma myopie pour escamoter la difficulté. Je me contenterai de ne pas voir plus loin que ma roue avant pour oublier l'enfilade de lacets. Quand j'arrive au sommet de la colline, le soleil de neuf heures m'éblouit comme un projecteur de nuit américaine, au cinéma. Mes yeux se mettent à larmoyer, le flou s'accentue mais tant pis, je laisse mes lunettes dans ma poche.

Je cours le long du jardin alpin et, tout à coup, un parfum de noix emplit mes narines, un parfum familier que je respire tous les étés depuis l'enfance, sur la Côte sauvage. En une heure de course à pied, j'ai l'impression d'avoir fait le tour de ma vie.

Retour au journal. Matinée ponctuée par les appels réguliers montant du bureau des correcteurs voisin du mien, où travaille l'équipe de Jean-Pierre Colignon, bien connu des participants à la dictée de Bernard Pivot : « On demande un morassier ! » crie une voix de théâtre, un peu comme dans le sketch de Fernand Raynaud où il est question d'un hallebardier. Aussitôt, un correcteur file dans la salle d'édition où, sur le « mulet » (une table à plan incliné où attendent les morasses de l'édition), il va promener son œil exercé à détecter les fautes d'orthographe ou les expressions malheureuses avant le bon à tirer. Vers onze heures, le crieur, très inspiré, lance : « On demande un Mozart de la virgule ! »

Un peu plus tard et de la même direction s'élève un chant choral sur l'air du « Taïaut,

taïaut, taïaut ». On arrose déjà l'année nouvelle chez les copains de la correction, sur ces belles paroles que je ne résiste pas au plaisir de retranscrire :

À la, à la, à la,
À la santé du confrère
qui nous régale aujourd'hui,
Ce n'est pas de l'eau de rivière
encore moins (là, quelques mots m'échappent, je demanderai à Colignon...)
À la santé du confrère qui nous régale aujourd'hui.

Et le tout finit par un tonitruant :

Pas d'eau, pas d'eau, pas d'eau !

Le cycliste à l'eau claire que je suis ne peut que discrètement réprouver...

Quelques minutes plus tard, j'apprends qu'un tribunal suisse vient d'infliger neuf mois de suspension à Richard Virenque, qui se voit ainsi privé de toutes les grandes épreuves du calendrier, à commencer par le Tour de France, et... le Midi Libre. Je n'ai pas le cœur à me dire : « Un de moins et la course ira moins vite dans les cols. » La sanction touche un bouc émissaire, particulièrement maladroit certes, que son obstination à nier s'être « chargé » a gravement discrédité. La dépêche de Reuters, dans un premier jet, parlait d'une peine de prison. Un correctif a aussitôt été apporté. Il s'agit d'une amende. Un coureur en prison, la fin d'année aurait été bien rude.

Comme je remontais à pied la rue Lacépède, un cycliste massif, souffrant sur un minivélo, m'a péniblement dépassé. Emmitouflé dans un gros manteau noir, j'ai reconnu Jean-Claude Drouot, sa barbe généreuse, le Thierry la Fronde de mon enfance et de la chanson :

> *Thierry la Fronde et ses compagnons*
> *mangent du pain et du saucisson...*

J'ai suivi du regard cette silhouette sortie du passé, ce visage pris dans l'arrondi d'un petit rétroviseur vissé sur le guidon. Il a basculé dans la descente de la rue de la Clef, plus à l'aise que dans la montée...

Des images me reviennent d'un reportage télévisé vu hier soir : des nageurs vêtus de combinaisons en peau de requin pour glisser plus vite dans l'eau. Et les propos d'un ami féru de natation, me racontant comment, dans les années soixante-dix, on gonflait les nageurs à l'hélium par le rectum, histoire d'améliorer leur flottaison. Étonnant, non ? aurait dit Desproges.

Une phrase d'Edmond Jabès picorée dans le « carnet » du *Monde* de ce jour, accompagnant l'avis de décès d'un ancien collaborateur du journal : « *Ce qui ne se laisse pas saisir est éternel.* »

Trois quarts d'heure de course à pied au Jardin des Plantes. Moins facile que l'autre jour. Un athlète me dépasse au sprint dans la côte du Labyrinthe. J'entends son souffle de locomotive, il redescend aussitôt à grandes enjambées puis revient sur mes talons, toujours ce souffle sonore et haché. Ce sera sans doute ce même souffle que je sentirai me frôler au printemps, dans les cols du Midi Libre, à moins que les coureurs modernes n'aient plus besoin d'inspirer profondément tant l'effort leur est devenu facile. Au fil de mes sorties, je retrouve des sensations physiques agréables, la conscience d'avoir un corps, des muscles. Et puis ce sentiment naïf que l'effort physique régulier immunise contre la mort, la repousse loin. Quand j'étais enfant, je me souviens de cavalcades sur les chemins entre les palices et les parcs à huîtres, sous les ciels étoilés du bord de mer. L'air sentait le tamarin. J'avais cette impression d'être immortel, que rien, et surtout pas la mort, ne pourrait me rattraper. Il faut garder une part de cette naïveté pour faire du sport. Plus je cours et moins je comprends le dopage, qui n'est rien d'autre qu'une aubaine laissée à la mort de nous atteindre avant l'heure.

Aujourd'hui, nous avons appris la disparition de Jacques Laurent. (On raconte qu'il n'avait jamais voulu lire *Le Vicomte de Bragelonne* pour ne pas voir trépasser d'Artagnan.) Mais c'est à

Louis Nucéra que j'ai pensé. La vie a été méchante sur la fin, et je ne crois pas qu'il aurait aimé mourir sur un vélo comme Tabarly en mer. Fauché par une voiture cet été, tout près de Nice, je me demande s'il est enterré près de son héros, René Vietto, le roi René. Je me souviens d'une balade à vélo avec Louis, on avait participé ensemble à une émission littéraire consacrée aux écrivains pédalants. Il y avait là José Giovanni, Paul Fournel, et Louis. Après nos interviews enregistrées à bicyclette par Jean-Louis Ézine, sous le contrôle amical du médecin du Tour de France, le Dr Porte, nous étions revenus à toute vitesse vers le lieu de départ pour récupérer nos voitures. Avec Louis, on avait parlé braquets, nombre de bornes parcourues par an (il me battait à plate couture et roulait encore sérieusement). Comme le vélo fait penser à tout et à rien, il avait évoqué de petites gens qu'il avait connus autrefois, me rapportant des propos qu'il avait utilisés dans un de ses romans. « Après la guerre, lui avaient-ils dit, on a mangé de la misère. » Je l'entends encore, à peine essoufflé alors qu'on roulait ferme depuis cinquante bornes : « Tu te rends compte de cette perle ? "Manger de la misère." » Une expression qu'il a emportée avec ses « rayons de soleil », il a dû rejoindre le peloton de feu les rois de la petite reine, les Fallet, Conchon, Blondin.

La dernière course cycliste que j'ai gagnée,
c'était en Vendée, pendant l'été 1978, dans le
petit village de Sigournais, et sous l'œil de Jean-
René Bernaudeau, qui m'a encouragé dans la
dernière montée quand j'ai lâché le peloton.
Bernaudeau, quatre fois vainqueur du Midi
Libre, et actuel patron de l'équipe Bonjour, qui,
avec la Française des Jeux, a signé la charte éthique contre le dopage. Je garde un souvenir très
précis de cette course de Sigournais. À cause de
la présence du champion vendéen (son jeune
frère était un de mes adversaires). Mais surtout
à cause de ce serpent sur lequel j'ai roulé en
relançant ma machine au sortir d'un virage semé
de gravillons. C'était au mois d'août, il faisait
très chaud. Le goudron se liquéfiait. Je n'ai pas
eu le temps de faire un écart pour éviter le rep-
tile. Mes boyaux lui sont passés dessus. Je voyais
mes poursuivants à deux cents mètres derrière
moi. Mais je jetais surtout des regards éperdus
sur ma roue arrière, avec la hantise que le serpent se fût enroulé dans le pignon et guette mes
chevilles lisses pour les mordre ! C'est peut-être
à cette trouille irrationnelle que je dois ma victoire. Sur la photo du journal, je porte un maillot
blanc. Il a fallu vingt ans pour qu'il commence
à jaunir et me donne l'allure d'un leader du
Tour de France. Je suis sans doute la seule personne à aimer jaunir sur une photo. (J'ai revu
sur une chaîne du câble le film *Clara et les chics*

types, avec Isabelle Adjani. Clara refuse au dernier moment de se marier car, justement, elle ne veut pas jaunir sur la photo.) Sur ce cliché pris sur la ligne d'arrivée, j'ai l'air bien sombre pourtant, malgré la bise donnée par une reine d'un jour et le charmant bouquet de fleurs... Quelque chose me disait sans doute que c'était la dernière.

De fil en aiguille, une évocation du film *Une affaire d'hommes*, avec Brasseur et Trintignant. Une bande d'amis qui se retrouvent tous les dimanches pour rouler à vélo dans le bois de Boulogne. Une histoire d'amitié gagnée puis trahie, qui se finit par un sprint de dératés, où Brasseur se venge de Trintignant en le balançant dans le caniveau. Est-ce que je saurai de nouveau « frotter » dans un peloton, toucher les épaules des autres, effleurer leur roue avant sans dégringoler ? Quand j'étais cadet, je tournais deux soirs par semaine sur le vélodrome de La Rochelle. On était comme des « écureuils » tricotant sur le ciment. Pignon fixe et guidon sans freins, c'était l'école du cirque. On apprenait à ne pas avoir peur sur un vélo, dans les virages relevés, au contact physique des pistards. On s'empoignait par le cuissard pour les courses dites « à l'américaine ». On s'exerçait aussi au surplace, une tactique souveraine dans les matchs de vitesse où ce qui compte est de savoir observer l'adversaire en jouant à chat. Je dois être encore bon, en surplace, hélas...

Réveil douloureux. Gorge piquante et bas du dos courbatu. Mais il fait beau ce matin sur Paris, un ciel immaculé où les avions à réaction semblent tracer les lignes fugaces d'une marelle. Course laborieuse au Jardin des Plantes rempli d'enfants. Je trottine à l'énergie, le souffle court et ce dos qui m'élance, le carré des lombes congestionné, sans doute une mauvaise position pendant le sommeil, et une attaque sournoise de rhino ou de gastro que je veux repousser à tout prix, pas question d'être malade. Sans m'écouter, je cours. Plus lentement que les autres jours, à la recherche du second souffle qui tarde à venir. Au pied de la colline du Labyrinthe, je fais toujours un contour inutile devant l'immense cèdre du Liban offert jadis à Bernard de Jussieu par un médecin anglais, et planté ici en 1734. Mes jambes sont lourdes. Comme disent les coursiers, j'ai les « grosses cuisses », aujourd'hui. Le moindre effort me fait mal, je transpire abondamment. Les jardiniers ont entamé des travaux d'élagage. D'autres creusent des trous sur le rebord des pelouses. Une odeur de terre fraîche et humide monte à mes narines. Du fumier a aussi été étalé çà et là. « Ça sent la campagne », dit un promeneur en tordant le nez. Plus loin, une femme assise en lotus sur un banc donne son visage aux rayons du soleil. Elle me rappelle une photo que m'avait montrée Marc Riboud, une femme qu'il avait prise dans la même attitude, par un après-midi d'hiver au Luxembourg, un gant posé sur ses yeux comme une main légère et désincarnée. Quand je suis repassé devant cette femme, elle avait repris une position normale et jouait avec un enfant. Magie des images volées qui tapissent la mémoire une fois disparues.

Comme je remontais à petite allure en direction du bâtiment de zoologie, un gardien en combinaison verte a envoyé un coup de sifflet strident. Aussitôt, un jeune cycliste est descendu de vélo ; il avait compris que l'avertissement était pour lui : ici, on marche. Je suis le seul coureur cycliste que les gardiens ne sifflent pas, ils me prennent pour un coureur à pied, mais s'ils savaient...

Certaines femmes laissent dans leur sillage une odeur de plage.

En fin de journée, rendez-vous avec mon éditeur Jean-Marc Roberts. Je lui expose le projet de course. Il est aussitôt convaincu, enthousiaste, très excité. Je me sens libéré d'un poids. J'ai écrit un roman qu'il compte publier en septembre. Mais il comprend que cette affaire du Midi Libre vient brouiller les cartes et peut bouleverser nos projets littéraires immédiats.

Premier appel de la journée, matinal. Jean-Marc : il ne pense plus qu'à ça ! Dire que je n'ai pas encore de vélo... À la Française des Jeux, on me confirme que je pourrai venir le chercher demain. J'aimerais être plus vieux d'une journée. Je tiens une sacrée « crève » que je soigne à l'Efferalgan, j'espère que ce n'est pas considéré comme du dopage. Le Dr Guillaume, médecin de la Française, m'a téléphoné lui aussi. Il se renseigne sur mon âge, mes pratiques sportives. Selon lui, un test d'effort est indispensable. Il a raison, mais je me sens vaciller. S'il découvrait une faiblesse cardiaque rédhibitoire ? L'idée que tout pourrait capoter me rend morose. Je pense aussi à Goscinny, qui n'avait pas dû prendre de potion magique. Mais je ne vais pas me faire un monde de cet examen normal. J'irai donc la semaine prochaine au département de physiologie de la Pitié-Salpêtrière pour me soumettre au verdict médical. Pourvu que cet état grippal ait disparu. Le Dr Guillaume se propose de me préparer un programme de diététique et de récupération. On entre dans le concret, « dans le nu de la vie », comme l'a écrit Jean Hatzfeld à propos des guerres africaines. Ce n'est pas une guerre que je vais livrer, mais je me prépare tout comme.

Déjeuner avec le « grand frère » Orsenna. Ensemble, on relance nos rêves, lui sur un bateau à voiles, moi à bicyclette. « Dans Fottorino, me

45

dit-il avec son air malicieux, il y a beaucoup de roues de vélo. » Il a raison. Il y a même une roue de secours, en cas de pépin... Ce nom, Fottorino, n'a pas toujours été le mien. Il m'est tombé dessus comme un habit brodé quand j'avais dix ans, à la faveur du mariage de ma mère avec mon kiné de père, le seul homme que je tiens pour mon père, on n'est pas obligé de mettre du sang dans l'amour paternel, ou filial. Je n'ai pas compris aussitôt à quel point ce nom allait décider de mon existence. Avec le recul des années, je dois reconnaître que c'était un beau nom de coureur cycliste, un nom comme Fausto Coppi, le grand Fausto, joues creusées, visage livide, mort en 1960, l'année de ma naissance. Le « roman familial » pouvait fonctionner à plein, j'étais de Tunisie comme Michel Fottorino qui venait de glisser un roi de cœur dans ma poche, j'étais Fausto réincarné. Fottorino, je me suis vraiment approprié ce nom quand je l'ai vu imprimé dans la presse régionale, à la rubrique sportive, les lendemains de course. Au début, des coquilles venaient chaque fois l'écorcher, un seul « t », un « i » final au lieu du « o », ou une orthographe à la charentaise, en « eau ». Après ma victoire dans le grand prix d'Étaules, la ville de l'Ange vert Dominique Rocheteau, le journal avait titré : « Premier, Fortuno. » J'avais corrigé au stylo d'un geste rageur avant de coller la coupure de presse sur mon grand cahier témoin de chaque péripétie de ma vie de coureur. Il fallait que je gagne encore des courses pour qu'ils apprennent à écrire ce patronyme tout neuf. Mais au fond, le journaliste avait raison, je portais un nom de fortune, de bonne fortune. Recommencer à pédaler, c'est renouer avec le fil qui me raccroche à ma propre histoire. Un homme m'a donné son nom. Il est l'heure de dire merci.

Pourvu que le test d'effort...

En rentrant chez moi, je pense à ce test qui me hante comme la perspective d'un possible abandon. J'ai rarement abandonné une course. Une fois sur chute, une fois sur crevaison, une autre fois à cause d'un grave coup de fringale qui m'avait laissé pantelant au bord de la route. Sur plus de trois cents courses disputées, des peccadilles. Dans la famille du vélo, le renoncement est une douleur morale. Je revois ces scènes pathétiques d'abandon dans le Tour de France : la voiture-balai suit le coureur attardé, reste à bonne distance, patiente : il finira par monter dedans, les suiveurs le savent. Ils repèrent la faille dans la mécanique, la jambe trop lourde, le mouvement cassé, le corps désuni. Puis, soudain, le coureur fait un écart, cesse de pédaler. Parfois il tombe les pieds accrochés aux pédales, abattu par les crampes. Scènes de pleurs et de déchirement. Une main enlève son dossard au champion déchu qui, une fois à terre, a la démarche gauche de l'albatros de Baudelaire échoué sur le pont d'un bateau. Même s'il fait un soleil à tout casser, le ciel est toujours gris et bas à se pendre, à se rendre. Le dossard ôté, plié, le coureur est comme dégradé. L'abandon est une manière de trahison. C'est Dreyfus à qui l'on casse son épée, les galons dans la poussière. Sauf si le champion exsangue remonte sur son vélo une dernière fois, pour un coup de pédale qui le ferait s'envoler. Bien sûr il reste englué à la route, les épaules rentrées, tête de piaf mouillé, pédalant jusqu'à ce que mort s'ensuive puisqu'il a voulu remonter, image de Tom Simpson dans le mont Ventoux rendant un ultime soupir.

Je me sens très faible, ce soir, en tout cas vulnérable. Nez bouché, tête lourde, impossible de respirer. J'ai du mal à trouver le sommeil. Au milieu de la nuit, je me suis redressé brusquement pour retrouver mon souffle. Je revois Simpson, un masque à oxygène plaqué sur son visage, la nuque dans les caillasses.

5 janvier

Aujourd'hui, je m'appelle Jimmy Casper, sprinter. C'est un des vélos du coureur de la Française des Jeux que m'a donné Fabrice Vanoli. La caverne d'Ali Baba des cyclistes existe : elle se trouve à Moussy, un village en pleine campagne près de Roissy. Fabrice Vanoli et Marc Madiot, directeur sportif de la Française des Jeux, nous attendaient pour aller déjeuner. Gérard Morax et moi leur avons exposé en détail le projet. Accueil chaleureux, compréhensif. À quarante-deux ans, Madiot porte beau. Double vainqueur du Paris-Roubaix, il est devenu un manager avisé qui mise sur les jeunes coureurs. « On a un beau sport. Il faut savoir ce qu'on va en faire. C'est comme après une guerre, le temps est venu de reconstruire. » Il nous dit sans détour que l'initiative du *Monde* lui plaît. Loin d'être hostile, il est au contraire enthousiaste à l'idée d'y participer. Avec Morax, nous sommes heureux : sentiment d'avoir trouvé les bons partenaires. Madiot et moi avons des connaissances communes dans la « famille » du vélo. On parle le même langage, il s'en est vite aperçu. Le déjeuner est détendu. Fabrice Vanoli est prêt à se mettre en quatre pour me faciliter la tâche. Je rejoindrai le stage de l'équipe à Hyères le 16 janvier. « Tu rouleras avec les gars, me propose Madiot. Quand tu décrocheras, tu viendras avec moi dans la voiture, comme ça, tu pourras suivre toute la préparation. »

L'émotion la plus forte vient en poussant la porte du « service course ». Des cadres de vélo, tous plus légers les uns que les autres, sont alignés comme à la parade. Et voilà « la bête ». Un petit vélo — cadre 54, pour les connaisseurs — blanc et bleu, de marque Gitane.

Un vélo de sprinter, formaté pour aller vite. Je le soupèse. Une plume. Le cadre est en Columbus, un alliage ultraléger. Une image me revient, une représentation de la *Santa Maria*, avec cette légende : « *In 1492, Columbus sailed the Ocean blue.* » C'est le début du voyage, le

49

début de l'aventure. Nous ne cinglerons pas vers Cipango et ses montagnes d'or. N'empêche : Morax a les yeux qui brillent. Il regarde le mécanicien qui travaille en silence sur une monture, avec des gestes méthodiques et précis, « des gestes de chirurgien », souffle Gérard. On est dans le saint des saints de la bécane. Pneus verts, très lisses, gonflés à huit kilos de pression. Changement de vitesse aux cocottes de freins. Seize rayons par roue. Un pignon de 11 dents à l'arrière, jamais je ne pourrai tirer pareil développement ! Fabrice Vanoli et Marc Madiot nous font visiter les lieux, la salle des kinés, une autre salle d'entreposage des bicyclettes — y compris des vélos pour les contre-la-montre, avec leurs étranges guidons en aile d'oiseau. À l'étage, la bonneterie. Tout y passe. Moi qui n'ai pas fait l'armée, je reçois mon paquetage neuf, maillots à foison, manches longues, manches courtes, gants d'hiver, de printemps, survestes, bandeaux en polaire, bidons, protections de toile, sur-chaussures. Et finalement, les souliers, cambrés à souhait, qui donnent aux cyclistes à pied une démarche de torero. En Shimano, une marque japonaise, je chausse du 45. Fabrice Vanoli fixe patiemment sous la semelle les attaches qui viendront s'encastrer dans les pédales modernes, de simples trognons de métal qui vous lient au vélo comme à des skis. Finis, les cale-pieds d'antan dont on serrait les courroies. On est retournés à l'atelier. J'ai chaussé les souliers puis enfourché le « Jimmy Casper ».

Mon pied tâtonne. Un petit claquement sec me prévient : je viens de me fixer au vélo. Il suffit de chasser un peu du pied sur le côté pour se dégager. C'est facile. Je sais que je ne me sentirai jamais prisonnier sur une bicyclette, même avec ces attaches. J'ai saisi le guidon par les cornes. Mon buste s'est plié, je vais chercher loin la prise de main, la potence me paraît trop longue. Je le signale à Fabrice. D'un coup de clé Allen, il rectifie un peu la position, hausse le guidon, avance la selle. C'est mieux. Le reste, on verra à Hyères. Nous voilà repartis avec Gérard, lui portant le sac rempli de mes habits neufs, moi n'ayant d'yeux que pour ma machine festonnée de trèfles à quatre feuilles. Une phrase de Fabrice me trotte dans la tête : « Pour moi, vous êtes un coureur », m'a-t-il répété en préparant mes affaires, vérifiant que j'avais bien tout ce dont j'aurais besoin pour rouler sous la pluie, dans le froid...

Des gestes reviennent tout seuls. J'ai ôté la roue arrière sans accroc, puis la roue avant. Avec Gérard, on a regardé sans un mot ce vélo couché dans le coffre de sa voiture. On a pris les roues avec nous. On est repartis vers Paris comme deux gosses qui auraient cambriolé une confiserie avec la bénédiction des propriétaires. J'ai déposé le vélo chez moi avant de retourner au journal. Constance était là. Elle a poussé de grands cris d'Indien en découvrant « la bête ». Et d'ailleurs, elle est vite devenue une Indienne : un peu de cambouis n'a pas tardé à couvrir son petit nez et ses joues. Elle avait voulu caresser la chaîne du vélo.

6 janvier

Le rhume s'est atténué. Je me suis réveillé tôt et j'ai attendu le lever du jour en scrutant le ciel. Pas de pluie. J'ai aussitôt passé mes habits de coureur, fixé mon casque, chaussé les souliers. Sur la chaîne stéréo, Souchon chante « La légende de Jimmy »... Premiers coups de pédale dans ma rue. Une folle sensation de légèreté. Le vélo répond à la plus petite pression musculaire. Je m'élance derrière Jussieu en direction de la Seine. J'ai pour but une virée dans le bois de Vincennes. Mes mains ne quittent pas les cocottes de freins, car je m'inquiète de la vitesse que je prends rapidement au milieu des autos. Un type à l'arrêt a ouvert sa portière au moment où j'arrivais. Je retrouve mes réflexes du temps où je courais. Je crie « Oh ! ». Il referme sa portière aussitôt.

Après les passages pavés derrière les colonnes de Nation, j'arrive dans Vincennes, sur l'immense place du Château presque déserte. Le lieu est imposant, il me rappelle ces photos de la course de la Paix, une épreuve amateur des années de la guerre froide, quand les espoirs français allaient dans les pays de l'Est affronter Popov et Ruskov. Les arrivées étaient jugées sur d'immenses places du peuple au milieu desquelles les coureurs apparaissaient telles de minuscules fourmis dans la grisaille des « démocraties populaires ». Je me souviens qu'une année, Jean-Pierre Danguillaume, futur coéquipier de Bernard Thévenet, remporta la course de la Paix.

Je roule sur le petit plateau en essayant de comprendre le changement de vitesse. Pour que la chaîne se déplace sur la roue libre, il faut fouetter la cocotte de frein sur la gauche avec des gestes brefs. Pour la redescendre, il faut simplement actionner une manette adossée à la cocotte, et répéter l'opération. Je découvre ces évolutions. J'avais connu les changements de vitesse au guidon qu'affectionnaient surtout les sprinters. Mais là, une fois le coup pris, l'efficacité est parfaite. Inutile de lâcher le guidon. Même en côte, on peut actionner le dérailleur. Devant moi, à trois cents mètres, un gros peloton d'une centaine de gars roule joyeusement. Mon sang ne fait qu'un tour : je me dresse sur les pédales et tente de les rejoindre. Pendant quelques kilomètres, je ne perds pas de terrain, mais je n'en gagne pas non plus. Je regarde mon pédalier. Je suis toujours sur le petit plateau, à mouliner. Je me dis : « Qu'est-ce que tu risques ? » J'embraye la « grande couronne » (j'ignore s'il s'agit d'un 53 ou 54 dents), et en avant. L'effort n'est pas trop violent. Les jambes suivent, le souffle aussi. Je remercie le Jardin des Plantes et la côte du Labyrinthe. Sans eux, j'aurais sans doute déjà explosé. Deux ou trois kilomètres de chasse et, après un virage, je fonds sur les dernières roues

du peloton. Me voilà amarré. Sentiment indici-
ble de joie, presque d'euphorie, incognito dans
cette famille qui se fait et se défait au fil des
tours, pédalant de conserve avec des tout jeunes, des moins jeunes, des briscards au coup
de pédale déjà rond et affûté. C'est incroyable
comme les sensations reviennent en rafale. Je
prends les roues pour m'abriter du vent, change
de côté de la route quand on négocie une courbe
pour rester protégé des courants d'air.

C'est tout juste si je ne siffle pas quand survient un démarrage sur la gauche, comme on
fait en course dès qu'un gars veut s'échapper !
J'appartiens à cette fraternité pédalante où l'on
s'appuie sur l'épaule du voisin pour jeter un
regard en arrière, où l'on s'échange un salut, un
abricot sec, un coup de thé.

« C'est le dernier Gitane ? » me demande soudain un gars qui s'est porté à ma hauteur. « Je
ne crois pas, ils vont en sortir d'autres », dis-je
sans m'étendre. C'est un connaisseur. Il a tout
de suite repéré le bijou. Mieux que ça : c'est un
copain de Fabrice Vanoli... Le monde du vélo
est vraiment très petit. Il me dit qu'il a même
eu un vélo de Jimmy Casper. Il s'appelle Gilles
et court au club de l'US Métro. Le tutoiement
s'installe, il me propose de venir rouler avec
eux dès demain matin neuf heures, rendez-vous
à la Cipale, rebaptisée « vélodrome Jacques-
Anquetil ». Je lui dis que j'aurai aussi besoin de
rouler le mercredi. « Ça tombe bien, s'écrie-t-il,
c'est justement ce jour-là qu'on fait une très

grande sortie avec les amateurs Élite (la première catégorie, les futurs pros). Demain, on
n'ira pas trop vite car il y a les filles avec nous ! »
Un sourire. Je lui réponds que, en ce moment,
je ne suis pas sûr de tenir la roue des filles. Je le
vois qui mange mon vélo des yeux. Il remarque
tout, le guidon, les pédales, la qualité du cadre,
les « seize rayons ». « Nous, on n'est pas des
méchants ! me lance-t-il. On se charge pas. On
aime le vélo, la course, c'est tout. » Il me présente son copain Rodolphe, vingt et un ans, étudiant en droit à la Sorbonne. J'ai le vertige. Je
viens de gommer vingt ans de ma vie pour
redevenir cet étudiant en droit que j'étais moi
aussi en 1979, l'année où mon rêve de gloire
cycliste s'est brisé. Rodolphe voudrait être juriste
à la RATP. Lui aussi défend les couleurs de l'US
Métro. Il me dit comment les retrouver demain
matin avenue de Gravelle, devant la Cipale,
où se sont disputées tant d'arrivées du Tour de
France, de Bordeaux-Paris... Gilles et Rodolphe
parlent volontiers, ils sont chaleureux, sympas,
me voilà dans *Une affaire d'hommes*, le drame en
moins, on enquille les tours. Ils parlent librement, sans retenue. Je ne leur ai pas caché que
je suis journaliste au *Monde*. « Le dopage, fait
Gilles... Il faut voir que dans le tennis, à Roland-
Garros, l'an passé, il y a eu six joueurs positifs,
personne n'en a parlé. Et le foot... Les champions du monde nous ont fait rêver, mais si on
les faisait pisser... » On est tranquilles, à tourner
les jambes, calfeutrés dans le peloton. Gilles

reprend : « Le cyclisme, c'est encore un sport populaire. On peut s'attaquer à lui car il ne représente pas la haute société. On sait bien que certains jeunes se dopent aussi. Mais il faut essayer de comprendre. Beaucoup sont des chômeurs, alors ils font les primes, ça leur paye les courses de la semaine. Pour ça, ils avalent trois ou quatre cachets. Maintenant, c'est plein de produits de synthèse. Mais les tennismen, un jour à Sydney, un autre à New York ou Paris, ils prennent des trucs aussi, sinon, comment tu crois qu'ils tiendraient ? »

On s'est salués. Je me retrouve seul, sourire aux lèvres. Est-ce le vélo ultraléger ? L'euphorie ? Je ne sens pas mes jambes après une heure et demie de selle. Juste un peu mal à la nuque à cause de la position plongeante qu'il faudra sûrement rectifier. Le pédalage est rendu beaucoup plus efficace avec le système de fixation des chaussures. Un pied appuie pendant que l'autre tire. Un mouvement rond. Surtout ne pas trop forcer, il y aura des journées moins allègres, peut-être dès demain. Je retiens le conseil de Gilles. « En ville, m'a-t-il soufflé, tu vas tout droit avec un pied prêt à sortir. » Au feu rouge, je m'amuse à faire du surplace pour ne pas poser pied à terre. Ça marche. Tout marche, aujourd'hui, et je ne tousse presque plus. Je repense à un calembour d'Erik Orsenna, l'autre jour : « Tu vas sortir libre par le Midi. »

Il est huit heures et demie, j'ai passé une mauvaise nuit, le sommeil est venu tard, je pensais trop à la sortie du lendemain, la première épreuve de vérité. Comme disent les habitués, j'ai fait ma course dans mon lit. Résultat, je passe mal réveillé devant les grilles du Jardin des Plantes, où j'aperçois la silhouette immobile d'une autruche. J'aurais bien eu besoin de quelques-unes de ses plumes sous mon casque où se glisse de l'air froid. Le ciel est gris. Pourtant hier soir, quand je me suis couché, il était clair et plein d'étoiles, j'avais espéré du beau temps... Vers la place Félix-Éboué, j'aperçois deux cyclistes qui semblent se diriger vers la Cipale. Gagné. Je retrouve un groupe de coursiers face au vélodrome. Il y a trois filles d'une vingtaine d'années. L'une est championne de France junior, une autre est triathlète. La dernière est une Américaine qui roule sur un de ces vélos routiers à gros pneus tout-terrain avec une énergie à revendre. Je le verrai tout au long des quatre-vingts kilomètres de la sortie, elle roule sans se plaindre, presque toujours devant.

Gilles est arrivé, puis Rodolphe. On est partis par Joinville-le-Pont, Noisy-le-Grand. Il faut surveiller les voitures qui nous klaxonnent copieusement. Gilles prend de mes nouvelles. On rejoint un petit peloton. Un coureur me fait remarquer que j'ai mis mon cuissard à l'envers. Le trèfle devrait être devant. Il a raison. La peau de chamois cousue à l'intérieur me remonte sous le ventre. Je suis le seul pédaleur à ressembler à un kangourou. Encore heureux que je n'aie pas inversé mes godasses. Je veux attraper mon bidon. Il est étonnamment léger. Bien sûr, puisqu'il est vide. Le plein, celui dans lequel j'ai versé du thé au citron, a dû rester dans la cuisine ce matin. Quant à mes barres de céréales, elles sont bien au fond des poches arrière de mes maillots, mais difficilement accessibles avec mes gants épais, d'autant que je les ai surtout logées dans le deuxième maillot, le plus près des reins. C'est gai !

Heureusement, je suis bien le rythme. On roule depuis trente bornes. Le ciel menace. J'ai bien fait de passer mes sur-chaussures, au moins je n'ai pas froid aux pieds. Gilles se porte souvent à ma hauteur. On double des types sur le bas-côté, en plein arrêt-pipi. Je lui demande comment font les pros, avec leurs combinaisons. « Ils pissent quand même, sans descendre de vélo, me répond-il. Avec Rodolphe, on a essayé, on n'y arrive pas. Soit tu t'arrêtes, soit tu te retiens, ou alors tu pisses dans ton cuissard ! » Cela peut paraître idiot, mais cette affaire me préoccupe. Même dans la vie normale, j'ai du mal à pisser dans les vespasiennes alignées les unes à côté des autres, alors en peloton et sans descendre de machine... Rodolphe vient à côté de moi : « Ça va ? Vous avez mangé ? » Il me propose de quoi me ravitailler. Je lui dis que je me suis déjà un peu alimenté — j'ai réussi à attraper une barre de céréales sans faire d'écart ni tomber. Mais mâcher coupe le souffle, il faut calculer son coup, s'alimenter quand ça ne roule pas trop saccadé. Je bouche quelques trous, m'assure des meilleures trajectoires. La sensation est bonne mais je trouve qu'on roule bien vite. Gilles me prévient. Devant, c'est la côte de Guermantes, un peu plus d'un kilomètre deux cents. « On va la monter en musculation », me prévient-il. Traduction : un gros braquet (« Tout à droite », disent les coursiers, c'est-à-dire le grand plateau et un très petit pignon à l'arrière), tout à droite et le cul sur la selle, un exercice à se faire exploser les cuisses. Je me cale dans les roues sans oser adopter un aussi gros développement qu'eux. Je mouline donc jusqu'au sommet, quarante kilomètres de passés, ça commence à tirer. Le plus dur va venir.

Le plus dur, c'est cette pluie qui se met soudain à tomber comme une douche glacée sur nos muscles chauffés par l'effort. La flotte arrive par paquets sur mes lunettes. La route glisse et, dans les virages, je me fie à moitié à la tenue de route de ces pneus verts et lisses comme de jeunes serpents (je me souviens de cette image dans un livre de Dino Buzzati, l'année où il couvrit le Giro d'Italia pour le *Corriere della Sera*). Je serre les dents. Devant, la jeune championne mène le train. Ses jambes tombent droit sur les pédales, pareilles à deux pistons admirablement synchronisés. De dos, je ne vois pas si elle souffre. Elle a sur la tête un bonnet de laine pointu qui la fait ressembler à la fée Clochette dans *Peter Pan*. La petite fée qui vole... Moi, je commence à lâcher prise. Je perds dix mètres, vingt, cinquante. Je respire profondément. J'ai essayé de me dresser sur les pédales mais j'ai vite compris ma douleur. Muscles cisaillés, tétanisés, je suis à mon point de rupture. J'explose. Comme disent les ados : ça calme. J'en profite pour rechercher une barre de céréales dans mon deuxième maillot, comme si je n'avais pas pu tout mettre dans le premier, dont les poches sont accessibles et où j'ai mis mon téléphone portable, quel idiot ! Tout à l'heure, quand je roulais encore avec les autres, Gilles m'a demandé : « Tu te sens pour quatre-vingt-dix kilomètres ? » J'ai répondu : « Roulons, si ça ne va pas, j'appellerai police secours. » L'Américaine a éclaté de rire. Elle est devant, elle aussi, sur son vélo de labour, devant moi qui chevauche une bécane de sprinter. Court moment d'inquiétude. Comment vais-je tenir les mille kilomètres du Midi Libre avec les pros, la montagne, les premières chaleurs du printemps ? Aurai-je le physique ? Le mental ? Quand je me ferai décramponner, qu'il faudra avaler seul ce bitume grumeleux, mètre après mètre... Il faut penser à autre chose. Après tout, c'est mon premier entraînement depuis... vingt ans.

Gilles s'est laissé décrocher. J'ai près de deux cents mètres dans la vue. « On n'a jamais abandonné personne en route », me crie-t-il. Je me place dans son sillage. Mais il va encore trop vite. J'ai les cuisses comme du verre brisé. À chaque coup de pédale, j'ai la sensation de me déchirer à l'intérieur. Il adapte sa vitesse. En moins de dix minutes, nous revoilà aux avant-postes. On a profité du coupe-vent fourni par la voiture suiveuse, comme dans le Tour quand les coureurs attardés font des sauts de puce entre les autos des directeurs sportifs pour recoller à la meute. Le groupe lève un peu le pied. Ça tombe bien. Rodolphe et un autre coureur de l'US Métro, Philippe, viennent me réconforter. « On souffre tous aujourd'hui. Pour une première sortie, c'est vraiment dur avec cette pluie. C'est comme si on roulait deux fois plus. Et le froid nous oblige à aller plus vite. On brûle des calories. » Ils me donnent à manger, me proposent à boire. Philippe me tend son bidon quand je lui dis que le mien est vide. De l'eau sucrée. Elle est glacée. Je retrouve dans ces gestes la fraternité du peloton, l'entraide qui naît dans la difficulté, car tous savent qu'ils ne sont jamais à l'abri d'un coup de bambou, d'une chute ou d'un accident. « Une fois, me dit Gilles, Rodolphe a cassé son dérailleur dans la vallée de Chevreuse. On l'a poussé jusqu'à Paris. On était plus fatigués d'avoir poussé que d'avoir tiré dedans… » Parfois, ils poussent les filles dans les côtes. Mais aujourd'hui elles n'ont besoin de personne (sans être pour autant juchées sur des Harley-Davidson) pour rouler droit et vite. Philippe me parle d'une cadette teigneuse, qui roule

cent bornes avec les gars sans céder un centimè-
tre. Bigre !

Encore quelques côtes. Je sens la main dis-
crète — mais efficace — de Gilles ou de Rodolphe qui m'aide à maintenir le contact. Je ne
vois même pas le nom des villages. Je m'accroche à la roue de la triathlète, l'œil rivé sur son
pédalier qui tourne, tourne, dans un mouvement perpétuel, comme si elle ne devait jamais
s'arrêter, jamais venir à bout de ses forces.

« Les courses que j'ai gagnées, c'était en côte »,
me dit Gilles. On parle du sprint, de la piste. Il
me raconte une épreuve qu'il a disputée en Italie, vingt cols au programme, des « petits » cols
de trois ou quatre kilomètres. Le dernier, il l'a
monté assis sur la selle, incapable de se relancer, en pleurant. « C'est très dur, le vélo », dit-il
simplement.

C'est vrai, j'avais oublié, on chiale sur un vélo
quand ça fait trop mal. Des larmes anciennes
me reviennent. C'était dans le prix Henri-Bernard, j'étais junior, une course de montagne.
Départ à Nay, montée du Soulor puis de l'Aubisque, retour à Nay après le « mur » de Louvie-
Juson, une côte inhumaine, une sorte de scan-
dale de la voirie. Nous étions près de deux cents
au départ. Dans les premiers lacets du Soulor,
les gars avaient attaqué à fond comme si on
devait grimper une côte de rien du tout. Je
m'étais asphyxié à ce rythme et m'étais fait larguer comme un malpropre. Larmes de rage et
de douleur, car mes muscles n'avaient plus

d'oxygène. Impression de dérive, d'impuissance. Mais l'ascension était longue. J'ai repris ma cadence et j'ai fini dix-septième là-haut, après avoir dépassé des coureurs qui zigzaguaient sur la route. De minces filets d'eau coulant d'une cascade venaient mourir sur les bas-côtés, j'avais envie de déchausser pour me coucher dessous et dormir, enfin, ne plus pédaler. Mon père m'attendait avec un bidon et un journal que j'ai glissé sur ma poitrine, entre la peau et le maillot, pour éponger la sueur dans la descente. Dans l'Aubisque, j'avais encore rattrapé quelques gars pour passer onzième. Après, mon dérailleur avait cafouillé, m'interdisant de donner le moindre coup de pédale pendant les vingt kilomètres de descente. La chaîne faisait des nœuds. Dans la vallée, j'étais frigorifié, je claquais des dents. Un gars sur le bord de la route avait tiré en force sur ma chaîne. Je pouvais pédaler, mais elle accrochait à chaque coup de pédale et, quand la côte de Louvie-Juson est arrivée, d'autres larmes sont sorties. Je l'ai grimpée à l'énergie. À Nay, j'étais pointé trente-troisième. En passant la ligne, j'avais dit à mon père : « Prends mon vélo, je ne monterai plus jamais là-dessus. » Dans la semaine, on fit réviser mon dérailleur. Le mécano, la semaine d'avant, avait remonté une pièce à l'envers. Le dimanche suivant, j'avais gagné tout seul la course de Sigournais. Ma dernière. Sur la photo du journal, on dirait que je le sais. Visage fermé, ailleurs.

Plus qu'une vingtaine de kilomètres. « Ça sent

la maison », se réjouit Gilles. Je n'oublierai pas sa gentillesse. Grâce à lui, j'ai pu boucler une sortie de quatre-vingts bornes à 27, 28 de moyenne. Il me parle d'une course qui se dispute tous les ans aux Gobelins, juste derrière chez moi, avec quarante fois la montée vers la place d'Italie, les pavés tout en haut.

Ce qui restait du peloton s'est égaillé à Vincennes. Gilles me propose de venir le voir, il travaille à la station des Gobelins. Il me parle d'une sortie en vallée de Chevreuse. Philippe m'accompagne encore un bout vers le pont de Tolbiac. Il court chez les amateurs. « J'en chie mais c'est vraiment bien, pour l'ambiance. » Il a raison. À vélo, on n'est pas bégueule, on parle comme on ressent : quand c'est dur, on en chie. Quant à l'ambiance, Morax m'a promis une cassette sur les dernières éditions du Midi Libre. J'ai hâte de voir ça, enfoncé dans un fauteuil et les jambes roulées dans une couverture de laine... Philippe me salue. Un cri du cœur : « Ah, tu as le vélo de Jimmy Casper ! »

« Oh, papa ! » Constance éclate de rire en me voyant rentrer, le maillot blanc maculé de terre, mon vélo sur l'épaule. Elle se précipite vers moi, attrape ma tête casquée entre ses mains, m'embrasse partout et même sur mon cuissard humide et poisseux. L'amour des petites filles est sans limites.

Quand j'ai coupé la rue Mouffetard à l'heure du marché, des gosses m'ont acclamé joyeusement en criant « Allez, Virenque ! Allez, Festina ! Un autographe ? »

Bain chaud, mais pas trop. Je me souviens des conseils d'anciens : ne pas fatiguer le cœur. Préférer la douche tonique au bain émollient. Préférer le tiède au brûlant. À propos de brûler, les cyclistes ont conservé la tradition, on grille les feux rouges prudemment, mais on les grille quand même. Qui peut arrêter un coureur, sinon la sorcière aux dents vertes — allusion à la défaillance ainsi représentée en personnage maléfique et ricanant par le dessinateur Pellos. Au fait, je n'ai pas revu la fée Clochette, elle a dû s'envoler très loin. Je pense à ce que me disait Frank de Bondt, un ami fidèle de *Sud-Ouest*, fou de la petite reine lui aussi. Un jour qu'il avait assisté à une étape du Tour, il m'avait dit : « Ce qui frappe quand on les voit en vrai et pas à la télé, c'est leur jeunesse. » Oui, et ces filles de l'US Métro m'ont bluffé à pédaler vaillamment sans se plaindre, avec chapeau pointu et vélo pour comices agricoles.

Après-midi allongé sur mon lit. Des souvenirs, des souvenirs, sans autre lien les uns avec les autres que l'époque où je pédalais. Je revois ce coureur calédonien, aux championnats de France scolaires sur piste, à Caen. On était montés de La Rochelle avec la 4 L de mon père. C'était un coureur de quinze ans, il en paraissait vingt, avec une musculature noueuse, saillante sous sa peau mate. Il appartenait au lycée Rivière-Salée de Nouméa. J'ai retenu ce nom, Rivière-

Salée. Qu'est-il devenu ? Est-il aujourd'hui un travailleur du nickel, un militant indépendantiste, et continue-t-il d'arpenter le « caillou », à vingt mille kilomètres d'ici ? Le vainqueur de ce championnat fut un Bordelais, Michel Cortinovis, « un beau poulet », comme disait André, mon oncle du Sud-Ouest, qui fut avec mon père un formidable supporter, sa longue silhouette surmontée d'un béret basque toujours postée dans les points stratégiques des courses et me prodiguant conseils, encouragements, jusqu'à s'étouffer... C'est le gars de Rivière-Salée qui me fait penser à Cortinovis. Une année, il est venu courir près de chez moi, en Charente-Maritime, à Étaules. D'emblée on s'est échappés à quatre. Il était là. Je me disais : si je l'emmène au sprint, je suis foutu. Alors, à chaque tour, je l'ai attaqué dans la côte qui précédait l'arrivée. Il lâchait un peu, revenait à ma hauteur sans même me jeter un regard, sûr de lui, puis me dépassait, la tête bien droite sur les épaules. Il était plus jeune que moi d'une année. J'avais de l'admiration pour lui, mais je n'allais pas pour autant le laisser sur mon « porte-bagages » pour qu'il me flingue sur la ligne. Il avait des cuisses de lutteur, de très longues jambes fortement musclées. Quelques tours avant l'arrivée, pour mon malheur, mon câble de frein avant s'est cassé. La cocotte n'était plus tenue : elle émettait un « clac-clac-clac » incessant. Il ne fallait plus penser à démarrer par surprise... Dans la dernière ascension, j'ai joué le tout pour le tout. J'ai attaqué la bosse en tête et sans me retourner. Au sommet, on tournait à droite et l'arrivée était cent mètres plus loin. J'ai sprinté à perdre haleine. Je m'attendais à voir Cortinovis me passer en trombe. J'ai passé la ligne les bras levés, la télé régionale diffusa le lendemain cet éphémère instant de liesse, quelques secondes en noir et blanc. Mon père me raconta que, au sortir de la côte, Cortinovis s'était relevé en secouant la tête, abattu. Il n'avait pas supporté mes attaques qui, tour après tour, avaient fini par émousser sa pointe de vitesse. Ce fut une leçon de vie, plus tard. Rien n'est jamais perdu. Ni gagné. Dans *Sud-Ouest*, une heureuse coquille dans l'orthographe de mon nom : c'est ce jour-là qu'on m'appela Fortuno.

Je me lève. Il fait beau, un ciel tout bleu. Mais je ne regrette pas la douche de ce matin. L'amour du vélo, c'est ça. Cocteau écrivait qu'il n'existe que des preuves d'amour. Le cycliste que je suis à nouveau rectifie : l'amour n'existe pas, il n'existe que des épreuves d'amour.

Pense-bête : signaler à Fabrice Vanoli que la potence est trop longue. Gilles est du même avis (il me propose en rigolant de lui passer mon vélo puisqu'il ne me va pas…). Je demanderai aussi des lunettes spéciales. (Fabrice m'avait dit : « À partir de maintenant, je te considère comme un coureur ; nous avons un sponsor pour les lunettes adaptées au vélo. ») Enfin, je dois absolument marquer mes vêtements avant le stage de Hyères, car tous les maillots se ressemblent, dans une machine à laver. Justement, je jette mes vêtements trempés et sales dans la machine et je regarde le tambour tourner comme un bon film à la télé. On m'attend au journal à dix-huit heures trente pour préparer une page sur le fugitif Alfred Sirven. Tout à l'heure, j'ai vu quantité de galettes des rois dans la vitrine d'un boulanger. Si je vous dis qu'elles m'ont fait penser à des roues de vélo ?

Je me couche tard, un peu trop. Le cadran de ma montre garde un carré de buée, souvenir de la pluie matinale. Par la fenêtre, une forêt morte dans Paris : tous ces sapins déplumés, aux portes des immeubles, sans couronnes ni guirlandes, déjà sortis des rêves d'enfants.

8 janvier

Le TGV qui nous emmène à Lausanne s'appelle « Ligne de cœur ». Nous sommes dans la voiture treize, je suis assis à la place numéro treize. Je me souviens que, chez les juniors, j'ai remporté une course un 13 août avec le dossard 13... Et si j'ajoute que, sur la barre du vélo de Jimmy Casper aux couleurs de la Française des Jeux, se côtoient le chiffre 8 et le chiffre 5 (une simple addition), tout cela me fait penser à une blague de potache : je ne suis pas superstitieux car ça porte malheur... Après Dijon, Dole, la Suisse, les villages tout blancs de neige comme des cartes de Noël. Avec Gérard, nous mettons au point notre intervention auprès de Hein Verbruggen. Je ressens un petit pincement quand le train entre en gare. Et si le grand patron du cyclisme mondial considérait finalement que notre projet est irréaliste, donc irréalisable ? Gérard n'y croit pas. Au fond, moi non plus. Un taxi nous dépose devant l'immeuble de l'UCI. On nous fait patienter dans une salle feutrée où se dresse un grand bi à l'énorme roue rayonnée qui fait penser aux fanons d'une baleine. À côté, un vélo futuriste au cadre en forme de coque aérodynamique… Hein Verbruggen nous accueille chaleureusement. Nous lui exposons le projet par le détail, il écoute nos motivations. Je le sens très ouvert. Il ne nous cache pas que les directeurs sportifs d'équipes étrangères, et même françaises, en ont assez de cet acharnement contre le cyclisme qu'ils perçoivent dans l'Hexagone. Les médias sont dans le collimateur. Mieux vaut ne pas jouer les redresseurs de torts. J'explique qu'il s'agit d'une démarche personnelle de quelqu'un qui est avant tout passionné de compétition cycliste. La conversation est détendue. Je lui raconte comment la veille, dans une rue de Paris, des gamins m'ont crié : « Allez, Virenque ! » comme leurs pères jadis criaient : « Allez, Poupou ! » ou : « Vas-y, Bobet ! » Il se passe alors quelque chose d'inattendu. Le patron de l'UCI se lève et va chercher un document sur son bureau. C'est une étude britannique sur l'image du cyclisme en Europe après les affaires de dopage. Une immense majorité des gens interrogés parmi les « accros » à ce sport continue de le vénérer, d'aduler les champions. Ils considèrent les coureurs comme des héros qui font des choses inhumaines. Ils admirent leur persévérance, leur capacité à fournir des efforts sans mesure, leur goût farouche de la compétition, leur aptitude à la solitude en même temps que leur propension à partager les coups durs avec leurs coéquipiers, leur mental exceptionnel pour venir à bout des difficultés. Et Verbruggen d'expliquer que les champions cyclistes sont des héros d'une autre étoffe, simples, accessibles, repoussant les limites de la souffrance, les seuls vrais héros du sport.

Bien sûr, il existe dans ce sport une culture du dopage, car on exige des coureurs des efforts hors du commun. « Un sprinter qui prend de la testostérone se dope pour tricher, explique le président de l'UCI. Mais que dire d'un coureur du Tour de France qui veut tenir le coup pour arriver à Paris, sans l'espoir de gagner, seulement pour terminer l'épreuve, préserver son salaire, sa place dans l'équipe ? » Un discours qu'il ne peut pas tenir officiellement. L'étude anglaise est précise : elle dit que le public est prêt à pardonner le dopage à ces « surhommes du vélo » puisque, précisément, ce qu'on leur demande est inhumain. Qui peut courir les quatre mille kilomètres d'un Tour de France en une vingtaine de jours, franchir les cols de première catégorie, affronter la chaleur, la pluie, sans recourir au moins à des stimulants ? Bien sûr, le président de l'UCI pourrait décider de rendre les épreuves moins difficiles, avec des étapes moins longues, moins escarpées, des journées de repos plus fréquentes. Mais alors on perdrait l'héroïsme qui est à la base de ce sport si particulier qu'est le cyclisme, un sport « aux racines très profondes », comme le disait Pierre Chany, un des grands serviteurs du vélo, qui fit jusqu'à sa mort les beaux jours de *L'Équipe*. Des racines profondes, oui, qui plongent jusque dans les couches les plus modestes de nos sociétés modernes. Je pense à l'obscur apprenti boulanger de Saint-Méen-le-Grand, Louison Bobet, à Jean Stablinski, venu au vélo pour échapper à la mine, à Jacques Anquetil, qui se cassait le dos à cultiver des fraises à Quincampoix, à tant d'autres, humbles enfants des champs, des usines, des docks d'Anvers et des ateliers, qui se sont parés de gloire et de lumière en se hissant à la force du jarret au sommet du sport cycliste.

Verbruggen poursuit son plaidoyer : malgré l'affaire Festina, tous les grands sponsors ont reconduit leur engagement dans le cyclisme professionnel pour quatre ans. Il cite US Postal, Rabobank, Festina, Deutsch Telekom, Crédit Agricole. Sans parler de ces millions de gens qui se massent chaque année sur le bord des routes pour applaudir les coureurs du Tour. « Dimanche dernier, raconte-t-il, j'ai regardé un championnat de cyclo-cross à la télévision. Cela se passait aux Pays-Bas. Quinze mille personnes étaient là dans le froid, sous la pluie, pour voir

71

des coureurs passer huit fois devant eux. Comment expliquer cela ? Pourquoi ne sont-ils pas restés tranquillement devant leur poste de télé ? Ces gens voulaient être près de leurs héros. Le dopage ? Ceux qui aiment regarder un garçon passer un col sur son vélo savent aussi que ce n'est pas humain. Ils se sentent un peu responsables. Alors ils peuvent pardonner. » Et de conclure : « Nous sommes entre deux impératifs, entre la nécessité de lutter contre le dopage et l'obligation de préserver l'héroïsme. » Réduire la difficulté des épreuves, ce serait toucher à la légende, la légende des cycles. On évoque le procès Festina (« Quel juge peut rêver d'avoir cent quatre-vingts journalistes accrédités sur une affaire ? » demande Hein Verbruggen), on l'écoute encore regretter le climat de suspicion qui règne même entre les coureurs. « Quand une équipe marche et gagne, les autres se demandent aussitôt : "Qu'est-ce qu'ils ont pris ?", comme s'ils ne pouvaient pas tout simplement être en forme ! » Le président de l'UCI n'est pas pressé de nous voir partir. Jeudi, lors du comité directeur, il exposera notre projet. D'après lui, il sera accepté selon des modalités pratiques à définir avec les commissaires de la course. Nous aurons un fax de confirmation vendredi. C'est gagné, gagné.

En sortant de son bureau, je pense à la phrase préférée de Jean-Marc Roberts dans *Tintin* : « Cette fois, nous v'là bien, mon vieux Milou. »

Car cette fois, c'est sûr, je serai au départ du Midi Libre, le 22 mai.

La chance, décidément, est avec nous. Nous voulions rencontrer Daniel Baal, le président de la Fédération française de cyclisme. Hein Verbruggen nous apprend qu'il est ici, dans une salle voisine, en réunion. Morax et moi le « coinçons » une bonne demi-heure. Il nous écoute attentivement, un peu distant, un brin désabusé. Il quittera ses fonctions en mars. L'échange est sympathique, mais on sent bien que ces dernières années l'ont éprouvé. Il va se consacrer à son métier de banquier, laisser la FFC, au moins un temps. Il me regarde avec surprise quand je lui annonce que je veux m'aligner au départ de la course. « Vous savez, c'est une course dure, une des plus dures... Quand vous serez dans l'arrière-pays, dans les côtes, sur ces routes sans rendement... Il faut être très bien préparé. » L'image me traverse, je devrais dire me transperce. Je sais bien ce qu'il sous-entend. J'en ai connu, de ces pentes raides, avec le bitume qui vous accroche comme du scratch, le jus qui manque dans les jambes, l'idée que cette fois on n'ira pas au bout, c'est ça, on va s'arrêter de pédaler, juste quelques minutes, mais, si on arrête, on ne repart plus. Alors on relance coûte que coûte, les larmes ne sont jamais loin des perles de sueur, c'est salé pareil. Sur le bord de la route, les gens ne voient pas la différence, ou peut-être que si, après tout. S'ils sont là, c'est bien pour toucher du doigt le drame qui se joue dans la tête et les jambes d'un coureur qui refuse de s'avouer vaincu mais que ses forces ont lâché.

Retour à Paris par la « Ligne de cœur ». Morax a le moral. Moi aussi. Mais bon Dieu, ça va être dur ! Je commande un bon dîner, dorade et riz, avec un peu de bordeaux. Un douanier ouvre mon passeport. Il me parle d'un article que j'ai écrit sur les assassinats en Corse il y a cinq ans ! Gérard écarquille les yeux. Le monde est fou. Il me tend un poème qu'il garde toujours avec lui, le dernier poème de Jorge Luis Borges avant sa mort. J'en extrais ces vers magnifiques emplis de regrets face au temps qui passe. (Je me souviens d'une leçon de grammaire sur l'usage des auxiliaires être et avoir : le temps est passé, et il a passé vite...)

Instants

Si je pouvais vivre une nouvelle fois ma vie
J'essaierais d'y commettre plus d'erreurs
[...]
Je m'exposerais à plus de risques,
Je ferais plus de voyages,
Je contemplerais plus de crépuscules,
J'escaladerais plus de montagnes
[...]
Et je jouerais davantage avec les enfants, si j'avais
  encore une vie devant moi,
Seulement voilà, j'ai quatre-vingt-cinq ans et je suis
  en train de mourir

10 janvier

Hier soir, petit moment de panique à l'instant de préparer mon vélo pour ma grande sortie du jour. Mon pneu arrière était dégonflé. J'ai essayé ma pompe ultralégère. Mais une cheville de plastique obstrue l'embout et m'empêche d'attraper la valve du pneu. Le voilà qui se dégonfle presque entièrement. Comment vais-je faire si je suis à plat ? Je me vois mal me rendre à pied chez le marchand de cycles du coin avec un vélo aussi sophistiqué pour lui dire que je n'ai pas de pompe ou, pire, que je suis incapable de l'utiliser. Je considère tout d'un coup la petite pompe blanche accrochée au vélo de Constance… Désarroi. Bon, réfléchissons. Je reprends la pompe « de compétition », dévisse, manipule. Ouf, la cheville de plastique s'est détachée. Je remonte l'ensemble. Cette fois, la valve passe dans l'embout de la pompe. Sauvé ! Il en faut peu pour déstabiliser un apprenti cycliste. Il ne reste plus qu'à pomper comme un Shadok, un exercice assez fastidieux pour des pneus qui peuvent tolérer 8 kilos de pression. Je pince le caoutchouc entre le pouce et l'index. Encore, encore. Le vélo muscle les bras aussi. Il faudra que je me procure une pompe à pied avec manomètre : c'est moins fatigant et plus efficace. On y met exactement la pression voulue. Sur la chaîne stéréo, Yves Montand « à bicyclette ». « *Sur les*

petits chemins de terre, on a souvent vécu l'enfer,
derrière Paulette. » Je remplace avantageusement
Paulette par « Clochette », encore sous le coup
des jambes graciles et sculptées de la jeune championne dont j'ai à peine aperçu le visage, dimanche. « *On se sentait pousser des ailes, à bicyclette.* »

Il ne pleuvra pas. Cette fois, j'ai bien emporté
mon bidon de thé. J'ignore pourquoi, je ne l'ai
pas rempli à ras bord. Je le regretterai tout à
l'heure, quand il sera désespérément vide au
bout de deux heures et demie de pédalage...
Pour atteindre la plaine du polygone de Vincennes où m'attend le circuit cycliste, je dois
d'abord me polluer les poumons derrière des
dizaines de camions qui roulent vers Nation,
dégageant sous mes narines de nauséabonds
nuages d'oxyde de carbone. J'essaie de ne pas
respirer à fond et chasse comme je peux cet air
vicié. Vivement le bois. C'est ma première sortie en solitaire. Malgré des douleurs à « l'entre-
jambe » (les cyclistes font tellement corps avec
leur machine qu'ils se plaignent d'avoir mal à la
selle) et dans la nuque (ma potence est vraiment trop longue), je roule bon train. Le circuit
se compose de deux longues lignes droites,
l'une vent debout, l'autre vent dans le dos, avec
une oblique vent de côté. Des hommes en salo-
pette poussent devant eux une grosse roue de
métal imprégnée de chaux blanche pour redes-
siner les limites d'un terrain de foot détrempé.
Des forestiers s'activent au milieu de billes de
bois débitées de frais. Un camion immatriculé

dans l'Est va les emporter. Des odeurs de végétation mouillée montent du bord de la route.
Effacés la place de la Nation, les poids lourds
polluants. La forêt m'est un univers familier.
Enfant, je passais des journées dans les Landes
à ramasser des pignes et des aiguilles de pin,
des fougères pour les serres de mon oncle fleu-
riste, et aussi de la mousse pour décorer son
stand du marché des Capucins, à Bordeaux, là
où se présenta un matin un petit monsieur tout
gris aux yeux bleu acier, l'air terriblement malin.
Il s'appelait Roger Lapébie et avait gagné le Tour
de France en 1937. J'avais douze, treize ans, il
me donna des photos sépia du Tour, Bobet,
Kubler à l'assaut des Alpes, Charly Gaul sous
la pluie... Il est mort à plus de quatre-vingt-dix
ans. Il était venu me voir courir à Angoulins, près
de La Rochelle, une course de juniors. J'avais
gagné sous ses yeux. Souvenir de courses bien
innocentes, avec après la ligne un bouquet
d'arums, les étranglements du speaker dans une
sono déficiente sortie tout droit d'un film de
Tati, et la tape amicale de ce vieux rusé râblé
de Lapébie...

La forêt landaise. Aussitôt me reviennent les
fortes odeurs de résine. Sensation de la gomme
qui colle aux doigts, déposée dans de petits pots
de terre agrafés le long des troncs que l'on
dénude et saigne comme des hévéas, les arbres
à caoutchouc. Majesté des pins maritimes dont
les chercheurs d'aujourd'hui ont appris à contrôler la rectitude du pied à la cime. Monde de

Mauriac, des convoitises secrètes et tenaces sur la parcelle du voisin, des unions arrangées, des « nœuds de vipères » inextricables, des coupes claires qu'on s'autorise pour le mariage de la fille, dot en bois brut. « Qui a pin a pain », disent les Landais.

Après deux heures de route, je me fais dépasser par deux « clochettes ». J'essaie de les suivre. Une femme au bord de la route leur crie : « Encore quatre tours, les filles ! » La vitesse augmente singulièrement. Je tourne les jambes sans trop de mal. Je prends même le relais dans la ligne droite face au vent. Petite satisfaction, elles resteront dans ma roue pendant les quatre tours qui leur restent. J'ai fini mon bidon de thé. Pourquoi donc ne l'ai-je pas rempli à ras bord ? Je me souviens d'un héros du Tour 1947, Pierre Brambilla, un Italien naturalisé français, victime de la hargne de Jean Robic — dit Biquet — dans cette première Grande Boucle d'après-guerre. Quand il trouvait qu'il ne marchait pas bien, Brambilla s'infligeait des punitions. Un jour, il vida entièrement le contenu de son bidon sur la route pour se priver de boire, estimant que sa carcasse ne méritait pas une seule goutte... Après sa défaite de 1947, il enterra son vélo au fond de son jardin.

J'ai repris mes vieilles habitudes assez peu ragoûtantes, j'en conviens : je crache pas mal et je me vide régulièrement les narines, ça dégage. Un ami, grand lecteur de Rousseau, m'avait un jour raconté que, dans ses *Confessions*, Jean-

Jacques n'hésitait pas à dire : « Aujourd'hui, je tousse et je mouche vert. » Bon, passons. La condition du coureur aiguise une forme d'instinct de survie. Seul à souffrir sur sa machine, on se met à l'aise autant que possible.

Sur le retour, une douleur au genou. Pas les ligaments, juste un point très sensible sur le dessus de la rotule, comme si un caillou était venu la frapper. Trois heures et demie de vélo, je n'ai pas compté les kilomètres (il me faudrait un compteur), sans doute quatre-vingts ou quatre-vingt-dix. À la maison, je m'effondre sur un fauteuil en laissant libre cours à Vivaldi. Puis un bain chaud. Je rêve de massage. Si mon père n'était pas à La Rochelle, « l'homme aux mains d'or », comme l'appellent ses amis, aurait eu du travail sur mes jambes dures comme le bois que j'ai vu coupé à Vincennes.

Mes gestes sont très lents. J'essaie de m'économiser, de ne pas rester trop longtemps debout. Je réapprends la lenteur...

11 janvier

J'ai pas mal récupéré de mes efforts d'hier. Les jambes sont un peu douloureuses, sans plus. Aujourd'hui sera une journée sans vélo. Je m'occupe d'une enquête de Stephen Smith sur « l'Angolagate ». Du travail de professionnel. Il y a cinq ans, j'avais enquêté sur les réseaux africains de Charles Pasqua. Cela m'avait valu une drôle de rencontre à Libreville avec Omar Bongo. Celui-ci m'avait juré qu'il n'existait pas de machines à sous au Gabon. Un de ses conseillers avait rectifié à voix basse : « Si, monsieur le président, il y en a, mais très peu... » Après deux mois d'enquête durant lesquels j'avais rencontré Léandri, Tarallo et quelques autres protagonistes de l'affaire Elf, j'avais pu reconstituer quelques circuits de financement africains de Charles Pasqua. Mais, avec le recul, je vois bien que je n'étais guère armé pour démasquer ces puissants qui vivaient alors dans l'impunité, cherchant parfois à m'intimider sans jamais me craindre. J'étais un amateur. Smith, lui, est un pro. Un avocat parisien cité par *Le Nouvel Économiste* avait indiqué que j'avais fait preuve de « courage physique » dans cette affaire, après la parution de mes reportages. Je n'ai jamais eu le sentiment de risquer grand-chose, pourtant, et l'épreuve du Midi Libre m'éclairera davantage sur mes réserves de courage...

Jean-Pierre Gugliermotte, l'organisateur de la course, était aujourd'hui dans le bureau de Morax. Il avait préparé à mon attention le parcours de la plupart des étapes, en particulier celle du vendredi 25 mai, Pont du Gard-Laissac, 213,5 kilomètres, en passant par le col de Jalcreste, un col de deuxième catégorie, puis par le col de Cabrunas, de difficulté équivalente, en Lozère. Quand il a déployé sous mes yeux le parcours dessiné au marqueur sur un extrait de carte Michelin, j'ai eu un léger haut-le-cœur : le ruban de couleur m'a paru interminable. L'étape sera très dure, avec une magnifique traversée des Cévennes. Je ne montre rien mais une soudaine inquiétude m'envahit, plutôt un fond de panique : et si je ne passais pas ? Si mon « palpitant », si mes jambes, mes reins, si ma tête... Le tracé est en rouge carmin. Je pense au TGV de Lausanne, le TGV Ligne de cœur. La voilà, cette ligne de cœur, sous mes yeux, heurtée comme une ligne de vie quand la vie est jonchée de surprises. Pasqua l'Africain, à côté, c'était du petit bois. Sur la carte dépliée par Jean-Pierre Gugliermotte, je vois les lieux où je vais prendre feu. Entre le pont du Gard et Alès, ça devrait aller si les gars ne flinguent pas trop fort, mais après, la montée vers La Grand-Combe, puis la Haute-Levade, Saint-Privat-de-Vallongue, ces noms que je découvre, Cassagnas, Florac, Ispagnac, mon Dieu, tous ces noms me font frémir. Ajoutés les uns aux autres, ils forment une ligne montagneuse de 213,5 kilomètres. Même en voiture, c'est long. Alors à vélo... Je partirai en reconnaissance fin avril, pour savoir exactement ce qui m'attend. Gugliermotte ajoute que cette étape sera la première retransmise sur France Télévisions. Autrement dit, la sarabande va commencer dès que les coureurs verront les caméras. Je vais être très seul dans la vie, le 25 mai.

J'ai appelé Fabrice Vanoli. Il aura une potence plus petite. Il me recommande d'acheter de la crème Cetavlon à épandre sur la peau de chamois de mon cuissard pour éviter l'irritation de la peau. « Prenez une noisette de crème que vous posez à l'extrémité de la peau de chamois. Puis vous faites se toucher les deux extrémités de la peau en les frottant l'une contre l'autre. Elle sera complètement enduite sans que vous y mettiez les doigts. » Le conseil est astucieux. J'essaierai bientôt. J'ai retrouvé mon contrat de course amateur avec la société Motobécane, signé en 1976. Article un : une bicyclette « sur mesure » entièrement exécutée au petit chalumeau à l'atelier de fabrication artisanale de Pantin sera livrée au coureur par l'agent Motobécane Yves Étien. La prime de victoire est fixée à 1,50 F par kilomètre. Pantin : ce nom m'était connu bien avant ma première « montée » à Paris au début des années quatre-vingt. J'avais rêvé de ces ateliers d'artisanat où de petits chalumeaux se consumaient pour moi en donnant forme et vie à des vélos presque plus légers que l'air.

Demain, je déjeune avec Morax et Bernard Thévenet. Quand j'avais quinze ans, trois posters de champion étaient affichés dans ma chambre : Coppi, Merckx, et Thévenet. Si je ne vais pas au bout du Midi Libre, j'aurai au moins rêvé un peu. Je ne devrais pas écrire ça. Il faut que j'aille au bout. Les rêves sont plus beaux quand ils finissent bien.

C'est Dominique Roynette, la directrice artistique du *Monde*, qui dessinera mon maillot. Elle a l'œil pour installer une beauté sobre et chic. Je lui ai dit : « Dessine-moi un coureur. » Elle n'y croit pas encore. « Vraiment, tu vas participer à l'épreuve ? » Je lis dans son regard le reflet de ma douce folie. Ma collerette sera rouge et or, les couleurs du Midi Libre. On fera figurer le sigle du *Monde* et celui de notre confrère de Montpellier. Une conférence de presse est prévue le 6 mars. « Ça roule », exulte Morax. Puisqu'il le dit...

Un bémol à l'optimisme de Hein Verbruggen : nous apprenons que trois sponsors, dont Coca-Cola, s'interrogent sur leur présence future dans le peloton cycliste.

12 janvier

La rencontre avec Bernard Thévenet me comble d'un bonheur d'enfant. Il est là, dans le bureau de Morax, la poignée de main ferme, un large sourire, simple, discret, ne parlant pas pour ne rien dire. Il a illuminé mes quinze ans, Bernard, en laissant sur place l'ogre Merckx un après-midi de juillet 1975, du côté de Pra-Loup, un nom de bataille, comme Napoléon eut Austerlitz. Dès la fin de la retransmission, après l'avoir vu endosser son beau maillot jaune, j'étais sorti à vélo grimper la côte de Saint-Pandelon, une rampe sévère près de la maison de mes grands-parents, à Dax. Le Sartre des *Mots* était le chevalier Pardaillan. Moi, j'étais Bernard Thévenet. L'été sur le carrelage frais de la cuisine, à l'heure de la sieste, dans le tic-tac de la pendule, je faisais avancer mes petits coureurs de métal et leur rêve d'Arlequin, maillots orange des Bic, damier des Peugeot, caramel et noir des Molteni, violine des Mercier, un arc-en-ciel, un maillot vert du meilleur sprinter, d'autres encore, les bleu azur italiens, quelques belges en rouge et noir. J'ai encore dans l'oreille le son mat de mon peloton miniature, quand le socle en fer des coureurs volait d'une case à l'autre. Il y avait longtemps que, sur ces carreaux divinatoires, j'avais attribué le « maillot » à Bernard. Mais, cette fois, ce n'était plus un coup de dés qui avait décidé de son habit de lumière. Il était le champion français d'après Bobet et Anquetil, un type gentil et courageux, le menton volontaire, une sorte de Pierre Perret du vélo, populaire et pudique, sensible sous sa carapace de faux bourru.

Thévenet a encore le poil noir, j'apprécie son regard direct. Il sera directeur technique sur le Midi Libre, épaulant Jean-Pierre Gugliermotte. Pour la première fois, cette nuit, j'ai rêvé que j'étais dans une course cycliste, à l'arrière... Attaquer par l'arrière, une vieille blague de coureur pour dire qu'on se fait lâcher. Il est vrai que le parcours de la grande étape à travers les Cévennes m'a impressionné. Je demande à Bernard Thévenet s'il avait un « truc » pour grimper les cols. « Rester toujours en deçà de son maximum », me répond-il. Il m'explique que, avec les cardiofréquencemètres disposés sur leurs vélos, les coureurs peuvent contrôler la limite de pulsations au-delà de laquelle ils se mettent en situation d'asphyxie. S'ils la dépassent, leurs muscles ne sont plus assez alimentés en oxygène et ils sécrètent une dose excessive d'acide lactique, un « poison » naturel qui finit par rendre l'effort insoutenable et oblige à mettre pied à terre. Ainsi faut-il éviter de se mettre en « dette d'oxygène » pour aller au bout. Je demanderai au médecin de la Française des Jeux de m'aider à calculer ce seuil et de pouvoir le vérifier. Surtout ne pas tourner en surrégime, grimper sans m'occuper des autres… Je demande à Thévenet ce qu'est devenu son ancien coéquipier Jean-Pierre Danguillaume. Le Tourangeau travaille pour Coca-Cola. Je lui dis l'avoir vu gagner une belle étape dans le Tourmalet. Bernard sourit. « Le grand, ce n'était pas vraiment un grimpeur, se souvient-il. Le lendemain de sa victoire, il a ouvert un journal qui titrait : "La montagne accouche d'une souris." Il a refermé le canard en pestant : "Ils vont voir si je suis une souris." Il a téléphoné à son frère Jean-Louis, qui disputait le Tour de l'Avenir. Il l'a averti : "Tu as intérêt à te distinguer parce que moi, aujourd'hui, je vais faire un truc." Résultat, Jean-Pierre Danguillaume a gagné l'étape suivant celle de Pau et son frère s'est imposé le même jour dans le Tour de l'Avenir. » La légende du vélo fourmille de ces anecdotes où orgueil et forfanterie font bon ménage. Morax demande à Thévenet quelle action pédagogique nous pourrions mener dans le cyclisme. Le double vainqueur de la Grande Boucle répond sans hésiter : « Montrer

85

aux jeunes qu'ils peuvent gagner sans dopage. Le meilleur dopage, c'est l'entraînement. » Il a raison. Des heures de selle, qu'il pleuve ou vente. Le cyclisme est un poème de Paul Fort qu'on apprenait gamins sur un air de Brassens, tous derrière et lui devant, mais pourquoi vouloir toujours la mort du petit cheval ? Je repense aux propos de Marc Madiot : « L'heure est à la reconstruction. »

Une image à la télévision : Richard Virenque interrogé par le ludion cathodique de France 3, Marc-Olivier Fogiel. Je dis bien interrogé, pas interviewé. Avec son air d'en savoir long, l'animateur « cuisine » le roi de la montagne sur le dopage, lui demande si on peut vraiment le croire quand il affirme n'avoir pas été un organisateur de la tricherie. Virenque dément, rappelle la décision de relaxe prise par le tribunal de Lille. Mâchoires serrées, le champion essaie de faire front. La syntaxe n'est pas parfaite. Virenque n'a pas appris l'imparfait du subjonctif dans les allées de la jet-set. Il a beau jeu, Fogiel, comme c'est facile. Virenque est un bon client pour la mise à mort. J'ai été le premier à enrager devant sa défense stupide qui consistait à nier en bloc les prises d'EPO. Je n'ai jamais ri à « l'insu de mon plein gré » exploité par les Guignols. Virenque pédale, il n'est pas doué pour la « com », même si je me souviens du vélo qu'il vendit aux enchères pour les enfants du Rwanda, à l'époque où la France mitterrandienne se voilait les yeux devant les massacres.

La « défense » de Virenque s'appelle Me Collard, un avocat réputé sur les plateaux de télévision. Son premier client s'appelait Christian Ranucci, l'homme au pull-over rouge dont le destin tragique fut si bien raconté par Gilles Perrault... Est-ce d'avoir de nouveau dans les jambes les stigmates des kilomètres parcourus ? Je me dis que les tennismen ou les footballeurs sont tranquilles en regardant Virenque se débattre face aux impertinences sans frais de Fogiel, une provoc facile qui met les rieurs de son côté. Parlerait-il sur le même ton de celui-à-qui-on-ne-la-fait-pas à Mary Pierce, à Zidane ? EPO ou pas, Virenque est un champion qui a gagné sa popularité dans une débauche d'efforts à l'assaut des cols du Tour de France. Quand des jeunes me crient : « Vas-y, Richard ! » c'est une vérité populaire, mal formatée pour les talk-shows branchés, qui s'exprime. Ne pas négliger ce que disait Chany sur les « racines profondes » du cyclisme. Me revient l'image de ce coureur de l'équipe Bonjour dans le dernier Tour. Le malheureux souffrait d'une bronchite qu'il ne pouvait pas soigner à la cortisone, pourtant le seul traitement efficace s'il voulait passer les Alpes et les Pyrénées. Jean-René Bernaudeau a eu beau plaider pour qu'un diagnostic médical *intuitu personae* lui permette de se traiter, il essuya un refus au nom du règlement. Le droit se doit d'être flexible sous peine d'être inique. « La justice absolue est l'injustice absolue. » Ce n'est pas de moi, c'est de Sénèque...

13 janvier

Ciel tout bleu. J'en profite pour aller rouler du côté de Saint-Germain-en-Laye. Presque quatre heures de vélo sans trop faiblir, nez au vent une bonne partie du circuit qui me conduit à travers Achères et Maisons-Laffitte. La nuque est rapidement douloureuse. Les jambes et le cœur tiennent. Au bout d'une heure, je commence à m'alimenter en barres de céréales, à boire l'eau sucrée que j'ai versée dans mon bidon. Mais les forces peu à peu s'érodent, et j'hésite parfois à saisir mon bidon. La manœuvre n'est pas si facile. Le plastique est glissant, et le bouchon fermé, qu'il faut chaque fois entrouvrir avec les dents. Le souffle s'en ressent. Puis, au bout d'un moment, il faut en plus presser avec les doigts sur le ventre du bidon pour que le liquide sorte. Ce n'est rien et pourtant c'est beaucoup quand on roule dans l'air froid, sans abri, droit devant. Certaines portions de bitume sont ensoleillées. La route se met à ressembler à une longue feuille d'aluminium qui se déroule devant mes roues. Je vois mon ombre pédalante qui me dépasse. Il arrive un moment où la douleur se fait plus insistante, même dans les descentes, même quand le vent pousse. Le monde extérieur devient alors étranger, inaccessible, à portée de main pourtant. Je vois tout des scènes du bord de route, des enfants sur leurs patinettes dans les chemins forestiers qui se poursuivent en criant, un match de foot sur un terre-plein, des gens qui reviennent du marché les cabas débordants, des promeneurs. C'est comme si j'étais soudain projeté hors des douceurs banales de l'existence, et c'est précisément cet effort gratuit qui donne son prix, après, à la bouffée d'air respirée avec insouciance, alors qu'on peut se noyer sur son vélo, les poumons jamais assez remplis d'oxygène, les douleurs toujours au mauvais endroit. C'est ça : je me dis que j'aurais moins mal si une petite contracture ne venait pas vriller le haut de mon mollet gauche. J'en viens à penser que le même pincement à la jambe droite serait supportable, sans aucune raison. Puis viennent des airs de chansons, des paroles qui font diversion. « *Sois sage, ô ma douleur, je chante, par les chemins...* » Je me souviens d'un témoignage d'Henri Krasucki après son départ de la CGT. Krasu racontait comment, dans sa cellule d'isolement à Auschwitz, seul du matin au soir, il se préparait un programme mental, « écoutant » dans sa tête des morceaux de musique classique, des ouvertures d'opéras qu'il avait entendues enfant, ayant eu la chance de fréquenter les salles de concert. Loin de moi l'idée de comparer l'univers concentrationnaire à cette liberté de pédaler qui me conduit à souffrir pour mon plaisir... Mais je pense à cet « opium » cérébral qui me fait perdre un peu de vue la réalité — je suis assis sur la selle dure de mon vélo et il me reste encore cinquante bornes à parcourir pour remplir le contrat que je me suis imposé —, alors qu'il existe des terrasses de café, des salles de cinéma, des femmes fardées qui peut-être s'ennuient. La réalité s'efface, des images se succèdent, un bras de la Seine qui brille, les éclats d'une bouteille de bière brisée que j'évite, une auto qui me dépasse en frôlant ma cuisse — je hurle après ces Dupont-Lajoie —, et un air de Balavoine scande mes coups de pédale (« *Quand on arrive en ville, on a pas l'air viril, mais on fait peur à voir* »). Dès que le vent se fait trop violent, je me couche sur ma machine, l'œil rivé sur le pneu avant. Le bitume défile comme si j'allais très vite. Cette impression de rapidité me décontracte, les jambes tournent en souplesse. J'évite de regarder au loin, car la ligne droite est interminable. Sauf quand un réflexe me commande de vérifier qu'une voiture ne s'est pas immobilisée sur la route, ou un camion, ou une bétaillère qui aurait calé, comme dans *Les Choses de la vie*. J'ai connu tellement de copains qui se sont « abîmés » contre la tôle. Les choses de la vie...

Dans la bibliothèque de ma mère, le premier roman qui m'a marqué était de Paul Guimard. Je l'avais choisi à cause de son petit nombre de pages, mais surtout parce que l'auteur s'appelait Guimard, comme Cyrille, le sprinter nantais dont j'ai découvert ces jours-ci qu'il a remporté le Midi Libre à deux reprises, après un numéro d'artiste dans le mont Saint-Clair. Le livre s'appelle *Rue du Havre*. J'ai souvent pensé à ce roman, plus tard, car il est le « petit caillou » qui m'a révélé qu'un jour j'écrirais. Pour raconter des destins, les emmêler, les nouer, les fracasser. Je me souviens de mon émotion. L'intrigue est toute simple, comme peut l'être la vie, et si ténue. Un train de banlieue, chaque matin à Saint-Lazare, déverse un flot de voyageurs parmi lesquels une jeune femme. Un autre train de banlieue, quelques minutes plus tard, déverse un autre flot de voyageurs, parmi lesquels un homme pressé. Planté devant un grand magasin, le héros a repéré la jeune femme et l'homme pressé. Il est même certain, à les guetter jour après jour, scrutant leur visage, leur regard, que ces deux-là sont faits l'un pour l'autre. Seulement, voilà : une poignée de minutes les sépare et rien, *a priori*, ne pourrait les mettre en présence. Sauf le destin qui prend les habits de la mort ; la mort du narrateur. Un attroupement se forme, puis un autre, au milieu desquels une jeune femme, un homme pressé... Hasard, hasard... L'année de notre installation à La Rochelle, Claude Sautet tournait *Les Choses de la vie*, avec Romy Schneider et Michel Piccoli. Avec cette scène sur l'île de Ré où le bolide évite *in extremis* la fameuse bétaillère conduite par Bobby Lapointe. C'est la crainte de la percuter qui me fait relever la tête de temps à autre, avant de suivre ma trajectoire en slalomant entre les nids-de-poule. J'ai dû rouler quatre-vingt-dix kilomètres quand je regagne ma voiture. Je reste un moment assis à l'arrière, les jambes allongées sur le siège avant, écoutant mon cœur battre comme s'il voulait sortir de moi.

Au retour, je me demande pourquoi Hein Verbruggen ne nous a pas envoyé de fax confirmant ma participation au Midi Libre.

Un bain chaud. Fabrice Vanoli me l'a confirmé : il faudra venir au stage les jambes rasées. C'est plus commode pour les massages.

14 janvier

J'ai du mal à retrouver un souffle normal. J'essaie de toucher le fond de ma respiration, puis je la bloque en gonflant mes joues avant d'expirer doucement. J'ai tiré fort, hier, et mon organisme n'a pas complètement récupéré. Mais le ciel est encore tout bleu. En début d'après-midi, je file à Vincennes en voiture, le vélo dans le coffre. J'ai glissé un bonnet sous mon casque car le froid est mordant. C'est un après-midi pour les familles dans le bois de Vincennes. J'ai attrapé au vol un vieux tube de Sylvie Vartan qui s'échappait de la roulotte d'un marchand de beignets : « *La Maritza, c'est ma rivière...* » Sur le circuit, peu de cyclistes, mais je dépasse des chenilles de jeunes en rollers accrochés les uns aux autres, leurs jambes formant de lentes arabesques sur le bitume. Passent aussi des vététistes, des coureurs à pied, des amoureux, des petits à patinette dont le soleil illumine le chrome. Et puis des ratons. Tiens, c'est le retour des ratons, signe que je ne roule pas trop mal. Les ratons, en jargon cycliste, ce sont des pédaleurs parasites, baptisés aussi « suceurs de roues ». J'en ai deux dans mon sillage depuis quelques tours. Ils ne mettent pas le nez à la fenêtre, me laissent mener dans le vent. J'aperçois leur ombre dans les virages, j'entends leur souffle, mais ils se tiennent bien à l'abri. Quand je finis par m'écarter au bout d'une heure et demie de vélo à un rythme convenable, ils me passent sans un regard : le raton est un ingrat. Dans les courses, on déteste avoir un raton sur son « porte-bagages ». On essaie parfois de le sortir des roues par quelques démarrages fulgurants. S'il revient, c'est qu'il a de la réserve. Il peut donc passer au moins quelques relais pour affronter le vent, au lieu de « fumer le cigare ». Tu parles, le raton est aveugle et sourd, sauf quand la cloche du dernier tour se met à tinter, annonçant l'arrivée. Là, il se dresse sur les pédales et vous dépose sans un merci. Dans le peloton, les ratons ne sont pas populaires. Ils ne participent jamais aux éventails, le dispositif qui permet à plusieurs coureurs de limiter la fatigue quand le vent souffle par rafales de côté dans les rayons. Quand j'étais gamin, on traitait à tort le Hollandais Joop Zoetemelk de raton (Zoetemelk signifie « lait sucré », c'est bien le moins quand on se prénomme Joop). En réalité, Zoetemelk était un champion courageux qui eut un malheur dans sa vie : trouver Eddy Merckx en travers de sa route, ou plutôt devant. C'était moins un raton qu'un coureur

qui voyait ses talents fondre là où commençait
le roue arrière du roi belge...

Tout cela n'est pas grave. Je suis soulagé après
cette sortie. Les jambes sont « costaudes ».
J'ai roulé sans m'essouffler, en chantant « La
Maritza » pour m'assurer que je ne forçais pas
trop. « *De mes dix premières années, il ne me reste
rien...* » Cela me rappelle la forfanterie d'un
ancien grimpeur du Tour qui, pour écœurer ses
adversaires, avait décidé de grimper les cols en
sifflant...

C'est la première fois que je prends les virages sans cesser de pédaler, une pratique apprise
sur les vélodromes, à laquelle je ne m'étais pas
encore risqué. Tout se passe bien, je ne frotte
pas le bitume, je commence à me décontracter
sur ce vélo, à pédaler « souple ». J'ai comme
des fourmis dans les jambes, la sensation que,
aujourd'hui, je pourrais me faire très mal sans
que les muscles lâchent. Mais c'est plus sage de
ménager l'organisme, après la sortie d'hier où
j'ai eu froid.

Un appel de Jean-François Couvrat, un ami
journaliste dont le père suivit plusieurs éditions
du Midi Libre, autrefois, pour le compte de *La
Nouvelle République*. Il me raconte cette anecdote
au sujet de Rostolan, un ancien coéquipier de
Jacques Anquetil. L'année de la grande défaillance de Maître Jacques dans le col d'Envalira
— il avait fait la veille quelques écarts avec la
diététique... —, ses équipiers l'avaient beaucoup aidé, en particulier pour franchir les plus

rudes montées. « Il est bien sûr interdit de pousser un coureur, avait benoîtement déclaré Rostolan après l'arrivée, mais on peut tout de même donner de petites tapes amicales dans le dos d'un copain... » Je raffole de ces histoires mille fois racontées, déformées, amplifiées, toutes tissées dans la légende des géants de la route, aussi durs au mal que facétieux et vantards, comme ce Hassenforder qui clamait à l'emporte-pièce que des Bobet, il en avait un dans chaque jambe, c'était au temps où Bobet portait le sobriquet de Bobette, il ne gagnait jamais, redoublait de malchance et pleurait sur son vélo... Il gagna ensuite trois Tours d'affilée, grand Bobet.

Cherchant une disquette dans un tiroir de mon bureau, je vois dépasser d'une chemise une lettre à l'écriture élégante et fine. C'est un courrier de Louis Nucéra qui date du printemps 1990. « Un accident a fort contrarié mon emploi du temps. Je rentrais d'une sortie à vélo quand, boulevard Gouvion-Saint-Cyr, une voiture de police m'a coupé la route. Résultat : front en avant, je me suis planté, tel un javelot, dans le pare-chocs du fourgon. Vingt-cinq points de suture mais pas de fracture du crâne. » Je me souviens que j'avais souri en me disant : « Sacré Louis, froisser la tôle des pandores... » Il terminait sa lettre en m'annonçant son départ pour Nice, sa ville natale, notre ville natale. Cela me fait un peu mal de penser qu'il serait sûrement venu rouler avec moi pour préparer le Midi Libre. J'aurais eu à l'oreille son petit accent chantant, il aurait soupesé mon vélo d'un air connaisseur, avec ce sourire de l'effort qui éclairait son visage et communiquait sa chaleur avant même qu'il eût prononcé un mot.

Je finis ma soirée au *Monde* pour préparer un portrait de Dominique Baudis, au cas où il serait nommé à la tête du Conseil supérieur de l'audiovisuel par l'Élysée. Edwy Plenel me demande comment se passent mes entraînements. Je lui raconte, en vrac, les quatre heures passées hier sur la bécane, la préparation physique, le stage avec les pros, les papiers que j'écrirai chaque soir. Il connaît la dimension intime de ce projet, il sait que je n'ai pas toujours porté le nom de Fottorino. C'est en écrasant les pédales, pendant mes années d'adolescence, que j'ai semé à jamais un petit garçon qui s'appelait Éric Chabrerie pour devenir Éric Fottorino, coureur cycliste, dont la presse locale rendait compte des échappées. Le vélo, c'est la grande évasion. Ce n'est pas pour rien que le coureur détaché du peloton est un échappé. À bicyclette, je me suis échappé d'une vie pour m'en choisir une autre, une vie offerte par un kiné au teint très mat venu de Tunisie qui avait séduit ma mère et nous avait donné son nom à tous les deux. Fottorino, c'était un nom parfait pour les exploits cyclistes, un nom trop vaste pour moi, il fallait que je rentre dedans et que je grandisse à l'intérieur. À vélo, j'ai lâché mon ombre. Je ne suis jamais devenu champion du monde. Je n'ai jamais porté le maillot jaune dont je rêvais comme d'une Toison d'or. Mais je suis le seul coureur à avoir lâché son ombre.

C'est mon père qui m'a encouragé à « bouffer des kilomètres », le sport était à ses yeux une école de la vie, un milieu exigeant où l'on pratiquait la religion de l'effort. Cinq années de suite, dimanche après dimanche, il m'a emmené aux courses, m'a encouragé, massé, conseillé. Ce soir, c'est lui que j'appelle à propos de mes douleurs à la nuque. « Il faut renforcer tes dorsaux, me dit-il. Tu t'assois sur une chaise, basse de préférence. Puis tu bloques tes omoplates en arrière, bras tendus, les paumes tournées vers le plafond. Tu y es ? » Dans mon bureau au journal, je me contorsionne. « Oui, c'est bon. » D'après lui, en dessinant avec les bras de petits moulinets, je pourrai me muscler le haut du dos pour mieux supporter la position courbée du cycliste. Edwy m'a demandé si je parviendrais à écrire un papier tous les soirs après l'étape. Je réponds oui. Je ne suis sûr de rien, évidemment. Mais cette aventure, il faut y croire jusqu'au bout, comme un écrivain doit croire à son histoire s'il veut inciter ses lecteurs à tourner les pages de son roman. « Tu feras long », insiste-t-il en se réjouissant d'avance. Le voilà pris à son tour dans cette folie.

On finit en parlant de Roger Vaillant, de son roman *325 000 francs*, dont le héros est un coureur cycliste. C'est un roman que j'ai acheté en poche il y a longtemps dans une librairie de Sousse, en Tunisie, qui m'a laissé le souvenir

très vif d'une épreuve infernale. Une conversation me revient, que j'ai eue avec Laurent
Greilsamer, un de mes amis du journal. Il me
parle de Jean Prévost, un des écrivains qui,
d'après lui, a le mieux écrit sur le sport pour
l'avoir vécu de l'intérieur, éprouvé dans sa chair.
J'ai en tête *Le Sel sur la plaie*. Il faudra que je
lise tous ces livres, plus tard, ou pendant mes
périodes de récupération.

Petite réminiscence : quand je courais sur les
vélodromes du Sud-Ouest, j'avais des boyaux
de coton pour les pistes dures, des boyaux de
soie pour les pistes souples. Et un maillot rouge
en soie aussi, tellement fin que, les soirs de noc-
turne, j'avais la sensation de courir torse nu.
C'est mon oncle Guy, un frère de ma mère, qui
me l'avait offert. Comme disaient les imbéciles,
Guy était de la « pédale ». Il était un peu vieux
jeu, les moqueries le blessaient, je croyais qu'il
avait une carapace jusqu'au jour où je l'ai vu mort
sous mes yeux, sa belle moustache calamistrée,
un faux air de Marcel Proust. Il savait exactement
ce qu'il fallait avaler pour passer de l'autre côté.
Son échappée belle à lui. Qu'est devenu le maillot
de soie qu'il m'avait offert ? La collerette portait toutes les couleurs de l'arc-en-ciel.

15 janvier

Pas de nouvelles de Hein Verbruggen. Morosité.
Accès de découragement. Et si tout capotait ?

Morax et moi avons présenté le projet aux responsables du service des sports du *Monde*. Demain, je pars pour cinq jours rouler avec les pros alors que Constance a de nouveau les joues rouges, peut-être une otite, et qu'on va se manquer, elle et moi. Difficulté de s'arracher, à quoi bon tout ça.

Tenir la route, tenir la plume.

Je vacille un peu. Oui, à quoi bon ?

16 janvier

L'avion a atterri sur l'aéroport de Toulon. Le hublot est moucheté de gouttes de pluie. Ça promet. La journée au *Monde* a été chargée. Préparation des élections municipales. Annonce à l'équipe des reporters de ma préparation physique. J'ai appris que mon initiative inquiétait le service des sports. Si je veux supporter les efforts des jours prochains, mieux vaut ne pas trop y penser. Le seul sourire de la journée, cette phrase lue dans une page de Philippe Broussard sur le film-culte *Les Tontons flingueurs* : « Les cons, ils osent tout. C'est même à ça qu'on les reconnaît. » Ça me rappelle la blague de Coluche : « Qu'est-ce qu'il faut être con pour faire du vélo... pas étonnant que ce soit toujours les Belges qui gagnent... »

Je suis accueilli par mon confrère Yves Bordenave, titulaire avec Philippe Le Cœur de la rubrique « cyclisme » du *Monde*. Il trouve mon initiative un peu saugrenue, mais les arguments que je lui expose dans l'auto semblent l'apaiser. Il comprend qu'en aucun cas je ne vais chasser sur son terrain, celui de l'investigation et du journalisme sportif. Je m'aperçois en lui parlant que ce n'est pas facile de défendre un projet qui appartient au registre de la folie douce, du défi, un projet qui appartient à l'enfance. Les adultes se méfient toujours de ceux qui restent fidèles à l'enfant qu'ils ont été. Une passion peut passer pour un caprice.

Pour embarquer mon vélo dans la soute à bagages, j'ai dû dégonfler les pneus et le glisser dans une grande housse noire, étrange instrument de musique soudain désaccordé, instrument à vent et cordes pour me pendre au bout d'une potence trop longue. Nous roulons jusqu'à La Londe-les-Maures. Un village de vacances de France Telecom tient lieu de camp d'entraînement pour l'équipe de la Française des Jeux. Marc Madiot et sa bande m'accueillent à la cafétéria.

Il est vingt-deux heures. La plupart des coureurs sont allés se coucher. Ils ont roulé cinq heures aujourd'hui, et prévoient sept heures demain, si le temps le permet. À une table de l'arrière-salle, un jeune gars joue aux cartes avec deux compères. C'est à peine s'il a levé les yeux à mon arrivée. J'ai déjà vu sa photo. Il s'appelle Jimmy Casper. Je m'approche de lui : « Je roule sur votre vélo », il me tend une main distante, visage fermé, regard ailleurs.

Les dirigeants, en revanche, sont plus loquaces. Quelques cadavres de bières jonchent leur table. Parmi eux, Patrick Gagnier, kiné, assistant, un pilier de l'équipe. Nous avons couru ensemble il y a plus de vingt ans. Je lui rappelle même une échappée de soixante kilomètres que nous avions réussie dans une course du début de saison, près de Rochefort, qu'il avait remportée. Son sourire gomme les réticences que j'ai senties côté coureurs. On échange quelques souvenirs, des noms de gars qu'on a connus autrefois. Je commande une eau minérale. « C'est bien, il fait le métier », lance un homme d'un certain âge, poil tout blanc, Jeff, le soigneur belge de l'équipe. Il me dira plus tard qu'il a passé quatorze jours à la prison de Loos dans le cadre de l'affaire Festina. Marc Madiot me fixe rendez-vous demain à huit heures pour le déjeuner, neuf heures trente « au cul du camion », là où les coureurs iront comme tous les jours retirer leurs vélos remis à neuf par les mécaniciens.

Je me sens très fatigué. Il me reste pourtant une tâche à accomplir, fastidieuse : raser mes jambes sous la douche. J'ai acheté de la mousse exprès. Cela prend du temps, surtout pour dénuder les cuisses. Une masse noire s'est formée autour de la bonde. D'autres jambes apparaissent, lisses et fragiles, une peau d'albâtre. Décidément, ce n'est pas évident de revenir vingt ans en arrière. J'examine mes muscles sans enthousiasme. Je suis pris par la sensation bizarre d'être un malade qu'on viendra chercher demain matin pour l'emmener en salle d'opération. Ce rasoir sur ma peau, loin du visage, c'est une autre époque de ma vie, une époque douloureuse, quand un chirurgien au regard hermétique — il en est qui vous soignent avec l'air de vouloir vous torturer —, me passait de drôles de tiges de métal à travers le pénis jusqu'à la vessie, pour constater le rétrécissement de mon urètre. La veille de m'opérer, une infirmière très douce était venue le soir pour me raser. La lame sur mes jambes, ce soir, me rappelle ces moments d'étrange faiblesse où l'on caresse l'idée de la mort comme un chat noir aux griffes rentrées. Elle avait bien fait son travail, l'infirmière, sans un mot, sans s'appesantir. Je voyais ma toison tomber sur le drap blanc et ma peau s'éclaircir. Devant cette nudité improbable, j'avais eu le sentiment d'une féminité mise à nu. Le sexe à découvert, vulnérable et idiot, recroquevillé, vaincu et sans doute inutile, sexe fort, si faible. Le sentiment fulgurant de la vieillesse. Et à l'esprit cette phrase de Pascal Quignard dans *Tous les matins du monde* qu'il venait de publier : « Son sexe était tout petit et gelé. » Le lendemain matin, on m'avait conduit au bloc opératoire. Je tremblais. « De peur ou de froid ? » m'avait demandé l'anesthésiste dont les yeux riaient, rien que les yeux, car sa bouche était masquée. « Je ne sais pas. »

Je n'ai jamais oublié : je tremblais comme une feuille.

Pourquoi la mémoire s'emballe-t-elle quand il faudrait dormir ? Un dernier souvenir avant d'éteindre dans ma chambre de La Londe-les-Maures : à la clinique, je lisais *La Chartreuse de Parme*. J'avais noté cette phrase, qu'on retrouve aussi, presque mot à mot, dans *À la recherche du temps perdu* : « J'ai vu tomber tant de choses que j'avais crues éternelles. » Il flottait dans l'air une odeur de dakin. Je voyais du sang sur ma sonde, et mes urines recueillies dans un ballonnet ressemblaient à un sirop d'enfant, fraise ou grenadine. Mon vélo était bien mort : il ne tournait même plus dans ma tête.

Cette fois, j'éteins. Curieuse sensation en passant les mains sur mes jambes lisses devenues très sensibles au grain des draps. Avant de quitter la cafétéria, j'ai dit à Madiot que je ne voulais pas retarder leur entraînement, demain. « T'inquiète pas, a-t-il répondu, ils t'attendront pas ! »

17 janvier

Horrible journée. Les gars avaient froid. Ils ont quitté le campement à toute allure. Après six kilomètres, j'ai lâché prise et je me suis retrouvé seul sous une pluie glacée à grimper les bosses le long de la Côte, Bormes-les-Mimosas, Le Lavandou, Cavalaire (j'ai lu : Calvaire), des noms hospitaliers que l'on imagine éclaboussés de soleil, aujourd'hui inondés, ventés, enveloppés de gris. Bien avant Saint-Tropez, j'ai rebroussé chemin. La pluie qui redoublait piquait mes yeux comme de petites aiguilles, m'obligeant à pédaler à l'aveuglette, les paupières à peine entrouvertes.

Le souffle me manque. Cette fois, c'est la vraie galère. Je sens même une crampe monter le long d'un mollet pendant que la pluie s'intensifie. Par moments, au sommet d'une côte, j'aperçois la mer sens dessus dessous, une mer bizarre qui déborderait d'un récipient, enragée, blême, laide. Les gars de la Française ont fait demi-tour eux aussi. Ils ont trop froid et ils rentrent au village. Marc Madiot craignait que je sois perdu. Tout va bien. Quand on s'est croisés, ils m'ont fait signe, des klaxons ont retenti. Je retrouve un rythme. Les gars ont quatre mille kilomètres dans les jambes depuis décembre. Moi, quatre cents, à peine... (Cela me rappelle un reportage que j'avais effectué en Pologne après la chute du Mur de Berlin. Regardant par sa fenêtre la statue d'un ancien chef communiste encore debout, un proche du Premier ministre, tétanisé par la lenteur des progrès, m'avait lancé avec un brin de découragement : « Eux, quarante ans, et nous, quarante jours... ») Après deux heures et demie de vélo, je rentre. Une douche chaude. Je m'allonge sur mon lit, assommé. Dans mon sommeil, un bruit de goutte à goutte : c'est la pluie dont sont gorgés mes vêtements de vélo que j'ai accrochés au portemanteau. La pluie qui écrase le plastique de la poubelle... Deux ou trois heures passent. Le téléphone. Les nouvelles de Paris ne sont pas fameuses. L'UCI tarde à donner sa réponse. Par la fenêtre, un rayon de soleil. Les coureurs sont repartis rouler. En me levant, je remarque des marbrures rouges sur mon front et le sommet de mon crâne, comme les griffes d'un animal sauvage. Les marques de mon casque...

Formidable soirée, douce consolation. Madiot me met dans la confidence : ce matin, les coureurs m'ont « fait le départ », exprès. Certains avaient parié que je tiendrais trois kilomètres dans les roues, d'autres, plus généreux, dix ou vingt kilomètres. J'ai explosé à six. Bizutage réservé au journaliste du *Monde*... Mais ce soir on parle. On se parle. Marc Madiot me donne la parole pour expliquer mes intentions, ma venue amicale, mon refus d'être un espion ou un « cheval de Troie » dans le peloton. Les langues se délient. Je les sens très attentifs, moins sur la défensive, prêts à accorder leur confiance, presque rassurés. Enfin un sourire de Casper, le premier. Emmanuel Magnien prend la parole. Ce n'est pas n'importe qui, Magnien. Il a fini le Tour avec un poignet brisé après une chute dans l'étape du Ventoux. Une semaine avant le départ de la Grande Boucle, une allergie au pollen a conduit le Dr Guillaume à lui faire une piqûre de Kenacort, un traitement à la cortisone, le seul efficace pour soigner son mal. Cette prescription figurait sur son carnet de santé visé par les médecins du Tour. Ils l'ont laissé partir sans sourciller. C'est seulement après l'épreuve qu'il a été sanctionné pour dopage... La presse s'en est fait l'écho. Il en a gros sur le cœur, Magnien. « On s'en est pris plein la figure mais, depuis deux ans, beaucoup de choses ont changé dans le peloton, il faudrait aussi que les médias le reconnaissent. » C'est lui qui m'avouera ensuite, léger sourire aux lèvres : « Ce matin, on vous a fait le départ... » Les rires ont fusé. Quelqu'un a dit qu'on m'avait aussi gonflé les pneus avec de l'eau, mais ça, c'est vraiment une blague, car les pneumatiques étaient durs comme du bois tant ils étaient remplis d'air.

Marc Madiot harangue ses troupes. Sa voix monte dans la salle de restaurant où nous sommes « entre nous ». Les paroles sont crues, directes : « Je ne vous demande pas de baisser la culotte pour vous faire enc... Je considère comme un cadeau du ciel qu'un journaliste du *Monde* vienne avec nous partager nos efforts et renouer le dialogue. À nous aussi de faire un pas ! » Le message est entendu. En sortant, plusieurs jeunes s'approchent. Visiblement, cette séance les a apaisés. Demain, ils ne m'attendront pas, mais le départ sera plus tranquille. Au fond, je suis heureux de la tournure des événements. Ce matin, je n'avais pas soupçonné un instant qu'ils s'étaient mis à bloc pour me semer. Je croyais que j'étais à court de forme...

L'ambiance est détendue, aujourd'hui, et un beau soleil illumine la mer qui a retrouvé son calme bleu et lisse. Manu, le photographe, aimerait bien en profiter pour tirer la photo qui servira de poster en 2001. Les gars sont partagés. Au petit déjeuner, certains lancent : « L'entraînement d'abord ! » On parlemente, il fait tout de même frisquet, et se mettre en cuissard court comme en plein été... Madiot tranche : on donne satisfaction à Manu, car après l'entraînement la lumière aura beaucoup baissé. À ma grande surprise, on me sollicite pour remplacer un coureur absent. « Tu as les jambes rasées ? » me demande-t-on. Affirmatif ! Mes jambes dénudées feront l'affaire : sur le poster, je remplacerai Yvon Ledanois, qui a dû partir pour Paris. Après le tirage, ils remplaceront mon visage par le sien. Mais moi, je saurai que ces jambes, ces épaules, ce sont les miennes... Manu me promet qu'il me donnera un tirage original. Je serai bel et bien le dix-neuvième homme de l'équipe. Les gars m'ont chambré avec mes jambes blanches, ils me suggèrent des UV... C'est vrai que leur peau garde cette teinte de vieil or gagnée sous les soleils de France et d'Italie.

Mon intervention d'hier soir au dîner a mis les coureurs à l'aise. Ils me saluent. (Madiot leur avait dit : « Demain, vous lui direz bonjour, vous ne ferez pas comme s'il n'existait pas... »). Le champion de Suisse Daniel Schnider me montre ses lunettes de vue spécialement fabriquées pour les coureurs, avec des montures souples ultra légères. Emmanuel Magnien est souriant au moment où nous donnons les premiers coups de pédale. « C'est mieux comme ça, hein ? » C'est parti. Je vais tenir exactement cinquante minutes dans leurs roues, et passer à toute allure une belle côte d'un kilomètre. Je me retrouve souvent dans le sillage d'un jeune néo-pro de vingt ans, Thomas Bodo, un athlète longiligne qui tourne les jambes comme un métronome réglé sur pianissimo. On rattrape des cyclistes isolés qui disparaissent aussitôt, rejetés loin derrière. Un peloton d'une vingtaine d'unités, ça roule vite. Je mesure l'aubaine d'être encore là. Ce sont de vrais acrobates sur leurs bécanes. L'un enfile un K-way, deux chahutent et se secouent vigoureusement aux épaules sans dévier de leur trajectoire. À la première grande difficulté, je rassemble mes forces pour tenir les roues de devant. Mon cœur tressaute comme s'il voulait s'extraire de ma poitrine. Mes jambes durcissent brusquement, mollets durs, cuisses dures. Encore un virage. Je me dresse sur les pédales, la montée est roulante mais assez raide. Quand on passe le sommet, je sens que je suis en sursis. À la prochaine butte, je vais sauter.

Pour l'instant, on se lance dans la descente. Notre petit paquet, très étiré dans les dernières rampes, se reforme. Les gars embrayent de plus belle, ils « vissent », comme on dit dans le peloton. Le vent bat les cartes. Nous voilà en file indienne, je suis au point de rupture. Au loin, un petit pont qui m'apparaît méchant comme une montagne. Je fais l'élastique. Soudain, une forte poussée me ramène dans les roues. C'est Franck Perque, le champion de France de course aux points. « Ça devrait se calmer », me lance-t-il. Deux ou trois fois, il me propulse devant, mais le jus m'a quitté. Ça ne se calme pas et j'explose. Marc Madiot reste un instant à ma hauteur. J'entends sa voix à travers la vitre baissée : « C'est bien mieux ! » Je souris. Une autre journée commence, maintenant je suis seul.

On est dans les roues des pros, porté par la frénésie du peloton, on tourne en surrégime, et tout à coup c'est la rupture. Je vois mes compagnons s'éloigner, leurs dos affaissés, puis je ne vois plus rien. Je pioche, le cœur en capilotade, tête qui dodeline, sonné, groggy, boxeur compté dix. Je sens bien que je zigzague légèrement sur la route. Un cirque est passé. J'étais de la fête et soudain plus rien, le silence. Les jambes de bois, la gueule de bois. Retrouver ce souffle qui ne revient pas, calmer ce cœur. Boire un peu, manger. Pas facile d'avaler une tartelette aux fruits quand on parvient à peine à respirer. On étouffe autant qu'on se nourrit. Il faut retrouver son rythme. Un long moment, une bonne demi-heure, je me demande ce que je fais sur cette route à pédaler comme un automate. Une chanson de Michel Berger me traverse par bribes :

J'ai bien cru ne plus jamais revoir
la couleur de la mer,
le soir,
je reviens de loin,
je reviens de loin,
si vous n'en croyez rien,
demandez à mon ange gardien.

Peu à peu, je retrouve des forces. J'accroche mon regard à tout ce qui peut me donner une sensation de vitesse, le bitume qui défile sous mes pneus, la roue libre à l'arrière, l'herbe des fossés. Je traverse une forêt d'oliviers, des étendues de vigne, une vigne tordue et souffrante, plantée dans la terre rouge. C'est la France de Braudel qui passe sous mes yeux, au rythme à peine plus élevé que le pas des chevaux. La vigne et l'olivier, c'est le début de la Méditerranée. Le coup de pédale se fait plus rond. Je me redresse un peu, je relève la tête, répertorie mes douleurs, pieds, chevilles, cuisses, carré des lombes, cervicales, nuque, ligaments du coude mis à mal par les aspérités du bitume. Je m'engage dans la montée d'un petit col de six kilomètres du côté de Cuers. J'entends le chuchotis d'une cascade, un mince filet d'eau claire. Le même pend à la rigole de mes lèvres, un filet de bave que je renonce pour l'instant à effacer d'un revers de gant, je n'ai pas trop de mes deux mains pour attraper le guidon par les cornes. Et personne n'est là pour me voir. Ce filet de bave qui s'écoule, le refus de le faire disparaître, voilà un signe qui ne trompe pas. Quand l'effort est intense, des priorités s'imposent. Plutôt se balader avec cette stalactite que briser la cadence, déjà que les jambes tournent « carré »… J'ai mis « tout à gauche », c'est-à-dire le petit plateau et la grande couronne à l'arrière, le braquet le plus facile à tirer. Sur le plat, ce serait comme pédaler dans du beurre. Mais dans cette pente, toute la mécanique force. On pourrait me suivre en trottinant. Je me demande si je vais plus vite que dans la colline du Labyrinthe, au Jardin des Plantes. Mieux vaut ne pas penser à ça. J'y pense pourtant, et le moral en prend un coup… La descente, enfin. La poitrine brûlante comme une forge, l'air trop frais qui fait tousser, le souffle coupé. Je vide une bonne partie de mon bidon. De l'eau à peine colorée de sirop de framboise. De l'eau glacée. Il fait très froid. Dire que les pros vont rester sept heures en selle avec un fond de sirop dans leurs bidons…

Seul. Un autre col, cinq kilomètres de montée au milieu d'un parc naturel, avec pour spectateurs des chênes-lièges hiératiques aux troncs dénudés jusqu'aux premières branches. Encore le chant cristallin des ruisseaux, quelques chevaux immobiles qui soufflent du brouillard par leurs naseaux, à contre-jour dans le soleil. Puis la pluie, froide. Je roule depuis trois heures et demie quand je rentre au camp d'entraînement. C'est comme si je n'avais plus de chair. Que des os, durcis, raidis, glacés. Je monte mon vélo jusque dans ma chambre, avec une démarche de canard qui intrigue les femmes de service.

« Vous arrivez à marcher, avec ces chaussures ?

— Non. »

Une douche chaude. Mes vêtements trempés s'égouttent au-dessus de la poubelle. Ce bruit de supplice chinois me devient familier. Je tombe sur mon lit, les muscles douloureux, le cœur au galop, comme s'il était encore lâché sur les pentes du col de Cuers. Les yeux fermés, je vois des roues qui tournent, qui tournent.

Toujours pas de nouvelles de l'UCI.

Je rejoins l'équipe pour le dîner. Fabrice Vanoli distribue une note adressée par Hein Verbruggen aux coureurs après le procès Festina. Le patron du cyclisme mondial se défend des accusations de laxisme vis-à-vis du dopage, en particulier de l'EPO. Fabrice m'en tend un exemplaire : « Pour nous, tu es le dix-neuvième homme, on te donne tout pareil. » Touché. « Tu les as mis dans ta poche », me confirmera plus tard Marc Madiot. Le Dr Gérard Guillaume est arrivé de Paris. Le dopage vient au cœur de la conversation. Pour le médecin, il n'existe qu'une solution contre ce fléau : exiger des laboratoires qu'ils marquent les médicaments de manière à les repérer systématiquement dans l'organisme. « Cette exigence va au-delà du sport, explique-t-il. On trouve aux urgences des gens dans le coma sans qu'on sache ce qu'ils ont absorbé. Les médicaments sont toujours plus puissants, avec toujours plus d'effets secondaires. Dans le sport, tant qu'on n'aura pas recours à ces marqueurs, il se passera toujours plusieurs années entre l'usage initial d'un produit, la connaissance de cet usage par le milieu médical et la mise en place d'un dépistage efficace. Pour l'EPO, il aura fallu une dizaine d'années. »

Il parle calmement, Gérard Guillaume, on sent bien qu'il a beaucoup réfléchi à ces questions. Et, comme tous ceux qui connaissent et la médecine et le sport cycliste, il sait que rien n'est simple : « La médecine n'a plus seulement pour objet de guérir des maladies, poursuit-il. Elle lutte aussi contre les effets du vieillissement. D'une certaine manière, le dopage relève de ce phénomène. Il y a tricherie quand on pousse un organisme au-delà de ses capacités. Mais cela se discute en termes éthiques si l'on soigne quelqu'un afin de préserver son potentiel. » Pourquoi un coureur est-il amené à se « charger » ? La réponse de Gérard Guillaume n'attend pas : parce qu'il manque de confiance en lui. On se dope moins pour gagner que pour ne pas se perdre soi-même.

Après le dîner, c'est au tour de Frédéric Grappe de s'entretenir avec moi. À trente-huit ans, cet universitaire de Besançon est l'entraîneur attitré de la Française. S'il a eu un peu de mal à se faire accepter au début, il est aujourd'hui parfaitement intégré à l'équipe, et les programmes qu'il établit pour chaque coureur sont devenus d'indispensables feuilles de route. Il conseille, rassure, parle beaucoup, se rend disponible à tout moment. Encore un amoureux du sport. Frédéric me raconte la véritable solitude de ces jeunes coureurs une fois les stages terminés, comment il leur arrive de se retrouver livrés à eux-mêmes, gambergeant sur des résultats d'analyses, sur leur poids, leurs performances. Rien à voir avec le milieu très protégé du football où les gars sont « cocoonés ». Les jeunes pros, trop souvent, roulent seuls, vivent seuls, sans encadrement ni soutien. La tentation de « faire des bêtises » peut venir dans ces moments d'isolement. Frédéric s'efforce de maintenir le contact. À ses yeux, il y a les coureurs sains et les coureurs « soignés ». Il me raconte l'injustice vécue par Emmanuel Magnien dans le dernier Tour. D'autres concurrents, au pied des cols, sortent leur ventoline pour se dilater les bronches et produisent des certificats médicaux comme s'ils étaient asthmatiques...

On me répète que des contrôles inopinés à Roland-Garros ont révélé plusieurs cas de dopage. Mais pourquoi n'en a-t-on rien su ? Le vélo doit-il « trinquer » pour les autres ?

Cette nuit, comme déjà la précédente, mon vélo dort au camion, avec les autres destriers de l'équipe, dans l'atelier ambulant qui abrite aussi les machines à laver où s'entassent chaque jour des filets bourrés de maillots et de cuissards. Le matin, je retrouverai mon « Jimmy Casper » nickel, nettoyé au pinceau et au gasoil, brillant, comme neuf, pneus gonflés à bloc, avec un bidon plein.

19 janvier

J'ai tenu. Soixante-quinze kilomètres dans la roue de ces fous pédalants, deux heures et demie à rouler souvent contre le vent. Pour ces jeunes athlètes déjà bien affûtés, c'est une sortie de décrassage. Ils ont pédalé six heures hier, repartiront demain pour six heures dans l'Esterel. Fichu métier. L'autre soir, en sortant du restaurant, un coureur m'a glissé : « Quand je vois les footballeurs qui s'entraînent deux heures le matin et qui, l'après-midi, gèrent leurs affaires, je ne me sens pas appartenir au même univers. » Aujourd'hui, ça roule bon train mais sans grandes accélérations dans les quelques bosses du parcours. Bonheur d'être là comme un matelot sur le « fameux trois-mâts » de la chanson, tenant bon la vague, tenant bon le vent... Je suis en frottant un peu les roues de devant, les automatismes sont là. Surtout ne pas se crisper quand on sent qu'on va toucher un autre coureur. Au contraire, il faut relâcher ses muscles, la chute vient avec la peur. Oublier qu'on a des freins, les à-coups et les coups de patins ne sont pas très appréciés dans les pelotons, ils témoignent d'une nervosité inutile. Je me laisse porter, les paysages du bord de mer défilent, calmes cette fois. De soudaines rafales de vent s'engouffrent et font dévier les trajectoires. Notre serpent se cambre mais avance.

Jimmy Casper s'est porté à ma hauteur, tout sourire. Avec sa boucle d'oreille argentée, ses lunettes fumées aux verres triangulaires, il a l'air d'un pirate. Même sous les collants longs, ses muscles saillants dégagent une terrible impression de puissance. C'est un petit gabarit trapu posé en souplesse sur son vélo comme un gymnaste. Un beau coureur qu'il ne faut sûrement pas essayer de contrarier en vue des banderoles d'arrivée. À dix-neuf ans, il fut le plus jeune coureur du peloton professionnel, après avoir gagné une centaine de courses chez les jeunes. Toujours au sprint. L'air paraît vibrer quand il roule près de moi. Ses épaules, son torse, ses yeux, tout est mobile, fluide, léger, sauf ses pattes de félin. Jimmy me raconte ses « galères » en montagne. Les sprinters aiment rarement les bosses. « On se fait des rétropoussettes. Quand un gars n'est pas bien, ça m'arrive de le pousser un peu. Le lendemain, si c'est mon tour d'être planté, il me renvoie l'ascenseur. »

Dans le dernier Giro, il a fait une mauvaise chute sur le dos, dans une descente. Il s'était calé dans la roue du géant Cippolini, qui a raté un virage... Il s'énerve un peu après Bassons : « Moi aussi, je suis un coureur sain, je ne le crie pas sur les toits. » Visiblement, la campagne « plus blanc que blanc » de leur ancien coéquipier a indisposé pas mal de coursiers. On roule. Deux courageux prennent la direction du mont Faron.

Avec une couronne de 21 dents à l'arrière, je ne m'y risque pas. Madiot m'a prévenu que je passerais difficilement. Je me retrouve dans la roue de Magnien. Comment a-t-il pu tenir le coup dans le Tour avec son poignet fracturé ? « Ce sont des gars qui ont l'habitude de souffrir », m'a répondu simplement Patrick Gagnier. On traverse Carqueiranne, la ville de Richard Virenque. Certains crient : « À droite ! », comme pour s'inviter à l'apéro chez le champion déchu. Rires. On continue. J'ai les bras trop tendus car je dois aller chercher le guidon trop loin. Chaque mètre de bitume semble se graver dans mes muscles, avec le moindre nid-de-poule, la moindre aspérité du goudron. La mer. Le vent. Vent debout, coureurs soudain couchés, à plat ventre sur le vélo, le bec de selle dans le derrière, confort moyen, je m'accroche aux roues car, sans crier gare, sans que je sache quelle mouche les a piqués, les meneurs se sont mis à faire exploser le compteur. On roule à bloc, en file indienne. Pas question de « sauter », je tiens bon. Trois petits groupes se forment. Je suis dans le deuxième. Un camion vient opportunément nous doubler. Il crache une grosse fumée noire. Mes yeux picotent mais tant pis, on est à l'abri. Puis la voiture de Madiot passe, entraînant Daniel Schnider dans son sillage. Il me fait signe de m'approcher plus près encore du pare-chocs. Je fonce, les manivelles autour du cou. On revient en tête. Petits trucs de briscards... La pédalée reste souple. « J'ai la socquette en titane », comme disent les coureurs. On arrive à La Londe-les-Maures après deux heures dix de vélo. « Encore vingt minutes », insiste Frank, un des directeurs sportifs. Les gars protestent mais s'exécutent. On lève légèrement le pied, sauf dans une côte grimpée au sprint. Je suis toujours là. Cette fois, ils ne me lâcheront plus.

Retour au camion. Les mécanos s'emparent aussitôt des bécanes. Distribution de pommes. Dans *L'Équipe*, un bon article sur la Française. Casper fait mine de râler en apostrophant Madiot : « Pourquoi tu leur as dit que j'étais en forme ? Si je marche pas, ils vont me critiquer par-derrière. » Madiot sourit. « T'as un cul qui me plaît ! » lance l'ancien champion. Casper s'éloigne en protestant. « Oh là là, je me mettrai pas à poil devant toi... » Les rires fusent. Le monde du vélo, c'est ça aussi. Les gars se donnent des surnoms de neuneus (Dudu, Néné), s'envoient des vannes plus grosses qu'eux, ça les détend... Aujourd'hui, quelques-uns se plaignent que d'autres n'ont roulé qu'une heure et demie. Ils ne disent pas « rouler » mais « bosser ». À vélo, ils travaillent, c'est leur métier. Me revient cette phrase de Madiot, l'autre soir : « Je ne veux pas de chieurs qui viennent à la voiture pour me dire qu'ils veulent rentrer ! »

Déjeuner au San Remo, un restaurant familial près du campement. Photos encadrées d'anciens champions, de Virenque. Visiblement, les propriétaires connaissent bien leur monde. Ils concoctent des menus spéciaux, les plats de pâtes sentent l'huile d'olive à trois mètres... J'ai pris place à côté de Martial Gayant, un ancien coéquipier de Madiot et de Fignon. Martial, c'était le dynamiteur de l'équipe de Cyrille Guimard. Quand le peloton somnolait, il faisait tout sauter. Un tempérament de guerrier, courageux en diable, un de ces gars qui savait souffrir sur un vélo. S'il n'avait pas été coureur ? Il réfléchit. Il aurait été boulanger-pâtissier. Mais la farine dans les poumons, tôt le matin... À dix-huit ans, il a tout misé sur le cyclisme. Il marchait bien. Quand Guimard l'a recruté, il avait dix-neuf ans. C'était pour le Grand Prix des Nations, une course contre la montre. Il n'était même pas engagé. L'organisateur s'est fait tirer l'oreille. Finalement, il l'a pris au départ. Et Martial a gagné. Après, cinq Tours de France, des échappées, des victoires. Quand il parle d'échappées, ses yeux s'allument, on y voit des chaînes tendues à se rompre, des grandes bagarres à coups de 53-11 (l'un des plus gros développements tirés par les pros). À trente ans, dans le Tour 1991, une mauvaise chute a précipité sa fin de carrière. Talon d'Achille arraché, vertèbres amochées « entre la cinq et la six ». Martial me confirme que les gars commencent à m'adopter. « Les coursiers, ils parlent "à la pédale" », ajoute-t-il. Façon de dire que c'est sur le vélo qu'on juge un homme, ici.

J'essaie de dormir un peu. Les jambes sont dures, les muscles douloureux au sommet des cuisses. Des courbatures diffuses jusque dans le dos, comme si j'étais grippé.

Après la sieste, je rejoins Frédéric Bourdon, le jeune kiné de l'équipe, dans sa chambre transformée en salle de massage. Le vélo, il est tombé dedans quand il était petit. Une amitié avec un concurrent de Paris-Roubaix — il avait onze ans — a décidé de sa vocation : il s'occuperait des coureurs cyclistes. Fini le travail en cabinet.

Il examine mes cuisses. « Vous avez encore des quadriceps ! Souvent, à la quarantaine, ils ont fondu. » Bonne nouvelle... Il appuie, procède à des glissements, serre les muscles à la hauteur des fémurs. Je grimace. Ça fait mal ! « Je masse le vaste interne, explique-t-il. C'est une poubelle où s'accumulent les toxines, les déchets d'acide lactique. » Il cherche à détendre ma musculature, finit par y parvenir. Un massage profond, lent, un peu dur. Parfois je serre les dents. Il remonte le long des jumeaux, des gestes précis qui convergent toujours en direction du cœur. Pour terminer, une friction avec un gant trempé d'eau de Cologne m'apporte une sensation de fraîcheur.

Impossible de trouver le sommeil. Le cœur cogne et cogne. C'est le contrecoup du massage. Mon corps donne l'alarme : demain, repos.

Le Dr Guillaume me reçoit en consultation. J'ai droit à mes premiers conseils de coureur. Il entre des données dans son ordinateur, mon nom apparaît au milieu de sa liste de protégés. Il me demande de monter pieds nus sur une drôle de balance qui fait la part du maigre et du gras dans mon corps, en mesurant le volume d'eau présente dans la semelle plantaire. Puis, avec une pince surmontée d'un cadran rond et gradué, il traque encore la graisse dans mes plis cutanés, pli du biceps, du triceps, de la voûte iliaque, du mollet. Il plonge dans de savants calculs. Verdict : 22 %. Cela lui paraît beaucoup, mais après tout... Il faudra recommencer, de toute manière, l'entraînement va me faire perdre du poids. Je suis à soixante-huit kilos. « Les coureurs sont à 7 % de gras, dit Gérard Guillaume, mais eux, ils ne sont pas normaux ! » Il me confie ensuite une montre spéciale et une ceinture plastifiée à passer autour de la poitrine afin de calculer ma fréquence cardiaque au repos. Je me suis allongé sur un lit. Il plie mes jambes, les déplie rapidement, essaie de les faire pivoter sur le côté. Une raideur dans une hanche. Besoin d'étirements... Ma tension est à 10,7, signe de fatigue après ces journées intenses.

Gérard Guillaume se présente lui-même comme atypique dans ce milieu. Il est hostile à l'intervention permanente d'un médecin, il prône les récupérations liquides plutôt que les perfu-

sions. « Après l'effort, affirme-t-il, il faut reconstituer dans la demi-heure son stock de glycogènes
(sucres). » Aussi préconise-t-il de boire aussitôt
un bidon rempli à moitié de jus de raisin, à
moitié de Vichy-Saint-Yorre, pour la teneur
record de cette eau en bicarbonate. Il bannit les
spaghettis les jours de course car l'organisme
met cinq heures pour les digérer. (Martial
Gayant, lui, m'a déconseillé le vin blanc, qui
assèche les tendons...) Le docteur me prescrit
du Mag 2 et du zinc, des antioxydants. Il m'a
remis deux boîtes d'ampoules, l'une de gelée
royale, l'autre de ginseng, qu'il fait venir de
Chine. Avant de me laisser partir, il insiste sur
la récupération.

Fort de ces conseils, je file rouler une heure
et demie avec Patrick Gagnier, le soleil est enfin
de la partie. Quand j'ai couru avec Patrick, il y
a vingt ans, c'était déjà un champion, un sur-
doué du vélo. Je me souviens de ce rouleur-né,
élégant, qui gagnait contre la montre, en solitaire. Cyrille Guimard l'avait repéré. Mais, après
deux saisons chez les pros, son rêve s'est brisé :
un électrocardiogramme révéla une anomalie.
Il n'a jamais souffert du cœur, n'a jamais ressenti le moindre malaise, mais c'était écrit sur
les feuilles millimétrées : quelque chose ne col-
lait pas, que nul n'a jamais pu lui expliquer. À
vingt-trois ans, c'était fini. Hors course sans
avoir eu le moindre pépin. Il a mis du temps à
faire son deuil de champion. J'ai plaisir à rouler
tranquillement avec lui sur les routes du front

de mer. Je me souviens tellement bien de cette course pendant laquelle on avait pédalé de concert. C'est comme si la vie me rendait le temps d'hier, et, dans le visage légèrement marqué de Patrick, je retrouve les traits du jeune homme qu'il était. Le soir, au cocktail de la Française des Jeux donné en l'honneur des détaillants de la région, il me raconte des anecdotes du temps où il était le coéquipier d'Hinault, de Fignon. « Bernard n'aimait pas l'entraînement. Guimard lui faisait la guerre pour ça... Mais, en course, il savait se faire mal. Il nous disait parfois : "Je ne suis pas bien." On le protégeait, mais à la première bosse il attaquait. Il partait du principe que, s'il n'était pas bien, les autres ne devaient pas être mieux... » Quant à Fignon : « Un sacré caractère. À ses débuts, il avait dit à table : "Hinault ? Connais pas." On s'était regardés. Quelques semaines plus tard, il avait remporté le Critérium international. Et après, il a gagné le Tour. »

21 janvier

Au réveil, j'ai noué autour de ma poitrine, à hauteur du cœur, la ceinture de plastique que j'ai d'abord passée sous l'eau pour que s'établisse un contact avec la montre spéciale que je tiens entre mes doigts. Il s'agit d'une Polar, ces montres qui calculent la fréquence cardiaque, en position allongée puis debout. Un petit cœur s'affiche sur l'écran et palpite au rythme des battements. Des chiffres défilent, 52, 50, 51, 53, 50. Je suis étendu sur mon lit. Le Dr Guillaume m'a demandé de rester dans cette position cinq minutes avant de me redresser. Le chrono repart pour deux minutes. 77, 75, 73, puis 68, 63. Je redescends peu à peu autour de 50. Cela me semble bon signe, le médecin jugera.

Les pros partent pour cinq heures de vélo. Je démarre avec eux, décidé à les accompagner autant que je pourrai. Il fait grand soleil, le rythme est soutenu. Un coureur avec qui je n'ai encore jamais parlé s'est porté à ma hauteur. C'est Yvon Ledanois, un costaud qui s'est souvent illustré dans le Tour de France. J'imagine combien il a dû prendre sur lui pour venir me parler. Il a attaqué *Le Monde* en diffamation (et a perdu en première instance) pour une affaire que je ne connais pas : le journal l'a accusé d'avoir été un incitateur au dopage en 1999. Il en a gros sur le cœur, Yvon. Si je ne l'ai pas vu au début de semaine, c'est qu'il était convoqué à Paris par un juge.

On roule vite et mon souffle court me permet juste de répondre par oui ou par non. Lui ne semble pas sentir la douleur. Il discute comme si nous étions confortablement installés dans un fauteuil devant un bon feu ! On a commencé à grimper une très longue bosse du côté de Cuers. Yvon continue de parler. « Les gens nous voient l'été en cuissard court, avec nos beaux maillots, les jambes bien huilées. Ils ne devinent pas toutes ces heures d'entraînement, quand on arrive tellement épuisés qu'on n'a même plus la force de mettre la clé dans la serrure. » Je me laisse glisser à l'arrière de notre groupe. Quelques secondes encore, je suis membre à part entière de cette tribu de guerriers qui chemine vers le mont Faron. Est-ce une échappée du Tour, un groupe de contre-attaque ? Puis l'illusion s'envole devant moi. J'ai perdu un mètre, puis deux, puis dix. Derrière, les voitures des directeurs sportifs approchent, vitres baissées. « Tu t'accroches ? » J'appuie une main sur la portière le temps de dire que non, je vais poursuivre à mon train. J'ai tenu une heure dans les roues. J'aurais sans doute pu résister davantage, mais j'ai laissé des forces et du souffle dans la conversation avec Yvon. Je ne regrette pas. Je lui suis reconnaissant de m'avoir parlé si librement.

Une route à droite indique le col de Babaou, 414 mètres. Huit kilomètres d'ascension. Les jambes tombent bien sur les pédales. Je mets mon plus petit développement. Dès les premiers lacets monte une odeur fraîche de mousse et d'humus, le parfum des feuilles mouillées. J'ai abaissé la fermeture Éclair de mon col pour mieux faire entrer l'air dans mes poumons. Je repense à ce que me disait Jimmy Casper, l'autre jour : le coup au moral qu'il prend en montagne lorsque, au pied des cols, certains coureurs sortent de la poche de leur maillot un aérosol de ventoline.

Je dépasse deux jeunes femmes sur leurs VTT.

« Vous ne voulez pas nous pousser ? »

Je souris.

« J'allais vous demander la même chose... »

Les portions ensoleillées alternent avec les passages ombragés, presque froids. Je retrouve une impression de facilité, j'aime cet effort de pur grimpeur qui enchaîne les virages et voit peu à peu le décor se creuser à ses pieds. Fidèle à ma vieille méthode, je reste concentré sur ma roue avant pour conserver une impression de vitesse. Dans les virages, je tourne le plus large possible afin d'atténuer le pourcentage de la montée. J'en profite pour me mettre « en danseuse » quelques secondes. Cela soulage les muscles des cuisses et fait l'effet d'un rapide massage, à condition de se rasseoir assez vite. Sinon, au contraire, on atteint un point de rupture. Je grimpe le dernier kilomètre du Babaou sans puiser dans mes réserves. Au sommet, une ligne blanche d'un ancien grand prix de la montagne. Le temps n'a pas effacé un nom qui revient tous les trois mètres en capitales : VIRENQUE. Je me lance dans la descente, il fait vite froid, même en pédalant. Le nom de ce col, Babaou, me fait penser au grand Baou dans *Belle et Sébastien*, le feuilleton de mon enfance, que je regardais chaque semaine le cœur battant. Je m'identifiais à Mehdi, on se ressemblait un peu, j'avais ce même air ombrageux des enfants à qui on cache des choses. Comme lui je n'avais pas de père et j'ignorais que, comme lui, c'était le sang d'un Marocain qui coulait dans mes veines. Au pied du col, pas de sang, seulement du côtes-de-provence dont les panneaux chantent la gloire au milieu des vignes arasées. À Bormes-les-Mimosas, je bifurque vers La Londe, laissant à regret ce massif des Maures qui m'a sculpté pas mal de muscles, ces jours-ci... Trois heures sur la selle avec un col en prime, je n'en demandais pas tant avant de m'envoler pour le stage.

Arrivée au camion de la Française des Jeux. Rien n'est fermé à clé. J'ouvre les placards. J'y trouve du sirop de fruits, des barres de céréales, des crêpes au chocolat, de l'eau minérale, des ampoules de ginseng et de gelée royale. Voilà les trésors que renferme le camion d'une équipe professionnelle, un dimanche ensoleillé de janvier, pendant que les coureurs sont en train d'en découdre dans le mont Faron.

Avant de quitter le stage, je croise Gérard Guillaume qui part courir. « Très bien, les tests cardiaques. Pouls lent et très bonne récupération ! » Je pars rassuré. Avant d'enregistrer les bagages, à l'aéroport, je dois dégonfler les pneus du vélo. Quel barbe : je devrai tout regonfler « à l'épaule ». Par le hublot, un décor de carte postale, des petits bateaux légers sur l'eau bleu azur. Un air de Tunisie, ou d'Algérie, un air d'été, de chaleur avant l'heure. Des voyageurs ont emporté des bouquets de mimosa. Et moi, une petite Fanette pour Constance. J'ai encore en tête les paroles d'Yvon Ledanois, sa démarche aussi touchante que gauche pour me convaincre qu'on l'a mis en cause à tort. Je pense à la fameuse phrase de Camus : « Entre la justice et ma mère, je choisis ma mère. » Ces « petits » coureurs que j'ai côtoyés — « petits » au sens d'accessibles —, ces jeunes champions occupés le matin à mastiquer leurs céréales avant des efforts de cinq, six, sept heures d'affilée, sous la pluie glacée ou dans le vent, dans les pentes raides de la côte varoise, ils sont de ma famille. Qui peut avoir envie de juger les siens, et pourquoi ?

22 janvier

Tout est fichu. Tous mes efforts, ceux de Gérard, réduits à néant. La lettre de Hein Verbruggen est chaleureuse. Il salue mon projet sympathique et tient à me témoigner à titre personnel et à celui de l'UCI son profond respect pour ma démarche. Mais c'est une lettre de refus. Le comité professionnel du cyclisme a tranché : je ne pourrai pas participer au Midi Libre, pour des raisons de sécurité, la mienne et celle des coureurs. Le président de l'Union cycliste me donne l'autorisation exceptionnelle de suivre l'épreuve... sur une moto, et me recommande de profiter de mes liens privilégiés avec une équipe pro pour continuer de rouler avec ses coureurs à l'entraînement afin d'offrir à mes futurs lecteurs un récit « senti » des impressions éprouvées à vélo. C'est Gérard qui m'a lu la lettre au téléphone. Il est abattu. Moi, je n'y crois pas. Je réfléchis et file le rejoindre au journal. Il est quatorze heures trente. Ce n'est pas le moment de perdre son sang-froid. En marchant, je sens des douleurs dans les jambes. Il ne sera pas dit que j'ai monté ces côtes et parcouru tous ces kilomètres en Provence pour rien. Au fond, je ne veux pas m'avouer battu. Depuis le début, tout avait été trop facile. On a sous-estimé les pressions possibles, les dangers potentiels à vouloir entrer dans le peloton quand on demeure un étranger. Maintenant, il va falloir « taper dans la butte », comme disait Martial Gayant.

J'appelle aussitôt Hein Verbruggen sur son portable. Il est à Moscou. Par chance, la communication passe et il n'est pas en réunion. Il m'écoute très attentivement. Je lui reformule notre proposition, suffisamment amendée pour concilier mes exigences sportives et professionnelles avec les impératifs de sécurité. Il m'avoue que, en réalité, bien que cela ne figure pas dans sa missive, les directeurs sportifs présents lors de la discussion du projet à l'UCI ont craint les réactions hostiles des coureurs à mon endroit. Je le rassure autant que je peux. J'ajoute que j'envisage de partir un peu avant les coureurs en compagnie de quelques juniors des clubs implantés dans la région, afin d'associer la jeunesse, l'avenir du cyclisme, à notre opération. Il est très sensible à mes paroles. Je lui dis en plaisantant que je n'ai pas grimpé les cols avec les pros pour me retrouver sur une moto... Il rit de bon cœur. Je termine en lui proposant de venir une nouvelle fois plaider, en présence s'il le faut des membres de son conseil. « Non, répond-il, écrivez-moi tout cela, je vous donnerai mon accord dès mon retour de Moscou. Dans ces conditions, ce sera possible. » Conversation terminée. Ma main tremble un peu quand je raccroche. Est-ce que ça va marcher ?

La nuit est tombée. J'aide Constance à faire du vélo à travers l'appartement. Elle ne réussit pas encore à donner un coup de pédale complet, mais elle recommence sans se lasser. Quant à mon vélo, je l'ai laissé dans sa housse, sans remonter les roues ni les regonfler. Je n'ai pas le cœur. Parfois, quand on souffre vraiment sur une bécane, on a comme un goût de sang dans la bouche. Je préfère ce goût à la nausée qui me prend au moment où j'écris ces lignes.

23 janvier

À onze heures, la Française des Jeux présente son équipe dans un salon de l'hôtel Méridien, à Montparnasse. Marc Madiot me présente aussitôt au nouveau P-DG du groupe, qui décidera en avril si la Française continue à soutenir une équipe « pro » après 2001. Lecteur du *Monde*, le patron de la Française est étonné mais ravi de me savoir à leurs côtés. Madiot présente ses coursiers dans une ambiance bon enfant. « J'espère que vous trouverez du plaisir dans l'effort », leur lance-t-il. Je vois défiler les gars que j'avais quittés il y a deux jours avant la montée du mont Faron. Ils sont tous vêtus d'une chemise bleu ciel et d'un pantalon noir, souriants, détendus, affûtés comme des lames. Quelques-uns me demandent si j'ai bien récupéré. L'un d'eux, en me voyant, s'écrie : « Tiens, voilà notre dix-neuvième homme ! » Pour un peu, je serais monté sur l'estrade à l'appel de Marc Madiot. Le dix-neuvième homme ! Ces signes de sympathie me touchent. S'ils savaient les doutes qui m'assaillent au même moment. J'ai fait naître en eux l'espoir d'une parole différente, d'un autre regard sur leur sport. Je n'ose pas imaginer ce qui se passerait si tout cela s'effondrait. J'aurais le sentiment de les avoir trahis. Fabio, le médecin italien de l'équipe, s'est approché de moi : « Je voulais te dire, sur le vélo, quand on te voit, tu as une très bonne position. Si on ne sait pas qui tu es, on croit que tu es un pro. » Je prends ces mots comme un baume, remercie. « Non, non, se défend Fabio, pas merci, c'est la réalité. »

Voilà, j'ai l'air d'un coureur...

Le Dr Guillaume est aussi de la fête. Il m'a remis un fascicule sur « Les principes généraux du repas ». L'endroit est bien choisi : on se presse autour du somptueux buffet. Les coureurs ressemblent à ce qu'ils sont, des gamins qui lorgnent sur les pâtisseries, roulant des yeux d'une table à l'autre. En athlètes consciencieux, ils ont raclé les plats de lentilles. Mais après, ils n'ont pu résister aux frangipanes, gâteaux au chocolat, apple crumbles... « Il faut bien se faire un peu plaisir », souffle Régis Lhuillier, le jeune crack de Saint-Dié. Quelques mots échangés avec des coureurs dont j'avais seulement croisé le regard pendant le stage. Comme Philippe Guesdon, sa petite fille dans les bras, qui remporta Paris-Roubaix en 1997. Ou Thomas Bodo, vingt ans, qui rêvait d'être coureur depuis l'âge de onze ans, ses cheveux teints en jaune, ses jambes fines et interminables, un sourire d'enfant bien décidé à vivre la grande aventure du vélo. Jimmy Casper est là aussi, la mine réjouie de celui qui espère. Il a raison. Quand on a épinglé quatre fois de suite l'homme le plus rapide du peloton, Erik Zabel, dans quatre étapes du Tour d'Allemagne, on peut croire en son étoile. Serial sprinter... J'ai aperçu le père de Jimmy, un petit homme habillé modeste, une moustache à la Clark Gable, n'ayant d'yeux que pour son fils. Comme il le regarde, Jimmy ! On sent bien que c'est « *mon fils, ma bataille* », comme chantait Balavoine. Combien de tonnes d'espoir et d'affection, d'inquiétude aussi, j'ai vues dans son regard.

D'inquiétude ? Il faut comprendre la nature véritable du sprinter. Un homme qui prend le départ d'une course de deux cents kilomètres en ne pensant qu'aux deux cents derniers mètres, l'ultime distance sur laquelle il va libérer toute sa charge explosive. Avant cet instant, il louvoie, se cache dans les roues, essaie de ne pas prendre trop d'air, il se fait oublier mais tente de rester là, il mord aux mollets, pas question de le décrocher. Même cuit, il reste dangereux tant qu'il tient les roues. Il ne fait pas bon l'emmener sur son « porte-bagages ». Dans sa tête, il se dit qu'il n'est pas si mal que ça, il s'économise, patiente, respire à fond, essaie de se détendre mentalement ; il pédale en souplesse, mouline autant qu'il peut afin de préserver sa pointe de vitesse. Le sprinter veut voir l'arrivée comme un saint le paradis. Sa drogue, c'est la ligne blanche. Une ligne tracée à la peinture sur la largeur du macadam. Il est fou d'elle. Il n'arrête pas d'y penser. Le sprinter a un moral d'acier, il n'a pas peur de gagner. Mais, en attendant, c'est une bête tapie dans l'ombre. S'il est toujours là à l'approche de la banderole, il surgira tel un tigre, il fera trembler les lignes, écartera ses concurrents avec les cornes de son guidon. Il roulera des épaules et du torse, mettra en route la grosse mécanique, on sentira l'air vibrer. Il trouvera d'incroyables trajectoires pour se propulser, frôlera les balustrades, frôlera les trottoirs, frôlera la chute. Une bête sauvage, dans les deux cents derniers mètres, un fauve lâché.

L'étincelle d'inquiétude, dans l'œil du père de Jimmy, c'est l'image à jamais gravée de ces sprints à mort qui se terminent à bout de souffle, le vélo jeté sur la ligne, arc-bouté sur les pédales, le dos hérissé comme un chat en colère, un prédateur sur sa proie.

Fabrice Vanoli me l'a chuchoté : ma potence est arrivée au service courses. Il ne l'a pas encore déballée, mais il sait qu'elle est là. Je peux venir quand je veux. Il me posera aussi un compteur et le cardiofréquencemètre.

Si tout ça s'écroule, je crois que j'aurai envie de mourir.

En début d'après-midi, un appel de Jean-Marie Leblanc, le patron du Tour. Il veut me voir dès demain. Rendez-vous en fin de matinée. L'espoir renaît. D'après Morax, qui a rencontré Leblanc, notre initiative l'intéresse. Je n'imaginais pas devoir déployer tous ces trésors de diplomatie et de ruse pour arriver à mes fins !

Le soir sur une chaîne du câble, un vieux navet avec Bourvil, *Les Cracks*. Je l'avais vu quand j'étais enfant, en compagnie de ma grand-mère. Je n'en crois pas mes yeux. Pourquoi ce film ce soir, les aventures de Jules-Auguste Duroc, belles bacchantes et bécane de plomb ? La course Paris-San Remo fait étape à Vichy, et devinez ce qu'il boit, le bon Jules-Auguste ? Oui, de la Vichy-Saint-Yorre, celle-là même recommandée par le Dr Guillaume.

Constance tourne autour de la housse noire qui renferme mon vélo. Je n'ai pas eu le courage de le sortir de son habit de deuil. Elle est intriguée, me demande ce qu'il y a dedans, le sait très bien. Comme je ne réponds pas, elle attrape mon casque et le pose sur sa tête avant de grimper sur son vélo. Elle me regarde avec insistance : « Je veux avancer, papa... »

Du coup, j'ai sorti mon « Jimmy Casper », replacé les roues, gonflé les pneus. Constance pousse de petits cris de victoire. J'ai passé mes

doigts sur la tresse blanche qui recouvre le guidon. Dans le jargon, on appelle ça la guidoline.
Il en existe de toutes sortes, épaisses ou fines, en
fibre sèche ou en caoutchouc. Marc Madiot, ce
matin, a rappelé que ses vélos étaient équipés
de guidons Cinelli. C'est la marque que j'utili-
sais moi aussi quand j'étais amateur, des guidons larges qui ouvrent bien la cage thoracique.
Guidon Cinelli, roulements Campagnolo, c'était
le fin du fin, avec les selles Brooks, des selles
très dures qu'il fallait graisser régulièrement avant
d'espérer en faire de véritables fauteuils, au bout
de quelques milliers d'heures passées à grima-
cer dessus... J'ai toujours aimé les belles guido-
lines. Les miennes étaient couvertes de gomme
laque, un vernis couleur brique que posait un
« cycliste » derrière le vieux marché de La
Rochelle. Cette gomme laque épaississait un
peu le guidon, lui donnait des reflets mordorés.
Elle restait toujours propre, intacte, malgré la
sueur et le cambouis. Elle était rugueuse au toucher. Elle donnait envie. Envie de quoi ? Je ne
sais pas. C'était la partie sensuelle du vélo. Quand
j'avais lu l'histoire de la folle passion entre
Fausto Coppi et la « Dame blanche », une aventure qui avait scandalisé l'Italie catholique, je
m'étais imaginé que la jeune femme avait enduit
de son parfum la guidoline du campionissimo.

Je reprends : guidon Cinelli, roulements Campagnolo, quoi de plus naturel quand on porte le
nom de Fottorino. Grâce à ces accessoires (le
terme est impropre pour des objets aussi essen-

tiels), je me trouvais un air de famille avec le vélo, le monde du vélo. Cinelli s'assemble avec Campagnolo, s'assemble avec Fottorino. Assemblage et ressemblance.

Très mal à la gorge, au coucher. Je n'aurais pas dû baisser la fermeture Éclair de mon maillot sur les pentes du col de Babaou, dimanche. Mais cet air parfumé de Provence, c'était si bon...

24 janvier

Le danger est repoussé : la rencontre avec Jean-Marie Leblanc a été décisive. Au bout de quelques minutes, nous étions de vieux amis, je devrais dire de vieux complices, évoquant d'anciens faits d'armes à bicyclette ; lui, compulsant le cahier de route que je tenais chez les juniors, moi, témoignant de ma bonne volonté. Il a compris que j'étais d'un seul parti, celui du vélo. Bien sûr, on évoque le dopage, le manque d'encadrement des jeunes trop souvent livrés à eux-mêmes. Mais aussi la grandeur de ce sport, sa noblesse et sa dureté, la vaillance, le courage, la persévérance. Il me glisse l'aveu d'un « pro » français peu après l'affaire Festina. Le coureur lui a dit son dégoût de tout ce qui avait été écrit contre l'UCI, les instances, sur lui, Leblanc. Le gars a ajouté : « Je peux vous dire qu'on peut être maillot jaune du Tour sans se doper. » Et de citer le nom d'un jeune coursier qui a porté la fameuse tunique l'an passé. « Ces jeunes-là, il ne faut pas les louper », murmure Leblanc. Il a raison. Combien se mettent à gamberger une fois rentrés chez eux, loin de l'équipe, prêts, dans un accès de faiblesse, à écouter les charlatans qui savent y faire, d'anciens pros spécialistes des cocktails magiques, des pseudo-médecins prenant les coureurs comme cobayes. « Si j'avais un fils de seize, dix-sept ans qui voulait faire du vélo, je serais un peu inquiet », m'avoue Leblanc. Bien sûr que le cyclisme côtoie parfois le pire, chez les amateurs davantage peut-être que chez les pros. Les récits fourmillent de ces coureurs qui dissimulent les seringues dans les tubes du guidon, ou qui se piquent au « pot belge » à trente kilomètres de l'arrivée pour se donner un coup de fouet. Ils se laissent glisser en queue de peloton puis, protégés des regards par quelques complices, s'injectent le produit en intramusculaire, sous le cuissard. Les connaisseurs « avertis » savent repérer les tricheurs à une manifestation cutanée : la chair de poule qui couvre leurs bras levés au ciel en signe de victoire…

Si à dix-neuf ans on m'avait pris en main, l'année suivant le bac, lorsque je m'étais donné une année pour « percer » dans le vélo, peut-être aurais-je eu le cran d'aller plus loin, de me défoncer sur la route pour être repéré par une équipe professionnelle. Je commençais déjà à toucher les limites de la souffrance sur une bécane. J'avais terminé le prix Henri-Bernard, dans les cols pyrénéens, en disant à mon père : « C'est la dernière fois que je monte là-dessus. » Le dimanche suivant, j'étais en selle. Mais ce qui m'a fait renoncer, je le sais trop bien, c'est l'esprit qui régnait dans nos pelotons d'amateurs, à la fin des années soixante-dix. Des mafias régionales qui trustaient les primes et les courses en jouant au besoin de l'intimidation. Je n'ai pas oublié cette épreuve de première catégorie où j'avais eu l'impudence de rafler une grosse prime à la barbe de ces « amateurs marrons » qui gagnaient leur vie en écumant les circuits. Ils se mettaient à sept ou huit costauds, contrôlaient la course, les échappées, les sprints. Après l'arrivée, ils se partageaient les gains derrière les bagnoles. Ces mêmes bagnoles qui avaient abrité d'étranges séances de vaccinations collectives, avant l'appel du speaker. Le fric et la dope, des parents inconscients ou pousse-au-crime qui gonflaient le vélo de leur fiston, lui frictionnaient les jambes, laçaient parfois ses chaussures, le coiffaient... et laissaient faire les « soigneurs ». C'était le paysage. Je ne touchais à rien mais quelques-uns de mes copains, je le savais, étaient passés de l'autre côté. C'est là que le rêve s'est fissuré, la part d'ombre du cyclisme m'était apparue comme une trahison, un vol entre amis.

Cette grosse prime, donc, était restée en travers de la gorge d'une petite mafia. Quand le peloton s'est retrouvé en rase campagne, un « caïd » m'a fait savoir que, la prochaine fois que je m'amuserais à ce jeu, il me balancerait dans le fossé. Je n'avais rien dit mais quelques kilomètres plus loin, mon boyau s'était percé à l'avant. L'occasion était bonne de filer. Cela arrive parfois, l'envie de crever à vélo, tellement on a mal, on voudrait qu'il se passe quelque chose pour que ça s'arrête au moins un moment. Ce jour-là, au contraire, je ne sentais pas les pédales, je volais sur un « course » flambant neuf, un Peugeot de l'équipe du Tour. Je n'avais pas mal aux jambes, mais au ventre. Après cet épisode, je n'ai plus couru que sur les vélodromes, remportant des victoires sans goût au cours de soirées fraîches et face à des tribunes quasi désertes où l'on tenait à température un chaudron de vin chaud pendant qu'une vieille cassette d'Yvette Horner bégayait les Six-Jours d'autrefois. J'étais Buffalo Bill terminant sa carrière dans les foires, tirant à blanc sur des silhouettes d'Indiens en carton. C'était le début de la fin du petit coureur, c'était fini mon nom dans le journal, les battements de cœur le lundi matin, au kiosque de la place de Verdun, cherchant les quelques lignes qui me prouvaient mon existence. J'avais commencé à étudier le droit, j'y trouvais de l'intérêt. Des amis m'ont entraîné avec eux vers cette nouvelle passion et *Sud-Ouest* allait m'encourager à écrire mes premiers articles de journaliste, à la rubrique sportive. L'écriture, imperceptiblement, avait pris le relais.

Avec Jean-Marie Leblanc, nous abordons le point crucial de ma participation au Midi Libre. Il ne me cache pas qu'il a un peu inspiré la première réponse de Hein Verbruggen, essentiellement pour des raisons de sécurité. « Savez-vous qu'il y a eu un précédent à votre initiative ? C'était juste après la guerre. Pierre Chany, déjà journaliste à *L'Équipe*, s'était faufilé la nuit dans le peloton de Bordeaux-Paris. Pendant la course, Jacques Goddet s'était mis à compter ses ouailles. Il avait beau faire et refaire ses calculs, il trouvait un coureur en surnombre. En s'approchant de l'un d'eux, il s'est écrié stupéfait : "Chany !" Il lui a demandé de descendre immédiatement de vélo. Chany a terminé en voiture. À Paris, Goddet lui a dit : "Chany, comme patron, je vous donne un blâme. Mais le sportif que je suis vous félicite !" » Rires. Bon, mais notre affaire ? J'expose à Jean-Marie Leblanc mon projet remanié qui ne ferait courir aucun risque aux coureurs. L'idée de faire participer des jeunes l'enchante. Cette fois, c'est sûr, il n'y a plus de réticence. Cela fait un mois jour pour jour que je me suis lancé à corps perdu dans l'aventure. Leblanc ne s'y opposera pas. L'accord de Hein Verbruggen ne sera pas une nouvelle fois suspendu. Quand nous sortons, il fait beau sur Paris. Les Champs-Élysées. Première arrivée du Tour sur la plus belle avenue du monde ? 1975, vainqueur : Thévenet. Le ciel est avec moi. On se salue par nos prénoms. « Vous avez vu comme il fait doux », répète Leblanc. Oui, une autre journée commence, je vais aller rouler trois heures à Vincennes.

« Comment faites-vous, s'étonne mon nouvel allié, avec le journal, les livres...

— C'est que je suis un peu fou... »

J'ai déjeuné comme un pro. Une assiette de pâtes arrosées d'huile d'olive et d'huile de colza (un complément vitaminé recommandé par le Dr Guillaume). Dans le coffre de la voiture, j'emporte de la Saint-Yorre, pour après. Le ciel est bien clair lorsque je donne mes premiers coups de pédale à Vincennes. Je double des pioupious casqués, ceints de jolis maillots jaunes. C'est mercredi, les écoles de cyclisme font plein air. Une jeune métisse aux cheveux finement tressés attire mon attention. J'ai ralenti à sa hauteur, troublé. Cette petite, une fillette en Éthiopie qu'on me proposa d'emporter, il y a quinze ans, à l'hôpital du Lion-Noir d'Addis-Abeba, mais que j'ai laissée là-bas — mon ex-femme me le reprocha —, c'est une ombre qui passe dans ma vie.

Un gamin de huit ou neuf ans mouline dans le vent. Quand je passe près de lui, je m'aperçois qu'il parle tout seul. Je me demande bien ce qu'il se raconte, peut-être est-il déjà dans le Tour de France ou le Paris-Roubaix. À son âge, je traversais Bordeaux sur mon vélo blanc pour aller à l'école. Avec maman, on habitait la cité du Grand Parc, un grand ensemble froid et venté qui me paraissait loin de tout. Loin du quartier de Caudéran, où ma grand-mère habitait encore ; loin de mon école, qui donnait sous ses fenêtres. Alors, le matin, je pédalais. La concierge du bâtiment d'en face me guettait pendant que j'allais chercher mon vélo dans les caves. Elle sortait de chez elle en robe de chambre et, dans une haleine de café au lait, comme dans la chanson de Ferré, me soufflait les mots des pauvres gens : « Fais attention ! Ne prends pas froid. » Elle rajustait mon cache-col et je fonçais. Des passants me criaient quelquefois : « Vas-y, Bobet ! » Il me tardait d'arriver dans une rue près de la barrière du Médoc, je n'ai jamais su son nom, j'ai seulement conservé l'essentiel, l'odeur de compote de pommes qui flottait. Je n'y avais plus repensé pendant des années. Puis, un jour, j'ai entendu la chanson de Michel Jonasz, « Le chausson aux pommes », et tout est revenu, le baiser de la concierge, ce trajet matinal à travers les rues de Bordeaux, et cette odeur tiède de compote que je respirais à pleins poumons. Un matin, la barre de mon vélo s'est brisée net. Un copain d'école avait demandé à son père, qui possédait un atelier, s'il pouvait me le ressouder. Le monsieur avait dit non, mais devant mon désarroi il avait fini par s'exécuter. Quand je l'avais récupéré, l'extrémité du tube était grossièrement boursouflée, et il manquait un raccord de peinture. Mais j'étais heureux comme un roi. Quand j'ai touché pour la première fois le vélo de Jimmy Casper, j'ai effleuré du bout des doigts les petites cloques de soudure laissées volontairement apparentes sur le cadre. Cela m'a rappelé mon vélo blanc, mes neuf ans. À cette époque, je fumais. Je n'étais pas bien parti dans la vie pour devenir un coureur. D'ailleurs, je n'étais pas bien parti dans la vie. Je ne m'appelais pas Fottorino. (Écrivant

cela, j'entends un ami du journal qui m'appelle
« Fottorino-fait-du-vélo ».)

Quelques coureurs me dépassent, bien posés
sur leur engin, pédalant avec la régularité de
métronomes, les muscles galbés comme des
fuseaux horaires. C'est dire s'ils doivent avoir
la notion du temps. J'aimerais bien dégager la
même impression de ne faire qu'un avec ma
machine. Un petit groupe de jeunes coureurs.
Ils sont jambes nues. Sur la cheville de l'un
d'eux est tatouée la marque de sa chaîne. Petit
forçat de la route rêvant de s'échapper... Un
peloton m'a rejoint. Je m'y calfeutre un moment.
On roule assez vite. Le vent nous fait faire des
embardées. C'est vraiment bizarre, un peloton.
On était seul à piocher, et tout à coup un souffle nous emporte, on est pris dans ce crépite-
ment de bois sec des dérailleurs, on relance, on
échange trois mots avec le voisin, c'est plus con-
vivial que dans le métro, on se questionne sur le
matériel, c'est quoi la marque de tes pédales, et
ces godasses, tu les as payées combien (c'est
aussi une question que pose souvent Columbo
aux suspects...). Et les kilomètres défilent, le
peloton tricote sa pelote, un trou d'air, une
maille à l'envers, un coup de froid, une maille à
l'endroit, c'est facile, le tricot du vélo. Mais si
on relâche l'attention, si on décolle un peu trop
des roues vent debout, le contact est perdu, on est
un naufragé passé par-dessus bord, une mouette
hébétée posée sur la mer soudain mauvaise, dans
le sillage des grands paquebots. Deux ou trois

fois, je me suis volontairement laissé distancer, histoire de vérifier que j'avais le jus pour « rentrer ». S'échapper procure une sensation intense de plaisir. Se faire larguer, évidemment, provoque l'effet inverse. Surtout lorsqu'on sature d'efforts. On devient un alchimiste manqué qui change le vent en plomb. On se voudrait dormeur du val, « *Nature, berce-le chaudement* », sans les deux trous rouges au côté droit — quoique —, les muscles subissent par moments une telle pression qu'on aimerait disjoncter, qu'une force inconnue et invisible nous achève proprement. (Je n'ai éprouvé une envie comparable que sur le pont d'un bateau, un jour de mal de mer, entre Tunis et la Sardaigne...)

Au sortir d'un virage gravillonné, je me suis surpris à passer mon gant sur le dessus du pneu afin d'éviter qu'un caillou resté collé vienne crever mon pneu. C'est un geste de pistard, pour arrêter les vélos à pignon fixe dépourvus de freins qu'on utilise sur les « anneaux » de ciment ou de bois. (Il existe aussi un vélodrome en herbe, sorte de Wimbledon pour écureuils, une curiosité de l'île d'Oléron.) Je me souviens d'un jour où, croyant avoir enfilé mes gants de coureur — des gants aux doigts coupés, la paume rembourrée d'une épaisseur de peau de chamois —, j'avais posé ma main nue sur le boyau avant. Qu'elle soit droite ou brisée, la ligne de vie en garde pour toujours le sentiment du feu.

Dans les derniers tours à Vincennes, j'ai dépassé

un sportif en fauteuil, ses jambes attachées sous le siège, poussant ses grandes roues à vive allure.

Le soleil rase les frondaisons des arbres dépouillés. Sur l'avenue où j'ai garé ma voiture, les lampadaires lui opposent une réplique hésitante. J'ai bien roulé. Le cœur est calme. J'ai aussi croisé des cavaliers, je pense à leur langage : « En avant, calme et droit. »

Avant de récupérer Constance à la crèche, je lui achète un livre à colorier. Des aventures de Tom et Jerry. À la maison, elle a ouvert l'album à la première page. Tom prend un gadin terrible sur son vélo en butant dans une grosse pierre. Roues explosées, guidon envolé, langue du chat en travers. Je sais, c'est rigolo, et Constance se marre bien. D'accord, mais pourquoi ça en première page, parmi les trente-six mille albums à colorier en vente à Paris ?

25 janvier

Hein Verbruggen au téléphone. Il donne un avis favorable à ma dernière proposition écrite. « Le premier jour, quand les coureurs vous rattraperont, laissez-les passer, éventuellement descendez de vélo. Mais dès le lendemain, allez, essayez de prendre les roues... » J'exulte. Le patron du cyclisme mondial me suggère d'enfreindre la règle qu'il m'a lui-même édictée ! Mon soulagement est complet.

Une confidence de Gérard Morax : quand il luttait contre son cancer, il avait pris pour modèle le champion cycliste Lance Armstrong. Il est certain que cet exemple de ténacité l'a aidé à guérir. Aujourd'hui, Armstrong passe pour un pestiféré aux yeux du public. Mais qui peut dire exactement comment l'Américain se prépare ?

26 janvier

Dans le bureau de Jean-Marie Colombani, mon projet de participation au Midi Libre est définitivement adopté. Nous séparerons le traitement de l'épreuve — qui apparaîtra à la rubrique sportive — et ma propre aventure, que je raconterai chaque jour dans les pages « Horizons » du *Monde*, mon « espace naturel » depuis la nouvelle formule du journal en 1995. Mon objectif : parvenir à passionner le public avec le récit d'un homme sur son vélo, un homme dans la course. Edwy Plenel souscrit à l'initiative. Le service des sports n'avance plus d'objections. C'est parti. Je me sens soudain très fatigué. Ces « examens de passage » à répétition m'ont épuisé, ajoutés aux entraînements et à la vie du journal qui continue. Je négocie la possibilité de publier en feuilleton le dernier San-Antonio de Frédéric Dard, *Céréales Killer*, et je dois sélectionner les passages d'un livre sur IBM et la Shoah. Fatigue et soulagement.

Demain, entraînement.

27 janvier

Trois heures de vélo, près de quatre-vingt-dix kilomètres avalés à bonne allure sur le circuit de Vincennes. Il est vraiment temps de changer de potence car les ligaments du coude me font trop souffrir, en particulier au bras droit. Le plus souvent, j'ai roulé seul dans le vent, essayant de simuler une grande épreuve, au hasard le Midi Libre, échappé plutôt que lâché, c'est meilleur pour le moral de s'imaginer des poursuivants. Je regarde mon ombre qui file et se faufile sur la gauche de la route, peut-être que toute ma vie est là, dans cette chasse un peu vaine d'une tache indélébile, cette forme ramassée sur un vélo poids plume mais si peu confortable, cette forme volée à ma jeunesse. Des gars me doublent, j'en double d'autres. Je suis un cadet de quinze ans ou un junior de dix-huit, je n'ai pas vieilli, pareil à ces professeurs sur les campus qui, printemps après printemps, croient avoir conservé l'âge de leurs étudiants. Un chien lâché vagabonde au milieu des cyclistes. Cris et coups de sifflet. J'ai dans la tête la voix de Montand dans *César et Rosalie*, après l'embardée dans le champ et les sauts d'excitation du chien-loup sur le costume neuf de César. « Mais il est con ce chien ou quoi ? » Dans les villages charentais, les petits matins de vélo, on sortait nos pompes quand un clebs arrogant menaçait de nous mordre les chevilles. Nous traversions des bourgs endormis. Je jetais toujours un coup d'œil à travers les volets à peine entrouverts, à travers les fenêtres des chambres où pendait quelquefois une paire de draps encore tièdes d'un sommeil léger. L'effort dès l'aube donne des envies de volupté. Réminiscence d'un roman de Simenon où le cambrioleur s'introduit sciemment dans les maisons remplies de leurs occupants pour voler un peu de vie quotidienne.

Je suis rentré les jambes lourdes mais j'aurais pu rouler davantage, une heure sans doute. Au bout d'un moment vient l'ennui, non pas l'ennui vide et creux, mais l'ennui de se retrouver confronté à soi, plongé dans une introspection mécanique qui nous fait revisiter en boucle des moments gris de l'existence. Je ne suis pas toujours de bonne compagnie quand je pédale avec moi.

30 janvier

Le Dr Porte, à la clinique du sport, se souvient de moi. Il m'organise un test d'effort pour jeudi soir. « C'est assez violent mais la séance ne dure pas plus de quinze minutes », précise-t-il. Bon, j'irai sans trop d'appréhension. Après tout, le cœur a tenu bon, jusqu'ici, et je ne l'ai pas ménagé.

En début d'après-midi, il fait vraiment froid et gris. À peine finie la réunion de la mi-journée au *Monde* (on a parlé de vocabulaire, de la déplorable victoire du « par contre » sur le « en revanche », on a grimacé sur un titre avec « entamer » plutôt que « commencer »…), je file me changer. Vélo dans le coffre, direction Vincennes. Deux heures et demie de tourniquet. Je joue au chat et à la souris avec un peloton. Malgré les sur-chaussures qui emmaillotent mes pieds, j'ai du mal à les réchauffer. C'est quelquefois ingrat, de tourner en rond sur un circuit de trois mille deux cents mètres, à trente de moyenne. J'ai la tête vide, et à chaque tour la tentation d'arrêter, de « mettre la flèche », disent les coursiers. Mais je continue aussi longtemps que je n'ai pas ma dose. J'avais programmé trois heures. Le froid m'incite à réduire d'une demi-heure la sortie du jour. C'est un ciel de neige. J'ai hâte de sentir les premiers rayons de soleil sur les jambes. Ce sera le printemps, pour le Midi Libre.

Justement, le soir, à mon retour au journal, je trouve le fax de Verbruggen. Cette fois, l'avis est favorable, à condition que je stoppe pour laisser passer la course. Mais je sais que j'ai en réalité son assentiment pour m'accrocher aux roues des champions, autant que mes forces me le permettront. Il ne peut pas l'écrire, il me l'a dit. Sa parole suffit. Je sais désormais que plus un obstacle ne se dresse sous mes roues, sauf ces cols dont je vais bientôt devoir apprendre le nom avant d'aller en avril leur rouler sur le dos. On m'a transmis le tracé définitif de la course.

Je m'étais focalisé sur l'étape du vendredi à travers les Cévennes. Je m'aperçois que celle du lendemain, avec arrivée à Mende par un col de première catégorie, n'est pas mal non plus. Frédéric Grappe m'a envoyé par e-mail mon programme d'entraînement pour les deux prochaines semaines. De l'endurance et de la résistance, des sorties deux jours de suite pour m'habituer à la répétition des efforts.

Quelque chose change dans mon corps. Je me sens flotter dans mes pantalons. Et, malgré les moments de répit, les périodes où je m'assois, la douleur ne me quitte plus. Elle a pris ses quartiers, tient la position. J'ai eu mal, cet après-midi à l'entraînement, pour garder le sillage de types costauds qui roulaient à bloc dans le vent. Ils broyaient les manivelles sans se relever, et moi derrière je me demandais : combien de temps vais-je tenir à ce train ? J'ai lâché prise, je suis revenu et me suis accroché, j'ai encore lâché prise avant de revenir encore, et sur le cadran de ma montre le temps était comme gelé, les minutes me semblaient interminables. Je conserve l'image de ce coureur vêtu d'un maillot aux couleurs de la Picardie, un concasseur d'hectomètres, un rémouleur de plat pays, grand et massif, un de ces gars rompus aux plaines interminables qui foncent tête baissée et surtout pas de plainte, et bing, et bing, qui descendent les vitesses sur les petites couronnes du dérailleur, là où ça fait le plus mal, forgerons du vélo qui portent au rouge le 11 ou le 12 dents, des braquets inouïs, à se demander où ils vont trouver l'énergie pour se propulser de dix mètres à chaque coup de pédale, cuisses et mollets sans doute galvanisés dans les flammes de quelque enfer du Nord. Ce gars de Picardie, il m'en a fait baver. Il ne le saura jamais : je ne crois pas qu'il se soit retourné une fois pendant cette pédalée sauvage, à moins qu'il n'ait entendu les soupirs du « raton malgré lui » que j'étais devenu…

Ce matin, j'ai avalé un petit flacon de gelée royale. Je n'arrive pas à boire le ginseng, trop fort. Il va bien falloir que j'essaie, pourtant.

De la neige fondue sur Paris. Les jambes lourdes. Sur ma chaîne, « Les Princes des villes ».

Mais rien n'est vraiment sûr,
et l'avenir fragile,
pour les princes des villes.

Des idées bizarres…
Si tout cela n'était qu'une manière d'organiser son suicide avec panache ? C'est important, le panache, surtout dans les défaites.

31 janvier

De nouveau deux heures et demie sur le circuit de Vincennes. Pas de pluie mais de la grisaille en pagaille, et le froid qui mord pieds et doigts. Je pédale dans une nature morte. À tout prendre, j'aimerais mieux pédaler dans un Van

Gogh, au milieu des tournesols aux capitules dorés, ou dans un Claude Monet rouge coquelicot. Patience. Pour briser la monotonie je pense à ces gerbes de fleurs que des gamines intimidées remettaient au vainqueur, le dimanche. Ce n'étaient pas des Miss élues avec écharpe et titre ronflant. Elles s'appelaient Myriam ou Isabelle, on les choisissait à quelques tours de l'arrivée parmi les sœurs des coureurs, les nièces des dirigeants. Elles étaient quelquefois jolies, mais pas toujours, et ça n'avait pas d'importance. Le moment venu, les bras encombrés d'un gros bouquet derrière lequel elles auraient volontiers disparu, rouges comme des pivoines et souriantes pour la photo du journal, elles s'avançaient vers le gagnant dégoulinant de sueur, lui tendaient ce morceau choisi du printemps, il y avait souvent des fleurs des champs, plus rarement des arums et des roses. L'usage voulait que l'heureux vainqueur ouvrît la feuille de Cellophane et offre une fleur à la jeune fille. J'ai gardé le souvenir de quelques-unes de ces Myriam et de ces Isabelle, du velours de leurs joues, je ne crois pas avoir jamais entendu le son de leur voix.

1er février

Une heure de ma vie, une heure décisive. Le Dr Gérard Porte me reçoit dans son cabinet de la clinique du sport. Un vélo blanc et nu m'attend, avec un énorme plateau. Il est six heures et demie du soir. Sur un mur est affiché le parcours du Tour 2001. La consultation commence. Cœur au repos, 55 pulsations. « C'est assez rare pour quelqu'un de "normal", dit-il d'emblée, d'autant qu'on est en fin de journée. » Je lui signale mon souffle au cœur, une sorte de « troisième coup » à chaque battement. Un souffle anorganique, sans danger, qu'un médecin détecta quand j'avais dix-sept ans. Cela ne semble guère le troubler, tant mieux. Mon cœur est lent, c'est un bon point. Je me mets torse nu. Gérard Porte me frictionne énergiquement avec un coton imbibé d'eau oxygénée. Le contact est très froid. « C'est pour les électrodes », précise-t-il. Il m'en pose plusieurs dans la région du cœur, au côté, dans le dos, puis relie toutes ces pastilles rondes à des fils. Me voilà « branché ». J'ai serré les cale-pieds. Le docteur me demande maintenant de tourner à 70 coups de pédale minute, avec une résistance réglée sur 100 watts. Un écran fixé devant le guidon m'informe de toutes ces données. À chaque minute écoulée, il augmente l'intensité de l'effort, 120, 140, 160, 180, 200 watts, prenant ma tension à chaque phase nouvelle. Je monterai jusqu'à 260 watts. Là, mon cœur bat à 168 coups et la tension de mes artères, de 13-8, est passée à 18-6. Le maximum de pulsations qui m'est « permis » pour ne pas tomber dans le rouge se calcule en soustrayant mon âge du chiffre 220, à savoir 220-40, soit 180. Je ne suis donc pas monté au plafond d'intensité. Gérard Porte estime que si je n'avais pas roulé au cours des deux jours précédant l'exercice, j'aurais pu pousser encore plus loin. Durant les trois dernières minutes, la transpiration s'est mise à dégouliner sur mon visage, mes épaules et mon torse. Des gouttes se sont accumulées sur le sol au pied du vélo. Une image m'est revenue, celle d'Eddy Merckx roulant sur son home-trainer, dans une pièce fermée, les gouttes qui perlent à son front, et la flaque par terre, le gros plan de la caméra sur cette flaque. Un film magnifique qui s'appelait *La Course en tête*, entièrement consacré au roi Eddy. Je l'avais vu à l'Olympia, le grand cinéma de La Rochelle, au-dessus du Café de la Paix où Simenon avait l'habitude autrefois de venir à cheval (il attachait sa monture à un anneau scellé dans le mur).

Le résultat dépasse mes espérances et finit de me rassurer. Dans le bilan de l'épreuve d'effort, le docteur note que ma récupération est « excellente en tension artérielle et en fréquence cardiaque ». Après cinq minutes de repos, mon cœur est redescendu à 88 battements, puis à 81 après six minutes. C'est la preuve que mes entraînements vigoureux du mois de janvier ne m'ont pas fatigué, je n'ai pas « exagéré ». La marge de progression reste forte. « C'est formidable, ce que vous allez vivre ! » s'enthousiasme Gérard Porte. On recommencera les tests en avril. Je prends une douche chaude et repars comme j'étais venu, avec mon sac de sport et mon électrocardiogramme parfait. Soulagement. Je me dis que je vais pouvoir forcer davantage, solliciter encore plus mon organisme. Je connais maintenant mes seuils d'intensité que le médecin du Tour a clairement consignés : pour le foncier long, c'est-à-dire les heures de selle sans forcer, mon cœur doit se maintenir entre 115 et 135 battements. Pour le foncier plus soutenu, je peux laisser monter le « moteur » à 150. Pour le fractionné long (une poursuite, un effort prolongé), la fourchette est comprise entre 150 et 165 battements. Au-delà, ce sera pour les efforts très brefs, comme le sprint, si je dois sprinter. Avec le vélo de Casper, il faut s'attendre à tout...

2 février

Le vélo m'a sauvé la vie. C'était il y a longtemps. J'avais dix-sept ans et je croyais que j'allais mourir. C'était une idée fixe qui me cueillait au réveil et ne me lâchait plus jusqu'au coucher. Je suivais mes cours en terminale, la saison cycliste venait de s'achever, le professeur de philosophie nous avait dit qu'en pensant très fort à certaines choses, elles pouvaient se produire, une sorte d'autosuggestion. Il avait évoqué au passage le cas des maladies psychosomatiques. J'étais sorti de là convaincu que j'avais une tumeur au cerveau qui allait m'emporter avant mes dix-huit ans. Je ne pouvais me sortir cette idée de la tête, et d'ailleurs ce n'était pas une idée, puisque la tumeur, j'en étais certain, était là, cachée. Je me répétais : « Tumeur, tu meurs », je devenais dingue avec ça. La nuit, heureusement, je dormais. Mais les journées s'écoulaient dans les affres, je donnais le change, et toujours cette petite voix : « Tu vas mourir. » Quand je finis par oser en parler à un ami, lui rappelant le funeste cours de philo sur l'autosuggestion, il se mit à rire et me lança : « Tiens, je vais penser que je suis intelligent. » J'étais bien seul, et mon père ne comprenait rien à ce que je lui racontais. Seule ma mère prit au sérieux la première dépression de ma vie, qui s'était déclarée quelques jours après que j'eus raccroché mon vélo. Je venais de terminer ma première année de junior, une belle saison avec plusieurs places de deuxième, tous les espoirs m'étaient permis pour 1978, seulement voilà, ces maux de tête, cette force maligne qui me défonçait le crâne. Évidemment, j'étais terrorisé à l'idée qu'on pourrait m'examiner, analyser mon sang pour vérifier si par hasard... Un matin, dans la cuisine, j'avais donné une gifle à mon bol rempli de chocolat brûlant. Il avait volé à travers la pièce, provoquant la colère de mon père. Il me parla de personnes que je connaissais souffrant de vraies maladies, elles... Je passais mes week-ends prostré dans ma chambre à regarder les coupes argentées que j'avais gagnées, je me plongeais dans ma collection de *Miroir du cyclisme*, et quand ça n'allait vraiment pas, je décrochais mon vélo de piste, un vélo tout rouge — comme celui de Constance — que je posais sur mon home-trainer. Je pédalais dans la rumeur suraiguë des rouleaux. Le bruit couvrait mes pensées. Un répit m'était donné. Je ne vis aucun médecin. Mais comme cette crise s'éternisait, mon père m'envoya chez sa sœur Zoune et mon oncle André, dans leur maison près de Royan. Il prit soin, quand il me conduisit chez eux, d'installer ma bicyclette dans le coffre. Chez eux, je passais de longues heures près de leur immense bibliothèque remplie d'essais d'Henri Laborit et de Jacques Ellul. André, avec son accent chaud du Sud-Ouest, avait dû savoir par mon père que je ne tournais pas rond. Il ne me fit jamais de remarque mais s'arrangea pour me dire : « Tiens, tu devrais aller rouler du côté de Cozes, il y a de belles côtes à grimper. » Zoune, en bonne fille d'Afrique du Nord, veillait à ma nourriture et me rassurait avec ses petits plats. Ces journées grises et froides de février furent comme un plein soleil au milieu de l'hiver. Je finis par partir rouler chaque jour plusieurs heures et, rapidement, mes obsessions se dissipèrent. Je pensais à la mort mais il m'arrivait de l'oublier pendant de longs moments. La petite voix revenait brutalement comme un boomerang : « Tu vas mourir », mais je sentais bien que, peu à peu, son emprise sur moi faiblissait à mesure que je reprenais goût à l'effort sur ma bicyclette.

La vélo m'a sauvé la vie...

Cette année-là, je venais de faire la connaissance d'un homme dont je ne portais pas le nom mais qui était l'auteur de mes jours. Mon père m'avait conduit au train pour Toulouse et, à l'autre bout des rails, cet homme m'attendait. On s'était beaucoup regardés, et comme il était médecin, il m'avait ausculté. J'avais vu sa grande maison, le tennis au fond du jardin, tout cet espace. Un moment je m'étais projeté en arrière, j'avais pensé à ma mère, à mon père que j'avais la douloureuse impression de trahir. J'avais fait du vélo avec les enfants de cet homme qui venait du Maroc et portait un nom juif. Il avait deux garçons plus jeunes que moi. Ils étaient très gentils. On était partis ensemble et, sans mérite aucun, je les avais semés dans une côte près de leur maison. Je m'étais retrouvé seul et loin. Au moment de repartir pour La Rochelle, l'homme m'avait glissé deux cents francs pour acheter *L'Équipe*, c'était beaucoup. Plus tard, j'ai eu envie de mourir, comme si je ne devais pas survivre à cette traversée du miroir. J'avais perdu la tête, c'était plus grave que perdre la vie. De prestigieux neurologues m'ont confirmé depuis cette intuition : un encéphalogramme plat signe la fin d'un homme ; un cœur à l'arrêt peut repartir. La mort vient de la tête, d'abord de la tête. En ce temps-là, j'étais mort.

Le vélo m'a sauvé la vie. Un de mes vieux amis m'a confié aujourd'hui qu'en des périodes noires de son existence, quand il ne trouvait plus le courage de marcher dans la rue pour rentrer chez lui, c'est aussi le vélo qui le sortait du gouffre. D'après lui, c'est un truc de mecs, il n'y a que les mecs qui peuvent comprendre ça, qu'on puisse s'accrocher à une bécane, souffrir dessus comme un damné et y trouver sa propre rédemption. Une affaire d'hommes... Je ne sais pas ce qu'en penseraient les « fées Clochette ». Il me parle d'un portrait du champion belge Museeuw paru ces jours-ci dans *L'Équipe*. Après un très grave accident de moto, on le croyait perdu. Quand il a été sur pied, il ne pouvait pas rouler plus de quelques mètres sur son vélo, lui le sprinter flamboyant. Au journaliste, il a montré son cœur en disant : « J'ai un vélo ici. » Miraculé, miraculeux.

Aujourd'hui encore je crois que le vélo sauve la vie.

Je n'ai pas eu de tumeur au cerveau, mais l'homme qui fut l'auteur de mes jours, un auteur sans droits, a été victime d'une attaque cérébrale à l'époque où, précisément, je menais une enquête pour *Le Monde* sur le fonctionnement du cortex. Heureusement pour lui, il s'en est remis. Mais une autre chose m'a toujours troublé : mon affinité avec l'œuvre de Truffaut, ses livres sur le cinéma, sa correspondance, tout ce qu'il a laissé d'écrit ou de filmé, même *La Chambre verte* si décriée à sa sortie à cause de son fiévreux hommage aux morts, magnifique pourtant. Une personne qui me connaissait encore très peu, il y a longtemps, m'offrit un jour deux livres sur l'auteur des *Quatre Cents coups*, en me disant : « Je suis certaine qu'ils vous toucheront. » Qu'avait-elle vu, deviné, senti ? J'étais déjà un fou de Truffaut, j'avais tout vu, presque tout lu sur lui.

Truffaut et la recherche de son père juif disparu sans laisser d'adresse.

Truffaut et sa tumeur au cerveau. « Tumeur, tu meurs. »

Le vélo m'a vraiment sauvé la vie.

Aujourd'hui je n'ai pas pédalé. Je n'ai pensé qu'à ça.

3 février

La pluie. Une heure et demie sur le circuit de Vincennes, seul à tourner. J'ai enlevé mes lunettes. J'ai fini par m'habituer à la position trop allongée pour moi de Jimmy Casper. Après quelques kilomètres d'échauffement, j'ai empoigné le guidon par le bas, dos aplati contre le vent. Aussitôt la respiration change. C'est le ventre qui bouge et non plus la cage thoracique. Mon père m'avait appris cette respiration diaphragmatique.

Certains soirs d'hiver, on partait courir dans les parcs de La Rochelle, jusqu'à la plage. Là, on sprintait dans le sable, c'était bon pour les chevilles, c'était surtout épuisant, le cœur s'emballait. Puis je m'allongeais sur le dos et, avec l'à-plat de son pied, mon père pesait sur mon ventre, m'obligeant à respirer avec la ceinture abdominale. Je retrouve ces instants en pédalant tête baissée, tout étonné de retrouver le souffle ventral. Ainsi couché sur le vélo, la vitesse augmente. Je « mets » du braquet. 13 dents à l'arrière, parfois 12, mais sur la petite couronne de 39 à l'avant pour que la chaîne reste bien en ligne. Sinon, elle tourne « en crabe » et des frottements de métal se font entendre. Plusieurs tours de suite, je fais la ligne droite vent debout comme si je courais contre la montre, recherchant puissance et aérodynamisme. Dans ma tête je traverse en trombe les rues de Montpellier, c'est l'étape du « chrono ». La douleur qui monte dans les cuisses reste supportable. Tous les membres répondent. La pluie rend phosphorescente la chape vert tendre des pneus. Je pense à la « sorcière aux dents vertes » immortalisée par le dessinateur Pellos. Avec « l'homme au marteau » caché au sommet des cols, elle figure la défaillance, le coup de pompe, le début de la fin...

Les tours se suivent sans se ressembler. Soudain j'ai froid. Et depuis quelques kilomètres, j'ai comme le pressentiment que je vais tomber. Je prends moins de risques dans les virages. La route est détrempée, une fine pellicule d'eau brouille le bitume. De drôles d'idées me passent par la tête. Si les coureurs du Midi Libre rejetaient mon initiative, si je provoquais un accident à la suite d'un écart malencontreux ; si j'étais contraint à renoncer pour amateurisme... Si on demandait au « charlot » de quitter l'épreuve, pour le plus grand soulagement du Comité des gros yeux et des lèvres pincées que j'entends déjà : « On l'avait prévenu, c'était de la folie, maintenant il est bien avancé, et notre image en prend un coup »...

Je chasse ces mauvais démons à grands coups de pédale. Je suis bien posé sur mon vélo, avec une trajectoire rectiligne. Quand on pense à la chute, c'est peut-être qu'on veut tomber. Alors je n'y pense plus. Ce n'est pas si dur, j'ai déjà fait plus difficile, en cessant un jour de m'espérer mort.

J'ai en tête ce que dit Thomas Lipton dans ses émissions de l'Actor's Studio diffusées sur Paris Première : « *If you want more, give more.* » Ce « *more* »-là me plaît davantage.

Je suis trop fatigué pour sortir mon « Jimmy Casper » de la voiture. Il fait froid, il fait nuit, je suis garé loin de la maison. Je le laisse avec une légère appréhension. Si on fracassait mes vitres pour me le voler ?

4 février

La pluie, encore. J'ai rangé mon auto derrière la piscine de Saint-Germain-en-Laye. Toute l'eau du ciel dégringole sur mes souliers encore trempés de la veille, sur mes gants humides. Dans une descente, j'ai vu de près le nez d'une voiture. Un écart brusque m'a permis de l'éviter, mais le cœur a cogné aux tempes un bon moment. J'ai choisi un circuit de côtes que je grimpe plutôt bien. Je suis parti pour une bonne centaine de kilomètres, presque quatre heures de vélo. Aujourd'hui encore, je tire du braquet. Aujourd'hui encore, je rentre la tête dans le guidon. J'ai bien fait d'insister. Lorsque de violents courants d'air vous terrassent en pleine ascension, alors on se demande ce qu'on fait sur une bécane. Tout mon corps est en feu. Par instants, je n'arrive plus à m'asseoir sur ma selle, car les frottements du cuissard deviennent insupportables. Je me mets en danseuse mais, là, les cuisses explosent. Alors je me rassois et l'autre mal me reprend. Dans ces moments, on ne sait plus comment s'installer pour moins souffrir. Un être raisonnable songerait à s'arrêter. Mais un cycliste est tout sauf raisonnable. Les gens qui viennent applaudir les coureurs sur le bord des routes n'imaginent pas la somme d'efforts déployés jour après jour pendant d'obscures sorties. Après quatre heures de vélo, je suis atone, hébété. Comment vais-je tenir les deux cents kilomètres quotidiens du Midi Libre, au moins six heures de selle, voire sept. Le mois de mai, c'est demain. Cette pensée m'assaille lorsque je suis planté sur la route, nez au vent. Si je renonçais maintenant plutôt que de m'obstiner à poursuivre des chimères qui ne sont peut-être plus de mon âge. Les champions ne sont pas des êtres normaux. Dopage ou pas, ils échappent à la condition du commun des mortels. C'est difficile à comprendre car monter sur une bicyclette est à la portée du premier venu. L'aventure est déjà différente quand la route s'élève, quand le vent souffle. Là, on devine qu'il y a bien quelque chose d'étonnant à voir ces types en habits multicolores, chausses de lutin aux pieds, avaler les kilomètres et les pentes à toute vitesse. Le quidam qui se mettrait un moment dans leur peau sentirait soudain une douleur vive et diffuse qui effacerait aussitôt cette impression de facilité. Il sentirait un poids sur sa nuque comme si une main invisible voulait lui plonger la tête sous l'eau. Il sentirait une étrange torpeur dans les reins, et au-dessus, tout au long de la colonne, le contraire d'une décharge électrique, plutôt une anesthésie. Et la seule manière de lutter contre ce mal envahissant, contre cette tentative du corps de sombrer, ce serait de pédaler, de pédaler encore, jusqu'au bout de la route.

Je pense à tout cela pendant que je roule. Il m'arrive de traverser des villages sans en avoir conscience, dans un état second qui ressemble à l'absence. C'est comme si je n'y étais pas. Le corps travaille, l'esprit vagabonde. À quoi ai-je donc songé tous ces kilomètres ? Aux maillots de mes petits coureurs en fer. J'en ai oublié, l'autre fois. Je pense aussi à Blondin, à Fallet, ces gars qui aimaient le vélo assis en voiture ou attablés devant un bon verre, disons une bonne bouteille, ils avaient bien raison. Il faudra que je vérifie le début de *Monsieur Jadis*. Il me semble que c'est : « Longtemps j'ai cru que je m'appelais Blondin. En réalité, mon nom est Jadis. » Depuis un mois, je m'appelle Casper, c'est écrit dans un médaillon blanc le long de la barre horizontale.

Au moment de m'arrêter, j'ai à peine la force de sortir mes pieds des pédales. J'ai appuyé mes épaules contre la voiture pour reprendre quelques forces avant de mettre pied à terre. Aussitôt assis à l'arrière, je pose mes jambes sur l'appuie-tête. Le sang reflue, une vague sensation de bien-être m'envahit pendant que je tète littéralement un bidon que j'avais préparé ce matin, moitié jus de raisin, moitié Saint-Yorre. Pourrai-je avaler deux cents kilomètres par jour à trente ou trente-cinq de moyenne ? Il le faut. Et écrire chaque soir une page de journal ? Il le faut aussi. Mais je suis vraiment cinglé, ou trop orgueilleux, enfin pas normal. Un vrai coureur cycliste.

La voix de France Gall, à la radio :

> *Et j'ai pleuré pour des bêtises,*
> *J'ai aimé pour moins que rien,*
> *Comme vous*
> *Comme vous.*

Mon père au téléphone. Il me signale un article sur la Française des Jeux dans *L'Équipe Magazine*. Il est question d'une photo du groupe prise en l'absence de deux coureurs. Le journaliste précise que l'un d'eux a été remplacé par un rédacteur en chef du *Monde*...

Réunion de travail à Montpellier dans les locaux du *Midi Libre*. L'équipe dirigeante est au complet autour de Noël-Jean Bergeroux. Il fait beau, enfin du soleil, un air de Méditerranée. L'enthousiasme chaleureux d'Alain Plombat, le directeur de la rédaction, fait plaisir à voir. Il pose les bonnes questions, Alain, même celles qui font mal : « Et si tu es séché au bout de trois jours ? Tu y as pensé ? » Oui, j'y pense chaque jour, j'y pense justement pour ne pas avoir à connaître un tel revers au moment de l'épreuve. (J'ai d'abord écrit : au moment de la preuve...) Tous doivent avoir conscience de la part de risque et d'incertitude qui demeure, sans quoi l'aventure ne serait pas vraiment une aventure. Si on pouvait déjà dire que je vais terminer le Midi Libre et écrire chaque soir sans difficulté une page du *Monde*, l'intérêt en serait amoindri. (Je pense à l'histoire que racontait Hitchcock sur ce gars qui va régulièrement au cirque dans l'espoir de voir le dompteur se faire dévorer par le lion...) Comme toujours, c'est la part de « peut-être » qui fait battre le cœur, en tout cas le mien. J'essaie d'expliquer mon état d'esprit en parlant d'Artur Rubinstein qui ne répétait jamais entièrement les morceaux qu'il allait interpréter le soir du concert. Il laissait une part à l'émotion qui naît de la découverte, de l'imprévu, de ce qui ne peut pas être écrit avant d'avoir été vécu. La comparaison peut paraître poussée. Le patron des sports Georges Bury, qui nous a rejoints pour le déjeuner, souffle qu'il faut toujours laisser une porte de sortie au taureau, pendant la corrida. La mienne est une page blanche chargée d'encre. Mes banderilles ont le poids de la plume. Il faut se rêver léger, à vélo. Bien sûr que je ne suis pas à l'abri d'une terrible défaillance. Si elle survient, je la changerai en mots. C'est ma grammaire intime, un mal, des mots.

Dans l'avion du retour, une jeune femme blonde avec deux petits, je reconnais Marie Sara, l'ancien torero à cheval. Je l'imagine mal face au taureau, frêle dans son jean, occupée à bercer son bébé sous le regard d'un garçonnet. Elle aussi a souvent dû se demander ce qu'elle faisait au beau milieu des arènes à guetter l'œil de la bête, son échine et son manteau noir.

Un dispositif de sécurité est prévu pour assurer ma protection pendant l'épreuve. Je serai suivi par une voiture et deux motards de la route, une voiture dans laquelle aura pris place un médecin des urgences...

7 février

Au service course de la Française, Christian Lhost commence à souffler. Il a dû monter plus de cinquante vélos en deux jours. C'est le début de la saison des pros à Marseille, avec le Grand Prix d'ouverture. Viendront ensuite l'Étoile de

Bessèges et le Tour Med. Christian est un ancien militaire. Il a couru pendant trente-trois ans. Au bataillon de Joinville, il a été le « patron » de Madiot, de Fignon. C'est un vrai Gepetto du vélo. En un clin d'œil, un cadre entièrement dénudé prend vie et âme. Il pose les cocottes de frein, la guidoline, fixe les roues et les rayons, tend la chaîne et les câbles. Au-dessus de son atelier, des couronnes de 53, 54, 55, 56 dents. Rien n'est jamais trop grand pour une « petite reine ». Christian est un champion de cyclo-cross. Il n'y a pas si longtemps, son cœur battait à 36 pulsations minute. Il monte maintenant à 45... Près de lui, des vélos de chrono avec leurs guidons comme des boomerangs, les fourches noir anthracite. On parle de l'entraînement, de cette fichue pluie qui, mélangée à la terre, rend méconnaissables les bécanes. « C'est l'hiver qu'on gagne ses courses », me lance-t-il en pédaleur d'expérience. Nous avons les mêmes souve-nirs : ces innombrables sorties à pignon fixe, les matins de janvier, à se mettre les jambes autour du cou sans discontinuer, dans les côtes comme dans les descentes. Après, la reprise du dérailleur était une vraie fête... Fabrice Vanoli vient d'arri-ver. Il m'apporte une potence de 110, un comp-teur et un cardiofréquencemètre. Lui aussi a couru en amateur. Puis il a passé dix ans comme mécano chez Guimard, du temps de Super U. Il me pose une nouvelle guidoline de la Française, semée de trèfles à quatre feuilles et de chiffres porte-bonheur. En fin de saison, les vélos des pros sont vendus, à la grande joie des amateurs. Ils dépensent dix à quinze mille francs pour s'offrir une monture du Tour sertie du médaillon où figure le nom du premier propriétaire. Jamais ils ne l'effacent. C'est un fétiche, une marque de fabrique, la griffe de leur cheval d'orgueil.

Fabrice a aussi travaillé avec Jean de Gribaldy, le « vicomte », un personnage attachant qui montait des équipes de bric et de broc mais réussissait toujours à rafler de superbes courses en recrutant des inconnus qui se révélaient de sacrés champions ; ainsi Sean Kelly ou Rooks, vainqueur surprise d'un tour des Flandres. « De Gri » avait une année recruté un bûcheron, une force de la nature. Le type avait fait merveille, notamment dans les « chronos ». Mais au bout de huit mois il avait arrêté. Ce milieu ne l'avait pas emballé. Il s'en retourna au milieu de ses arbres. Jean de Gribaldy, lui, s'est tué dans un accident de la route. C'est en évoquant sa mémoire qu'un souvenir enfoui très loin m'est revenu. Quand j'avais vingt-cinq ans, j'étais jeune journaliste à *La Tribune de l'économie*, un quotidien animé par des anciens du *Monde* où je m'étais spécialisé dans les matières premières tropicales, café, cacao, vanille et ilang-ilang... Au bout d'une année, nous avions été trente journalistes à démissionner, troublés par les méthodes du patron de presse qui avait lancé ce journal. J'étais resté quelques semaines à m'interroger sur mon avenir. C'est à ce moment que j'avais eu la tentation d'entrer en contact avec Jean de

Gribaldy. Je savais qu'il recrutait parfois dans ses effectifs des coureurs atypiques, sans palmarès notable, simplement parce qu'il y croyait, ou qu'il aimait se laisser convaincre par des inconnus. Mais *Le Monde* me proposa un poste fixe, et j'enterrai définitivement mes rêves de nomade pédalant. Je n'avais plus jamais pensé à « de Gri », ni prononcé son nom, avant ce moment passé au service courses.

Une surprise m'attend. Fabrice m'emmène à la bonneterie. « Tu es notre dix-neuvième homme, n'oublie pas. » Il m'a préparé un nouveau paquetage. Dans un sac Carlton, il empile les tee-shirts de rugby, ajoute un survêtement, du linge « civil » et même une magnifique veste de cuir qui faisait baver d'envie les jeunes coureurs, au stage de Hyères, une veste d'aviateur façon Mermoz devant les ateliers de Latécoère, du temps de l'Aéropostale et des avions aux ailes de lin qui gardaient aux coutures, malgré les rafales de vent, le parfum à la violette des entoileuses de Toulouse. Fabrice m'a aussi donné une boîte de gelée royale et une autre de ginseng, les « recettes chinoises » du Dr Guillaume. Je repars seul avec mon vélo équipé de sa nouvelle potence, le guidon surplombé par deux petits écrans où défilent déjà les chiffres du temps qui passe. J'ai aussi une nouvelle roue libre aux couronnes extrêmes plus larges (23 dents) pour grimper aux arbres, ou presque, au moins pour passer les bosses de la vallée de Chevreuse, en attendant les cols du Midi.

En regagnant ma voiture, j'ai la tête pleine de ces photos de coureurs que j'ai vues collées au mur dans le bureau de Marc Madiot et à la bonneterie. Nazon gagnant un sprint en côte à Bessèges. Casper impressionnant de force dans une échappée à deux. Guesdon au moment où il piège les Lotto de l'arrière à l'arrivée du Paris-Roubaix, pendant que la plupart des échappés sont coincés le long de la côte d'azur (dans le langage des pistards, il s'agit de la bande bleue du bord de piste, le long de la pelouse). Tout à l'heure, à l'atelier, parmi les chutes de guidoline, j'ai aperçu au fond d'une poubelle quelques photos d'anciens coureurs. L'un d'eux a très belle allure. Il paraît qu'il a interrompu sa carrière après de graves déboires psychologiques. À vélo, la chute n'est jamais loin. Je serre le tube de mon « Jimmy Casper », le vent pousse les nuages. Demain s'il ne pleut pas, je serai en vallée de Chevreuse.

De retour à la maison, j'examine attentivement ma bicyclette. C'est la même qu'avant et pourtant elle a changé. Le mince fil réglisse du cardiofréquencemètre s'entortille comme un lierre autour du câble de frein. Le guidon est festonné d'un minuscule écran turquoise et d'un autre noir, la montre « Polar » avec son poussoir rouge vif. Je ne résiste pas à l'envie de monter sur la selle pour m'assurer que cette fois, la potence n'est pas trop longue. Il me semble que la pliure du bras est acceptable, mais j'en aurai le cœur net en roulant.

À la télévision, le générique de *Black Mic-Mac* :

Je suis allé à Kinshasa, j'ai tant souffert
Je suis allé à Brazzaville, j'ai tant souffert...

Je continue pour moi :

Je suis allé au Midi Libre...

8 février

Mauvaise journée. La pluie encore, bien sûr. Mais surtout une colique — excusez le détail — qui m'a vidé tripes et boyaux dès six heures du matin. Un plat qui n'est pas passé, je ne sais pas bien quoi, j'ose à peine incriminer un délicieux boudin aux pommes avalé hier midi à la Française des Jeux, et pourtant, y penser me donne la nausée. Le moindre écart d'alimentation se paie cher. Je n'ai rien pris au petit déjeuner, seulement un thé à La Coupole où je négocie une parution dans *Le Monde* du dernier San-Antonio.

Au courrier du matin, sur mon bureau, un beau livre retraçant les cinquante premières éditions du Midi Libre, accompagné d'un mot de Noël-Jean Bergeroux : « Tu as oublié ton cache-col dans mon bureau. Je le conserve religieusement pour te le rendre au sommet du mont Saint-Clair »... Facétie des mots : me donner un « cache-col », comme disait ma mère quand j'étais enfant, pour cacher ce col de Saint-Clair que je ne saurais trop voir sans défaillir !

À onze heures trente, je suis descendu à la cantine du journal pour essayer de manger. Je n'ai pas faim, mais si je veux grimper les côtes de la vallée de Chevreuse... À deux heures, mon ami Gilles avec qui je dois rouler n'est pas là. Il m'avait dit : « On y va sauf s'il pleut. » Il pleut. Je repars en direction de Vincennes, finalement pas mécontent d'échapper aujourd'hui au parcours de côtes dont je me réjouissais pour étrenner mon compteur et ma nouvelle potence, et aussi ma couronne arrière de 23 dents. Au bois, la pluie redouble. Les premiers coups de pédale me renseignent aussitôt sur mon état : catastrophique. Je suis sans forces, au bord du malaise, j'ai anormalement faim et mal au ventre, les jambes qui flageolent, le souffle court, somnolent et pâteux. Je crois que je voudrais m'étendre quelque part et dormir. Renoncer ? Non, pédaler quand même, sans trop forcer. J'essaie de maintenir une moyenne de 25, mais dans le vent, le compteur moucharde et m'indique que je frôle les 19 kilomètres/heure. Mon orgueil est piqué au vif et je remonte la moyenne au prix d'un effort qui me laisse pantelant. C'est terrible, tous ces chiffres sur mon vélo, soudain. Des chiffres sur la barre horizontale et sur la guidoline neuve, des chiffres sur le compteur qui signalent ma piètre vitesse, la cadence des coups de pédale, le braquet dès qu'il change, le décompte fastidieux des kilomètres parcourus, hectomètre après hectomètre. Il suffit d'appuyer sur de minuscules boutons-pression logés de part et d'autre des cocottes de frein, à l'intérieur du caoutchouc, pour faire apparaître un déluge de références. Encore heureux que je n'aie pas branché le cardiofréquencemètre. (Il manquait la ceinture pour la poitrine, Fabrice Vanoli doit me l'envoyer par la poste.) J'ai le tournis. Je comprends l'avertissement qui figure sur la notice : ne regardez pas trop fixement les données du compteur. Il y a de quoi s'endormir ou rester hypnotiser, ou se décourager. Je termine la première heure avec vingt-huit pauvres kilomètres dans les jambes, mais puis-je vraiment parler de jambes à propos de ces deux membres ramollis comme du coton ? Je n'ai plus de force. J'ai l'estomac au bord des lèvres. Je suis prêt à rendre, à me rendre. Un petit groupe de cinq coureurs m'a débordé sur la gauche. Je tiens un tour dans les roues, un petit tour et puis s'en va. Dommage, mon compteur est monté à 39 kilomètres/heure, mais aussitôt rejeté seul dans le vent, le gros chiffre noir retombe à 26, puis 22...

Je sens qu'il va falloir s'habituer à ce greffier intraitable, rabat-joie des mollets, vous croyez avoir pris de la vitesse et le cadran affiche 25 kilomètres/heure. Je n'ai jamais aimé les chiffres, et ce n'est pas aujourd'hui que ça va changer. Je songe même sérieusement à éliminer cet intrus. Impossible de ne pas le voir. Il tombe juste dans ma ligne de visée quand je fixe le bout de ma roue. Pas moyen de rouler penaud mais ignorant, la vitesse défile — façon de parler — comme une réclame sournoise pour la lenteur. Les jours de colique et de fringale, cet instrument de déprime est le « terminus des prétentieux », comme aurait dit Audiard, un ami de la bécane. Tour après tour, j'entre dans un état d'absence quasi comateux. J'entends le son des cors de chasse qui expédient à travers le sous-bois les accents triomphants d'un assaut avant l'hallali. Pas de chien sur le circuit, je suis sans doute le gibier. Il règne dans cet après-midi gris et glauque de Vincennes une ambiance de *Règle du jeu*, avec partie de chasse à l'homme et rancœur de Schumacher, le garde-chasse trahi par sa « petite reine ». C'est ça, je suis Schumacher et j'entends encore la voix de Jean Renoir : « Le problème dans la vie, c'est que tout le monde a ses raisons. » Moi je vais arrêter. Je vais descendre de vélo, j'ai mes raisons.

Comme pour me narguer, un jeune coureur m'a dépassé en trombe, admirable sur son vélo, lancé dans un contre-la-montre imaginaire. Il a négocié avec grâce et puissance le virage précédant le stûpa de pierre qui annonce le début du circuit. Je le mange du regard, envieux. Ses chaussures sont couvertes de fines enveloppes, comme s'il avait enfilé les souliers de Cendrillon, pied de verre, pied de guerre pour arriver coûte que coûte avant minuit. Je me souviens du champion italien Ballerini dont Robert Chapatte ne manquait jamais de souligner l'élégance à vélo, sa souplesse de ballerine.

L'effort du chrono, c'est l'art de repousser les aiguilles de la montre, avec le rêve de les faire tourner en sens inverse, au moins de suspendre leur ronde. Un chronomètre dans le ventre, on défie la trotteuse, la plus petite, celle par qui souvent arrive le pire, c'est-à-dire la défaillance. Perdre du temps est d'abord une affaire de secondes. Mais le temps est un grand voleur de temps, on croyait concéder une poignée de secondes et l'écart parfois se chiffre en minutes. Cette lutte solitaire entre le couperet des aiguilles est l'épreuve de vérité. D'Anquetil à Merckx, de Rivière à Indurain, sans parler du Danois Ole Ritter, longtemps recordman du monde de l'heure, ou de Francesco Moser, le chrono a enfanté une aristocratie du vélo. Les grimpeurs sont des hommes plus proches du ciel que de la terre. Les sprinters « sont » vite (on emploie « être » plutôt que « aller », car la vitesse pure est un état. On « est » vite comme on est grand). Les spécialistes du contre-la-montre, eux, ont un moteur singulier, celui qui leur permet de sortir vainqueurs d'une confrontation avec leur propre pesanteur, leur propre double. Renaud Matignon, à propos de « l'Antoine », écrivait qu'on n'attrape pas les fantômes avec des menottes. Les rouleurs-nés sont d'improbables fantômes qui passent comme des flèches de vent à travers le temps. Quand le chrono s'arrête et qu'on le compare à celui de leurs malheureux adversaires, la leçon est vite tirée. Il existe des coureurs métronomes à la pédalée souple et cruelle. Ils rétablissent sur deux jambes la hiérarchie de la force pure. Les autres ne sont pas en retard, ce sont eux qui sont en avance. Il n'est plus question de circonstance de course, de lièvre à rattraper. Passe-murailles du temps, ils sont les seuls à pouvoir prétendre que la ligne d'horizon n'a pas reculé à mesure qu'ils s'en approchaient. Ils l'ont traversée comme on passe une frontière. Les rois du chrono sont les conquérants de l'espace-temps. Il s'installe autour d'eux un halo de respect, une auréole tissée de mystère, comme si les secondes grappillées, les minutes arrachées au néant des plaines, leur avaient conféré l'éternité.

Combien de fois le bel Hugo Koblet, qui ne détestait pas ce face-à-face avec la montre, récolta le titre d'archange.

Cinquante-six kilomètres au compteur, deux heures de selle. Je rentre. Je n'ai pas mal aux jambes. Je n'ai même pas réussi à me faire mal ! Sensation de ne pas avoir occupé mon corps, de n'être pas là, ou d'être « flou », déréglé de l'intérieur. Pareille mésaventure au Midi Libre m'aurait contraint à l'abandon. Je serais rentré dans mon trou, comme ces insectes étrillés par les jeux cruels des enfants qui regagnent leur refuge pour n'en plus sortir.

Dans mon bain brûlant, la chair de poule couvre mes jambes, je n'ai pourtant pas pris de pot belge. Aujourd'hui, je suis une poule mouillée. Bien sûr, j'étais malade, il pleuvait. D'autres auraient sûrement continué sans trop s'écouter. D'autres encore n'auraient pas mis le nez dehors. C'est à peine si j'ai eu l'énergie pour rentrer chez moi en voiture, mes chaussures de vélo aux pieds accrochant la pédale d'embrayage, incapable de boire, incapable de tout.

11 février

Une semaine de vacances dans ma maison d'Esnandes, à côté de La Rochelle. Je retrouve les petites routes de mon enfance, les routes du marais derrière Charron, les tamarins brûlés par le sel, l'envol fastidieux des hérons, les mouettes comme de gros flocons blancs sur le miroir de la mer retirée au loin. J'ai attendu la fin de la matinée pour rouler une soixantaine de kilomètres. Un voile de brouillard enveloppe la campagne. À la sortie du village, j'ai à peine eu le temps d'apercevoir deux chasseurs rentrant d'une virée à travers champs, le ventre blanc d'un lapin qu'une main preste a glissé dans la gibecière de cuir. Je le devine encore tiède. Heureusement, Constance n'a pas vu ça. Je l'ai laissée avec Elsa, ma cadette de quinze ans, l'une est le portrait de l'autre.

Quelques coups de pédale et je suis à Nieul-sur-Mer, j'habitais là en 1970, on arrivait de Bordeaux, c'est sur ces chemins, dans ces palices, auprès d'une Olivia qui avait dix ans comme moi, que j'ai étrenné mon nouveau nom, Fottorino. Je passe devant une des maisons qu'occupa autrefois Simenon, et me voici dans la côte du Calvaire. Elle est courte mais raide et demande un effort violent dans les cuisses. Impossible de la grimper assis sur la selle. Je tire sur mon braquet en m'agitant comme un diable sur la route. Il faut littéralement « s'arracher ». Au sommet, toujours le même calvaire, sauf le Jésus en croix qui a disparu. Reste l'impact des clous dans la croix, c'est comme si j'apprenais qu'une résurrection a eu lieu sans moi, pendant que j'étais loin d'ici et que je croyais être vivant. Étrange sensation, vraiment, d'emprunter les mêmes routes qu'au temps de mes premières compétitions cyclistes, l'année de mes quinze ans, lorsque, après l'école, je sautais sur mon vélo pour enchaîner les tours, un circuit de quatre kilomètres que je bouclais tantôt dans un sens, tantôt dans un autre. Une fois il y a deux étés, je m'étais retrouvé sans le savoir sur une portion de cette route, derrière la mer. Quand je m'étais aperçu que j'étais bien sur le parcours du calvaire, une joie puérile s'était emparée de moi, j'étais revenu au pays, et, passant par des chemins côtiers que je ne connaissais pas — ils n'avaient pas été rendus carrossables, « de mon temps » —, j'étais arrivé sans le savoir sur ces lieux de magie. Je songe à cette exergue du *Don*

Quichotte de Cervantès, au début de l'œuvre reliée de Blondin : « ... Et poursuivit sa route qui n'était autre que celle que voulait sa monture. Car il était persuadé qu'en cela consistait l'essence des aventures... » Aujourd'hui, après trois longues journées sans toucher à mon vélo (il a fallu mettre les bouchées doubles au journal, voyager de nuit vendredi...), je ne suis pas au mieux de ma forme. Malgré la potence plus courte, je souffre encore du coude. Je me souviens maintenant qu'on n'est jamais vraiment à l'aise sur une bicyclette de course.

L'air est tiède. Dans la montée, je respire des parfums d'herbes qui n'ont pas changé en vingt-cinq ans, comme si ce décor était resté immuable. Les gravillons, dans les virages, sont-ils les mêmes sentinelles dérisoires, menaces sournoises pour la chape des boyaux, pour le gras des paumes quand on a imprudemment oublié ses gants ? Je retrouve d'anciens réflexes, prenant large le tournant sur la route de Marsilly, celui de la côte.

Tout d'un coup, comme je grimpais le calvaire, un cycliste surgit en sens inverse, qui déboule en direction de Lauzières. Cette allure, ce visage... Je crie : « Alain ! » Mais le gars est passé. Je me suis retourné. J'ai même fait demi-tour pour essayer d'aller le chercher. Je mettrais ma main à couper qu'il s'agit d'Alain Marchais, un de mes amis du temps où je courais, il était costaud et malin, il se retrouvait souvent dans la « bonne » (c'est-à-dire la bonne échappée, celle qui va au bout). Il avait été victime d'une grave chute qui avait manqué de lui emporter un œil. Il s'en était tiré avec des cicatrices marquées à la commissure des paupières, qui lui donnent cet air de gamin éternellement rieur. Quelques scènes me reviennent, une finale départementale de « Premier Pas Dunlop » sous la pluie, premier un certain Rocard, deuxième Marchais, et moi derrière eux. Le titre le lendemain dans *Sud-Ouest* : « Rocard devant Marchais ». Et la photo qui nous montre tous les trois maculés de boue, nos coupes argentées à la main, sourires radieux d'après Paris-Roubaix...

Revoilà mon cycliste. Il m'a reconnu. C'était bien lui, Alain. Il a fait demi-tour. Une poignée de main, ou plutôt de gants... « Hier avec mon père, on parlait de toi »... Ce sont ses premiers mots. On ne s'est pas vus depuis 1978 ou 1979 ! Pourquoi donc suis-je revenu soudain dans leur conversation ? On roule comme si de rien n'était, il me donne des nouvelles. Il a couru jusqu'en 1988. Il avait arrêté quelques années plus tôt mais une année de chômage l'avait incité à reprendre. « Quand on ne travaille pas, on marche », souffle-t-il. Je reconnais ses cicatrices au bord des yeux, son sourire, sa voix, tout... L'an passé, il a fait à vélo le parcours d'une étape du Tour, par le Soulor et le Tourmalet. Huit heures et demie sur la bécane. Il a beaucoup souffert. Huit heures et demie ! Si je mets le même temps pour boucler les étapes du Midi Libre, on viendra me rechercher dans la nuit ! Heureusement, je n'aurai pas des cols si durs à grimper. C'est lui, maintenant, qui habite Nieul. Sa femme et ses deux filles marchent au bord de la route. Alain va rentrer. On se salue. Je continue seul.

Du vent, du vent et du vent... Ça, je n'avais pas oublié. Contre lui, mon compteur frôle les 22 kilomètres/heure. Pas de quoi pavoiser. Je rentre vent debout. Le brouillard s'est dissipé.

À cinq heures du soir, je repars pour une heure trente de vélo. Quarante kilomètres de plus. Le ciel est bleu, l'air léger. Après un détour par Villedoux, je reviens sur mon circuit de Nieul. J'attendrai mardi ou mercredi pour partir « au large », en direction de la Vendée ou vers l'intérieur du département, du côté de Rochefort. Dans les rues de Nieul, j'essaie de reconnaître des visages. Ce matin, mon ami René est venu à la maison me saluer. Il était « en coureur ». Si j'avais été prêt, je l'aurais suivi. René, c'est lui qui m'a mis au vélo l'année de mes treize ans. Il faisait du cyclotourisme et partait pour de longues virées, des trois cents, quatre cents kilomètres. Il préparait le Paris-Brest-Paris, mille deux cents bornes à rouler jour et nuit. Il habitait juste en face de chez moi. Je le voyais passer, il me disait bonjour gentiment, il devait avoir vingt ans. Je pouvais donc entrer dans le regard d'un « grand », maintenant que je m'appelais Fottorino, le fils du kinési (on disait kinési, trois syllabes avaient résisté à la mode des abréviations). Un jour je lui ai demandé s'il voulait bien m'emmener. C'est comme ça que tout a commencé, dans ce village comme celui de *Jour de fête* où le père de René, un « ventrachou » mat et corpulent, colérique et brave homme, le père Henri, avec sa moustache en guidon de vélo, était cantonnier. Je reparlerai de René, des courses avec René.

Quand Nicole Avril, quelques années plus tard, publia son roman *Dans les jardins de mon père*, je fus très ému d'apprendre qu'elle était de Nieul-sur-Mer, que son père avait vécu là, qu'elle y avait des souvenirs de petite fille. Mon père, lui, n'avait pas de jardin, et pourtant il m'a offert à Nieul un indéfectible Éden dont nul ne m'a jamais chassé, pas même ce vent du soir qui, presque aussi coriace que celui du matin, me fait sérieusement me demander si je suis encore fait pour pédaler.

Retour entre chien et loup. Cris de joie de Constance, comme des cris de guerre : « Papa ! » J'espère qu'elle sera heureuse, petite minotte au vélo rouge, dans les jardins de son père.

Cent kilomètres au compteur, aujourd'hui, laborieux, sans gloire, mais cent tout de même, sans compter les souvenirs à n'en plus finir.

12 février

Le regard de mon père sur ce vélo venu du futur pour ressusciter le passé. Il le soupèse, ses sourcils noirs se dressent. Moins de sept kilos, non ? Je ne sais pas. Sûrement très léger, mon « Jimmy Casper ». Il compte les couronnes à l'arrière, reste interdit devant le si petit nombre de rayons, la rigidité qui se dégage de ma bicyclette. Il essaie le passage de vitesse aux cocottes de frein, son sourire de gosse. Mon père a quelque chose d'enfantin quand il sourit, ses yeux pétillent.

Il est bon public, c'est facile de le mettre dans sa poche avec une blague de rien, un souvenir tiré du lointain, il n'a pas la nostalgie triste, ne s'appesantit jamais sur le passé. Quand je l'ai connu, il y a trente ans, il était aussitôt devenu mon héros. C'était l'année 1970. Il m'offrait des voitures miniatures de marque Norev (que je traduisais par mon rêve) et ensemble, pendant que maman nous servait des crêpes, on regardait Pelé à la télévision, l'incroyable équipe au maillot jaune. Je n'avais jamais entendu parler de Pelé, et j'ignorais même que le Brésil pût exister quelque part de l'autre côté de l'océan. À cette époque, je m'étais mis à acheter *But*, je me souviens de couvertures avec un champion italien, Riva peut-être. Mon père m'avait inscrit en poussins aux Girondins de Bordeaux. Il m'avait offert des chaussures à crampons, des protège-tibias, j'y avais vu une marque d'affection, s'il me donnait ces plaques bizarres à glisser derrière les chaussettes montantes, c'est qu'il voulait que je ne me blesse pas. Un soir de cette époque, il était entré dans ma chambre et s'était assis sur mon lit. Je lisais une aventure des « Six compagnons », dans la Bibliothèque verte. Il s'était éclairci la voix et très doucement, presque intimidé comme on peut l'être face à un enfant qui fronce les sourcils, il m'avait dit : « Voilà, je vais me marier avec ta mère et si tu veux bien, on pourra dire que je suis ton père et d'ailleurs, mais si tu veux bien, on pourra porter le même nom. » Comme Éric Chabrerie, je n'avais laissé qu'un piètre souvenir de gardien de but chez les poussins des Girondins. Changé d'un coup de baguette magique en Éric Fottorino, une deuxième chance s'offrait à moi, une deuxième vie comme dans les jeux d'enfants où l'on ne meurt jamais puisque, justement, on a d'autres vies...

On a quitté Bordeaux pour La Rochelle, j'ai quitté Chabrerie pour Fottorino, des origines obscures pour les lumières de la Tunisie rêvée, imaginée, mille fois racontée depuis, et tant de fois visitée, surtout le Sud. À vélo, j'ai tracé ma route. Il m'a suivi, semaine après semaine, de dimanche en dimanche, de course en course, écoutant les annonces du speaker, vibrant quand on annonçait les dossards des coureurs échappés, il n'avait pas besoin de consulter la liste des engagés pour savoir que le 17, ou le 63, c'était moi. Il trottinait à mon passage, me communiquait des écarts, me passait des bidons. Mais le plus souvent il ne disait rien, se contentait de poser sur moi ce regard complice, ces yeux de connivence que j'ai vus à l'instant se poser sur mon « Jimmy Casper ».

Je lui raconte ma préparation physique. Je lui fais part de mes doutes sur l'issue de l'aventure. « Tu ne regrettes pas, au moins, de t'être lancé là-dedans ? » Non, aucun regret, seulement des inquiétudes qui ne me quitteront pas jusqu'à l'épreuve. Je sais souffrir sur un vélo, je sais les douleurs, le temps long. Mais vais-je savoir à ce point souffrir, pédaler si longtemps, et six jours d'affilée. Là se situe la part d'inconnu, d'incertitude, d'aventure, de risque. Je montre à mon père mon coude douloureux. Peut-être une tendinite. Il n'est pas sûr. D'après lui, je devrais poser mon coude sur de la glace enveloppée dans un tissu de coton. Ma mère, elle, est pour une pommade, cite Voltarène. On verra.

13 février

Dominique Ollivier a quarante-sept ans, de belles moustaches, un regard bleu clair et une physionomie d'acteur américain du temps des Studios. Ce n'est pas tout : il est boucher dans mon village d'Esnandes. Et ce n'est pas tout. À vingt ans, cet ancien infirmier rappelé à la « boucherie natale » par son père a découvert le vélo. Il ne l'a plus quitté depuis. Vingt-sept ans qu'il pédale par monts et par vents. Il dispute des compétitions de quatre-vingts, quatre-vingt-dix bornes. Hier en achetant mes cuisses de poulet fermier, j'ai dit à sa femme que je roulerais bien avec lui. Tout à l'heure, j'ai entendu son camion klaxonner dans les venelles derrière la maison. Il rentrait de sa tournée. Levé à quatre heures du matin, il prépare ses salades de carottes râpées, ses pâtés, quelques gâteaux, découpe la viande et la charge, puis traverse les bourgs en trompetant. Vers une heure il rentre s'avaler un plat de nouilles et hop, il saute sur son vélo.

Il est venu me chercher sur son beau « Bernard Hinault ». C'est parti. Cap sur l'île de Ré. Il fait un temps superbe, ciel bleu et vent dans le dos. Il me répète que ça va être dur au retour. Je le sens un peu inquiet, il n'a pas eu le temps de digérer son déjeuner, mais pour l'instant, le compteur s'excite à 35 à l'heure, la vie est belle et Ré nous appartient. Tout d'un coup le pont se dresse devant nos roues. Trois kilomètres de grimpette, mais le vent nous pousse toujours. On pédale dans l'allégresse au-dessus de la mer. Le long des plages de Rivedoux, une odeur de varech, d'algues, de mer retirée qui a laissé ses empreintes dans la vase luisante. À la sortie d'un virage, sur la piste cyclable, une nuée de mouettes s'envole juste devant nous. Il suffirait de tendre la main pour les toucher. Une image surgit aussitôt. Mes grandes filles Alexandra et Elsa sur le pont du *Mermoz*, une croisière dans les fjords. On avait passé l'après-midi sur les hauteurs aveuglantes de Bergen, une ville jumelle de La Rochelle avec ces lumières blanches et ce ciel pur. Puis on avait pris la mer et, là, des mouettes avaient volé longtemps près du pont. Elsa leur tendait des morceaux de pain qu'elles venaient picorer d'un battement d'ailes. Il y eut un instant magique, très bref, une seconde à peine, où l'œil de la mouette gourmande s'était posé sur ma fille. Cet instant, Michel Maïofiss l'a attrapé dans son objectif comme un pêcheur de miracles. Avant le départ, Alexandra et Elsa s'étaient juchées sur les amarres d'un bateau dans le port de Bergen. Maïofiss, photographe poète des petits bistrots de Belleville, avait aussi « attrapé » mes deux « oiseaux » sur leurs cordes enduites de goudron. De tout cela j'avais tiré un petit texte auquel je pense pendant que les dernières mouettes de Rivedoux me laissent dans les yeux leur féerie de plumes blanches. J'ai rédigé ce petit texte sur mon lit d'hôpital, quand des perfusions ne me laissaient pas d'autre marge de manœuvre que d'écrire des choses courtes sur un minuscule carnet. Il s'appelle simplement *La photo de Maïofiss*. Ce n'est pas du Borges, évidemment, mais j'y suis attaché comme à un souvenir d'instant heureux avec mes enfants, entre ciel et terre comme mes filles suspendues à ces amarres, comme ces mouettes suspendues à nos regards et à la main d'Elsa légère aussi comme un oiseau.

Sur une photo de Maïofiss
Dans un port du Nord
Deux fillettes très jeunes encore
À califourchon sur un cordage
Observent le bastingage
Attendant qu'un bateau glisse

Deux mouettes aux plumes lisses
Le bec au vent
L'œil rond posé sur les enfants
Deux mouettes Sergent-Major
L'âme légère et le cœur fort
Attendent pour leur office

Déjà les sirènes de la police
Les fillettes ont juste le temps
D'enfourcher les oiseaux de vent
Il faut quitter ce port du Nord
Aller plus vite que la mort
Fermer les yeux par-dessus les abysses

Sur une photo de Maïofiss
Deux mouettes en albatros
Du danger se gaussent
Elles ont gagné leur pari
Ramener deux fillettes à la vie
L'air pur est un délice

C'est une photo de Maïofiss
Il l'a prise en tenant bon
Développée sur papier charbon
C'est une photo en noir et blanc
Avec deux mouettes et deux enfants
Qui attendent que le temps glisse

On est seuls sur les pistes cyclables. Des éclats de verre d'une bouteille brisée nous font pester. Je passe machinalement mon gant sur le dessus

189

de la chape, à l'avant et à l'arrière. Ce matin à La Rochelle, chez un marchand de vélos de la rue du Minage, sous les vieilles arcades qui protègent les passants du trop de soleil ou, parfois, du trop de pluie quand l'eau, comme ces dernières semaines, tombe à seaux, j'ai acheté des démonte-pneus, légers, plats, en résine pour ne pas abîmer le caoutchouc. Je m'aperçois que je les ai oubliés à la maison. Ce n'est pas le moment de percer. Les cristaux de verre qui brillent sur la chaussée comme des grains de mica me font l'effet de mines et j'entends déjà ce bruit caractéristique de la chambre à air qui rend l'âme, un bruit que l'on s'amuse parfois à imiter, quand on roule en groupe, et chacun de zyeuter fébrilement ses roues pour vérifier qu'il n'a pas crevé... Par chance, il ne se passe rien. Mais déjà nous avons changé de direction et le vent nous prend bille en tête. On se passe quelques relais avec Dominique, c'est dur. « Il faut savoir se faire mal, sur un vélo », dit-il avec un brin de résignation. La moyenne a sérieusement diminué. Au moment de remonter le pont dans l'autre sens, je me dresse sur les pédales. Ça tire de partout, le vélo zigzague et quelquefois, comble du comble, je donne un coup de genou sur le guidon en essayant de « m'arracher » de là. Retour sur le continent. La Pallice, L'Houmeau, Nieul, mes routes d'école buissonnière. Dominique file sur Esnandes, préparer son camion, surveiller la cuisson des pâtés. Il aimerait bien obtenir des conseils d'entraînement adaptés à son rythme de vie. Chapeau, monsieur le boucher, un sacré coup de pédale pour qui se lève si tôt et vit plusieurs vies par jour. Je continue sur mon circuit de Nieul pour boucler mes quatre-vingts kilomètres. Je grimpe la côte du Calvaire en sens inverse. Elle est plus longue mais moins raide. Quelquefois je file sur Lauzières, le village des parcs à huîtres. De loin j'aperçois un moulin, un grand moulin neuf avec ses ailes qui battent au vent. Don Quichotte n'est pas loin. Difficile de se lâcher les mains : les rafales de vent manquent de me jeter au sol, la roue avant dévie brusquement de sa trajectoire. Je sens une fringale sournoise. J'essaie de ne pas penser que j'ai faim, que mes forces me lâchent, car j'ai seulement soixante-cinq bornes au compteur. J'irai jusqu'à quatre-vingts, jusqu'à la nuit.

Retour à Esnandes. Je me jette sur les pommes que j'ai achetées ce matin au marché couvert. Puis quelques carrés de chocolat. Et des biscuits Chamonix à l'orange. Je ne pense pas que tout cela soit recommandé aux coureurs qui « font le métier ». Mais tant pis, le chocolat, c'est plus fort que moi, et les biscuits Chamonix, c'est mon enfance qui revient au galop. Pour les connaisseurs : le meilleur moment, quand on déguste un Chamonix à l'orange, c'est quand on soulève la fine feuille d'aluminium de l'emballage... Constance s'est approchée de moi près de la cheminée. Elle me dit : « Ça va passer, papa », comme si elle avait deviné mes douleurs invisibles.

Cent quatre kilomètres au compteur. Une folle pédalée sur les routes ensoleillées que le vent balaie dans tous les sens, surtout dans le sens opposé à notre progression. Nous sommes partis en début d'après-midi avec Dominique pour rejoindre les « gentlemen », un club de fous pédalants qui roulent à toute allure le mercredi après-midi. On y rencontre d'anciens coursiers, qui courent encore à l'occasion, au coup de pédale déjà très rodé. Surprise, je retrouve des visages d'il y a vingt ans, des gars qui ont à peine changé, qui viennent gentiment me saluer, demandent des nouvelles. Parmi eux Philippe Jourdain, le vieux complice de mes dix-huit ans, trompettiste professionnel, on a gagné des courses ensemble, chez les juniors. Il a le même sourire, ce même enthousiasme qu'il avait autrefois pour aller « se faire mal » sur son vélo. Et Daniel Fedon, un ancien adversaire, j'ai longtemps cru qu'il passerait pro, il m'a dit bonjour l'air de rien pour voir si j'allais le reconnaître. Il n'a pas changé, toujours mat de peau, l'air aussi costaud, facile sur le vélo, moulinant son braquet avec une aisance déconcertante. Sur la fin du parcours, quand je serai en difficulté, il va me donner deux ou trois poussettes salvatrices ! Un jeune vient me saluer : c'est Bertrand Guerry, il est champion de France des plus de trente ans, je courais avec son frère Alain, un très beau coureur que j'aimerais bien revoir. Ce peloton d'inconnus m'a tout à coup montré son vrai visage d'amis qui n'étaient pas perdus. Et Philippe Jourdain me souffle qu'il habite à Nieul, lui aussi... La roue tourne, étrange sentiment d'être un rescapé, ou de chevaucher une machine à remonter le temps. Les villages se succèdent, les pancartes, les petites côtes où l'on reste « scotché » tant le vent fait du zèle. Quand vient mon tour de relayer, je reste peu de temps avant de m'écarter. Vers la fin du parcours, à dix-huit kilomètres de La Rochelle, je « saute » dans une cassure. Cette fois on a le vent dans le dos. Je sens dans les jambes les efforts d'hier et ceux d'aujourd'hui, on a vraiment roulé comme des brutes. Je crois que Dominique est devant. Il a dû rentrer sur Esnandes pour aller préparer son camion et son étal. Moi, je rentre seul, perclus de douleurs dans les jambes, les muscles cassés ou alors prêts à rompre comme du verre effilé.

Ce matin, j'ai acheté chez un oculiste un cordon Vuarnet pour tenir mes lunettes dans la nuque. J'en ai profité pour faire resserrer les montures. Résultat, je ne passe plus mon temps à les remonter sur mon nez. Ça n'empêche pas les vives douleurs dans la nuque, comme des brûlures qui élancent sous la peau, ou quelque chose qui cisaille. Je crois que ma position sur le vélo est bonne. Si je veux avoir moins mal, il ne me reste plus qu'à m'entraîner davantage, plus longtemps, pour finir par supporter. Il faut avoir le physique, mais aussi le mental. Ce n'est pas toujours le plus fort qui gagne, à vélo. La tête peut vous jouer des tours, c'est elle qui décide de renoncer, qui vous dit que cette fois ça suffit. Il y a toujours un moment critique où le corps veut se rendre. L'esprit serait prêt à se ranger aux raisons du corps. C'est comme le petit diable des dessins animés qui souffle au héros la solution de facilité. Il faut s'accrocher, insister ; serrer le guidon, lever les genoux plus haut, pédaler plus ample ; se donner la sensation qu'on caresse les pédales, qu'on effleure le braquet sans taper dedans. Puis ça passe. Pas la douleur, mais l'envie d'y mettre fin.

Le soleil du soir, mon ombre qui me dépasse dans le contre-jour. Une question bizarre me traverse. Le cadet que j'étais à quinze ans m'aurait-il semé, aujourd'hui ? Aurais-je suivi cette ombre ? Mon compteur est à quatre-vingt-treize kilomètres quand j'arrive sur mon circuit de Nieul.

J'ai manqué m'endormir dans mon bain. C'est Constance qui est venue me sortir de ma torpeur. On ne s'est pas vus de l'après-midi. Elle attend que je la prenne dans mes bras, malgré l'eau qui ruisselle. En me redressant, mes cuisses menacent d'exploser. Cette fois c'est décidé : je prends le pot de baume que m'a donné Patrick Gagnier et, devant un feu de cheminée, je procède à mon premier massage. Une odeur de lavande se répand dans la salle à manger. J'étale la crème blanche le long de mes jambes et enfonce les doigts profondément sous les cuisses. La paume glisse en appuyant fermement sur le dessus du fémur. Évidemment, ça fait mal, mais je sens que les toxines refluent. La crème chauffe légèrement. Demain, j'irai chez mon père pour un vrai massage, dos compris, car le haut est aussi endolori que le bas.

À Paris, Morax a vu la « maquette » de mon maillot aux couleurs du Midi Libre, rouge et or. Le cuissard sera dans les mêmes tons. Je m'imagine en habit d'Arlequin dans la roue des jeunes coureurs qui m'entraîneront dans leur sillage. Pourquoi faut-il que je pense à cette phrase d'Antoine Blondin à propos de la mort tragique de Roger Nimier dans sa Facel-Vega : « L'âge, à sa façon, a eu raison de mes amis qui sont morts dans leur lit, de vieillesse ou de jeunesse, certains dans des draps de ferraille atrocement froissés, si tôt, si vite comblés de tant de promesses au regard du souvenir, qu'il me semble aujourd'hui survivre à des enfants. » C'est sûrement à cause de ces derniers mots, le sentiment que je vais survivre à des enfants dont j'aurai « sucé les roues ». Mais je suis certain qu'ils ne m'en tiendront pas rigueur : ils rouleront devant dans une grande course de pros et pourront s'imaginer qu'ils sont un groupe d'échappés.

J'ai pris sur moi en avalant une ampoule de ginseng. Finalement, la potion est assez bien passée. C'est à jeun que l'exercice est écœurant. J'avale aussi des gélules contre les radicaux libres prescrites par Gérard Guillaume. Il m'a appelé hier pour prendre de mes nouvelles. Il sera bientôt au Tour méditerranéen puis au stage de l'équipe à Sophia-Antipolis. J'espère pouvoir me libérer pour y participer au moins trois jours. Même si je redoute déjà les efforts qu'il faudra consentir pour espérer garder le contact avec des jeunes coureurs encore plus affûtés par les premières épreuves de la saison.

À l'heure de dormir, j'emporte dans ma chambre un beau livre de Philippe Brunel, *Le Tour de France intime*, des photos en noir et blanc accompagnées de portraits saisissants d'intelligence et de sensibilité des plus grands champions. On voit Bottecchia arrachant son boyau avec les dents, à l'époque où le changement de roue était interdit. Les cyclistes des temps héroïques ressemblaient à des ramoneurs. La poussière et la boue collées par la sueur brodaient à même leur peau un habit de suie. Une photo montre l'abandon d'Hugo Koblet. Une voiture le dépasse, et sur la portière est placardée une affichette : « Il est interdit de pousser les coureurs »... Je relis les lignes de Brunel sur Coppi et Bartali, dont le cœur battait si lentement qu'il se permettait une cigarette le matin et une autre le soir, et une de plus s'il triomphait. Sur ces images d'un autre âge, Merckx effleure les lèvres de sa femme Claudine venue sur le Tour, Ferdi Kübler pleure, deux adversaires partagent le même bain, Bobet quitte le Tour dans la voiture-balai, avec un regard, Dieu ce regard !, pareil à celui de James

Stewart dans *L'homme qui en savait trop* ou dans *Fenêtre sur cour*, quelque chose de diabolique dans ces yeux, d'incroyablement volontaire, comme s'il se promettait de revenir pour gagner. Il est revenu et a frappé trois fois 1953, 1954, 1955. Grand Bobet (*bis*).

Il faudra que je fasse le plein de ces pages admirables. Ma bibliothèque de cyclisme est ici. Je vais réveiller des souvenirs enchantés, moi qui savais le nom de tous les vainqueurs du Tour depuis 1903, et les années d'interruption, quand la France n'était plus vraiment la France. Les usagers de grands mots diraient que le Tour est « consubstantiel » à l'histoire de notre pays. C'est pourquoi j'étais plus familier des Trousselier, Petit-Breton ou Maurice Garin que des victoires de Bonaparte du côté d'Arcole et de Rivoli... Il me semble que je pouvais même réciter le palmarès de la Grande Boucle à l'envers, en commençant à la première victoire d'Hinault pour remonter à Garin. Encore une phrase picorée dans l'ouvrage de Philippe Brunel, c'est Géminiani qui définit Jacques Anquetil : « Un réacteur, un alambic et une machine IBM. »

15 février

Coup de téléphone à Jean-René Bernaudeau, l'ancien champion vendéen, actuel directeur sportif de l'équipe Bonjour. Nous sommes convenus de nous rencontrer à Nevers, la veille du départ du Paris-Nice. Quand il apprend que je suis rochelais et que j'ai gagné des courses en Vendée, il s'écrie : « Alors là, c'est bien parti, on va s'entendre ! »

Je joins Marc Madiot qui est avec ses gars sur le Tour méditerranéen. « Aujourd'hui arrivée à La Seyne-sur-Mer. On attend une victoire des Casper. » Je croise les doigts pour eux. C'est bien tout ce que je peux croiser, car les jambes sont très lourdes. À dix heures, mon père me prend dans son cabinet. Je lui ai apporté ma crème de massage. Allongé sur le ventre, je sens ses mains sur mes épaules et dans mon dos. Il sait qu'il peut appuyer. Il trouve mes jambes toniques, les muscles des cuisses bien « formatés » pour le vélo. Sur la cuisse droite, je lui demande de presser moins fort car j'ai l'impression qu'il « tape » à vif dans l'os. J'avais la même sensation quand j'étais « drôle », comme disent les gens d'ici en parlant des jeunes. La salle baigne dans une odeur d'embrocation où domine la lavande. Il fait très beau.

J'ai inscrit cinquante kilomètres à mon programme, deux heures de vélo sans forcer. Par chance, le vent est tombé aujourd'hui. Je décide de traverser une partie du marais. Il y a longtemps que j'ai déformé l'expression « vents et marées » en « vents et marais ». Avec un peu de chance, je verrai des hérons et des poules faisanes. Je songe à un ami de la famille qui partait à cheval le matin très tôt à travers la campagne et nous confiait après avec un regard enfantin,

sur le ton du secret : « À l'aube j'ai vu un renard. »
J'imaginais un monde mystérieux, l'intimité du
monde animal qu'on surprend à condition de
garder le silence.

À vélo comme à cheval, on se fond dans le
décor, sans un bruit. Je pense à Anquetil, à sa
peur de mourir, à la fin. Il luttait contre le sommeil et passait ses nuits à guetter les sangliers
sauvages. Mon père en finit avec mes jambes. Il
refait ce geste que je n'ai pas oublié : passer sa
main et l'intérieur du poignet sous la plante de
mes pieds. C'est comme si les nerfs se relâchaient
d'un coup, libérant le sang pour le ramener en
direction des artères. Un formidable soulagement, l'impression fugace d'échapper à l'attrac-
tion terrestre, de ne plus rien peser.

Je me suis assoupi au soleil sur une chaise longue en lisant *L'Équipe*. Un jeune Italien a remporté la première étape du Tour Med au sommet
du mont Faron. Nicolas Vogondy, avec qui j'ai
roulé en janvier, termine dans les premiers. Vers
trois heures de l'après-midi, je m'élance sur les
lignes droites de Charron, à travers le marais.
Pas de hérons, mais pas de vent non plus. Je
roule sur les routes de mon enfance, je ne souffre pas, le compteur ne me tourmente pas avec
des chiffres ridicules, la vie est presque belle. En
traversant Saint-Xandre, je me revois vingt ans
plus tôt appuyant mon vélo devant la maison
des Jourdain. J'étais amoureux de cette famille,
tous étaient si accueillants, souriants, toujours
heureux de me voir même quand je ne m'annon-

çais pas. Philippe courait avec moi, il y avait aussi ses deux sœurs, Laurence et Hélène, on jouait ensemble au tennis et, l'été, on allait parfois se baigner sur l'île de Ré. Il y avait aussi Kimo, dont Laurence prétendait qu'il était le seul chien au monde à sourire. Et en effet, comme tous les habitants de cette maison, il souriait quand il me voyait au portail, retroussant les babines et venant quémander des caresses. Bien plus tard, lisant *Le Jardin des Finzi-Contini*, voyant le film tiré du roman de Bassani, avec Helmut Berger et Dominique Sanda, j'ai retrouvé l'ambiance insouciante de cette époque, quand la vie n'était pas méchante, quand le vélo, les parties de tennis, l'amitié tranquille et les flirts d'adolescents remplissaient l'existence de leur parfum aujourd'hui fané. Mme Jourdain a disparu après une longue maladie, et je ne peux passer près de leur maison sans un pincement au cœur.

Sentiment de vitesse sur les routes de Nieul. Pourquoi parler de sentiment alors qu'il s'agit plutôt d'une sensation ? Dans les deux cas, on éprouve quelque chose. Mais je préfère parler de sentiment. Rien n'est superficiel, à vélo. On touche aussitôt le fond des réalités, qu'elles soient joyeuses ou pénibles. On termine toujours une épreuve avec un instinct de rescapé qui se dit : « J'y suis arrivé, je m'en suis sorti. » Sentiment donc, car il y a de l'amour et de la rage, là-dedans, un engagement aux racines profondes, comme disait Pierre Chany, une émotion qui s'inscrit dans la mémoire et ne s'oublie plus. On parlerait ainsi d'une femme, non ? J'en vois qui traversent les rues au moment où je passe. Est-ce le silence qui accompagne mon arrivée ? Je m'approche souvent très près de ces passantes, et les regards qu'elles ont parfois, cet air surpris et légèrement perdu à l'instant de traverser, je les attrape comme des secrets volés de l'existence qui valent bien l'effort de pédaler.

Madiot au téléphone. Les gars ont été dans les échappées toute la journée, mais une erreur d'aiguillage a bouleversé la donne à l'arrivée. Il « font » cinq et six. Dans *VSD*, un papier vachard sur Marc du temps où il était coureur, avec des citations extraites d'un livre à paraître de Jérome Chiotti, un ancien champion de VTT qui a reconnu s'être dopé. Il dit que le double vainqueur du Paris-Roubaix l'a initié au dopage. Madiot dément et menace de poursuite quiconque se fera écho de ces mensonges...

16 février

Il est dix heures du matin et la brume ne veut pas se dissiper. J'ai rempli un bidon d'eau rougie au sirop de grenadine, rempli mes poches de barres de céréales, gonflé mes pneus. Il est dix heures et je pars pour cinq heures de vélo. Je traverse les marais enroulés dans une longue écharpe de brouillard d'où percent çà et là les phares pâles des autos. Je roule sans trop forcer, je « swingue » les kilomètres à coups de pédale syncopés, avec en tête un air de Nougaro, « *quatre boules de cuir* », et boxe, boxe, je regarde les chiffres du compteur, je file à 27, 28 à l'heure, il n'y a pas trop de vent. Le marais est gris et silencieux, saturé d'eau. Dans les champs, la terre fume, les labours se poursuivent, j'aperçois au loin des scènes de Millet, deux hommes au pied d'un sillon, causant la tête baissée comme s'ils réclamaient la bienveillance du ciel pour les futures récoltes, et ces champs bien peignés me rappellent les traces de fourchettes que je faisais enfant dans ma purée de pommes de terre...

Vers midi et demi, le soleil risque un œil sous l'étoffe des nuages. Mais c'est un œil furtif aussitôt recouvert, l'œil d'un acteur inquiet derrière le rideau de scène, qui se demande s'il va réussir son entrée. Pour l'instant il se cache, et quand il finit par se montrer, c'est un petit soleil « tondu comme un moine », je me souviens de cette image de Pagnol dans *La Gloire de mon père*. Plat pays, morne plaine, vent constant mais pas trop violent, pour une fois. Dans un virage gravillonné, je suis à deux doigts de tomber. Le vélo est resté stable par miracle, j'étais déjà embarqué. Je poursuis ma route les chevilles tremblantes, c'est bizarre de sentir ses chevilles trembler de peur rétrospective, je comprends mieux ce qu'écrivait Hemingway à propos des toreros flageolant sur leurs jambes à l'arrivée du taureau, au début de *Mort dans l'après-midi*.

Parfois, j'empoigne le guidon par le bas et, tête baissée, j'accentue la cadence. Les coups de pédale sont assez souples, je ne mets pas de trop gros braquets. Je continuerais bien dans cette posture, mais le « syndrome de la bétaillère » me force à relever les yeux de temps à autre pour vérifier que la voie est libre. Il suffirait d'un tracteur stoppé au bord d'un fossé, la herse sortie. J'attrape l'heure au clocher des villages. Le temps finit par passer. Je roule toujours, depuis trois heures, trois heures et demie, bientôt quatre heures. Soudé à mon vélo, je dois plier, ployer. Ce n'est pas lui, avec son cadre en triangle rigide et ses deux roues dures comme fer, qui va s'assouplir.

Le temps qui passe me confirme un pressentiment : l'épreuve que je m'impose va être très dure, très douloureuse, je vais maudire les côtes quand la route s'élèvera, je vais avoir mal partout, je ne verrai pas le quart du paysage tant je resterai prisonnier de ma bécane, l'œil rivé à un point fixe de mon vélo — aujourd'hui, c'est le sommet de la cocotte de frein, comme une mire latérale, que je regarde avec insistance. Le ciel bleu, enfin. J'ai longé des canaux tranquilles, des étables d'où émanait une tiédeur odorante, j'ai longé des écoles et des cours de récréation remplies de cris d'enfants, je suis passé devant des maisons perdues aux vitres embuées, avec des flammes dansant au milieu d'un âtre et de petits nez collés appartenant à de tout petits déjà au courant que la vie est dehors. J'ai roulé sur une route aussi rugueuse que la langue d'un chat. Après quatre heures de selle, j'arrive sur mon circuit de Nieul que je quitterai dix minutes avant les cinq heures fatidiques que je me suis fixées. J'ai vidé mes poches, vidé mon bidon, je tourne les jambes comme un automate, cent vingt-six kilomètres au compteur, il est trois heures de l'après-midi, je suis devenu quelqu'un d'autre, un personnage un peu flou aux gestes incertains, un coureur tremblé aux muscles en scoubidou.

Un bain brûlant. Constance examine mes jambes. « Je vais te soigner, ça va passer papa. »

Mon père au téléphone. Il me propose un massage. Je file. J'ai oublié la crème Akiléïne. De l'huile d'amande douce fera l'affaire. Mon père se rend vite compte des dégâts de la journée. Il peut à peine toucher le haut de ma cuisse droite. J'ai l'impression qu'il n'y a pas de muscle, seulement de l'os. Il m'explique le tassement des fibres musculaires tout en frottant, frictionnant. Il pose des cales de cuir sous mes pieds, poursuit patiemment. Cette fois ça passe, j'ai moins mal.

Massage terminé. Une tape sur les cuisses. Je m'essuie avec du papier médical. Comme la brume du matin, la douleur a fini par se dissiper. Elle est là, tapie, je la retrouve en appuyant sur la pédale d'embrayage de mon auto, mais elle se tient tranquille. Mes muscles ont repris souplesse et volume, le sang peut se balader.

Demain, je laisserai mon vélo. Avec Constance, on ira jeter des galets dans la mer.

17 février

J'ouvre *L'Équipe*. En ce moment, le cyclisme est relégué dans les dernières pages. Ce titre en gros : « Casper fait tilt ». Et la photo de Jimmy clouant sur la ligne le sprinter de la Lampre, Svorada, et Kirsipuu, à l'arrivée de la troisième étape du Tour méditerranéen Gréaspe-Salon-de-Provence. Enfin la victoire après une année et demie blanche. Le compte rendu parle des larmes d'émotion du jeune Picard, de la joie de Madiot. Je suis heureux pour eux. À midi, j'appelle Marc sur son portable pour partager un peu de la fête. Il me passe Jimmy. Je lui dis que je suis encore plus fier de rouler sur un « Jimmy Casper ».

18 février

Deux heures de vélo sous un ciel tapissé de nuages, cinquante-cinq kilomètres au compteur dans cette campagne que je vais quitter à regret pour rentrer à Paris. Ce n'est pas qu'elle soit belle, avec ses palices chenues où l'on a coupé çà et là des rangées de frênes dont ne restent au bord des fossés que les souches claires. C'est une campagne assez monotone où les seuls reliefs sont des châteaux d'eau et des silos à grain. Mais j'en connais les charmes qui ne se donnent qu'avec le temps, l'odeur du bois brûlé, des parfums de caramel, d'iode et de marais que le vent transporte dans un souffle généreux. Je suis à l'aise sur mon vélo, un noroît me pousse dans le dos, je fais des pointes à plus de 40 à l'heure, les mains posées au bas du guidon. Ma dernière sortie de cinq heures semble m'avoir donné des jambes encore plus solides, je tire la « rondelle » de 53 dents, avec le 15 derrière, ça va vite, la douleur monte dans les cuisses mais reste supportable. Sensation réelle de vitesse et de maîtrise. L'entraînement porte ses fruits.

En route, comme j'entrais à Nieul, je croise mon vieil ami Jacques Roy, tout de rouge vêtu. C'est à lui que je dois un titre de champion régional sur piste, il m'avait emmené tous les sprints avec une maestria qui m'avait rendu intouchable dans la course aux points, sur le vélodrome de La Rochelle. Dans le ciel un vol de grues en forme de V, comme l'annonce du printemps. Jacques, il y a vingt ans, faisait visiter la maquette reconstituée de la ville de La Rochelle, dans la tour Saint-Nicolas, sur le Vieux-Port. Une bande-son défilait, Richelieu, les protestants, le terrible siège, le port fermé par une longue chaîne, il allumait des incendies de quelques watts dans les quartiers de carton-pâte et nous étions des Néron contemplant Rome en flammes. Des cloches sonnaient, des canons tonnaient... Jacques a tout de suite repéré mon vélo de « pro », entendu le grincement de la chaîne qui trahit un manque d'huile. En voilà un qui saura me dépanner s'il m'arrive un pépin loin des amis de la Française : Jacques sait tout faire sur un vélo, y compris réparer une chaîne brisée !

J'apprends que Casper a fait une lourde chute au Tour méditerranéen, dans un sprint à l'arrivée de la dernière étape. Il devra porter une attelle pendant huit jours, peut-être davantage. C'était si bien parti. Une chute très impressionnante, d'après les témoins. De la peur et du mal. Maudit Jimmy. Et je revois soudain l'expression inquiète dans l'œil de son père, l'autre fois.

19 février

Reprise au journal. C'est toujours difficile de se replonger dans l'ambiance électrique et parfois enfumée de nos réunions. On parle de l'arrivée de ce bateau de réfugiés kurdes, le journal enterre les morts déjà étoilés de leur vivant, Balthus, Charles Trenet. « *Longtemps, longtemps...* » Un cadeau pour illuminer cette journée. Dominique Roynette m'a dessiné un magnifique maillot de coureur, dans le style pop art, rouge et jaune, ou plutôt sang et or (« sanguéaur », comme on dit du côté de Sète). Sète, Narbonne, le parcours du Midi Libre, il me semblait bien, oui, c'est ça, la Route enchantée de Charles Trenet échappé depuis la veille au paradis des poètes. Sur une manche du maillot le mot Midi, sur l'autre le mot Libre, et, au milieu du torse, le triangle jaune, logo du journal de Montpellier avec, incrusté à l'intérieur, la silhouette d'un coureur montant une pente raide, dessinée par Serguei, éclectique Serguei qui après avoir décoré plusieurs chars du carnaval de Nice, met sa patte et son grain de folie sur ma tunique de cycliste. Dominique a essayé de me donner un tirage de cette petite merveille, mais son imprimante crache obstinément une couleur verdâtre. En attendant, j'essaie de m'imaginer dans cet habit de lumière, et je sens monter une joie d'enfant.

21 février

Quatre heures de vélo, un peu plus de cent vingt kilomètres au compteur. Mon ami Gilles Rémy a joué les poissons-pilotes pour m'emmener rouler dans la vallée de Chevreuse. Au téléphone, il m'avait dit que le départ de la sortie était donné au « criss de Saclay », l'image s'était formée dans mon esprit de ces poignards malais qui hantent l'œuvre de Stefan Zweig, la folie des « Amok » tuant à l'arme blanche à travers les rues sombres de Kuala Lumpur. Comme aurait dit ma défunte grand-mère, on se demande bien où tu vas chercher tout ça. Mais le panneau indicateur m'a révélé la bonne orthographe : nous nous dirigeons vers le Christ de Saclay. En fait, je n'ai pas vu de Christ pas plus que d'Amok, seulement un rond-point après être sorti de Paris par la porte d'Italie — une pollution à cracher tous ses poumons —, puis avoir filé par Arcueil, Fresnes et sa prison, Antony. Tous les mercredis à quatorze heures trente, les coursiers de plusieurs clubs d'Île-de-France se retrouvent là pour une partie de manivelles dans les bosses de Chevreuse. Quand les gars se mettent à « visser », ça roule à 50 à l'heure et comme dit Gilles : « Ça fait mal à la gueule. »

Aujourd'hui on n'est pas trop nombreux, une quarantaine de coureurs pédalant à un bon 30 de moyenne en direction de Gif-sur-Yvette. Des côtes pour commencer, et puis tout d'un coup la pleine campagne, des chevaux et des moutons plein les champs, de petites routes grumeleuses et des villages paisibles où guette toujours le danger. Des enfants qui jouaient sur la place d'une église ont laissé échapper leur ballon devant nos roues, miracle, pas de chute, des crissements de freins et des cris, puis un chat qui a failli se prendre dans nos rayons, pas de chute, crissements de freins, etc.

La frayeur est venue quand une auto a dépassé notre peloton avant de se rabattre brusquement pour éviter une autre voiture en face, à deux secondes près, elle ramassait cinq ou six coureurs, c'est comme ça que Louis Nucéra est « parti ». On a injurié l'automobiliste, il a mis le pied au plancher pour fuir cette meute qui le menaçait de bidons, de coups de pompe et de noms d'oiseaux. « Quelquefois, me dit Gilles, des biches traversent la route. » Il se souvient d'une qui a marqué un temps d'arrêt et qu'un coureur a dangereusement frôlée. Le choc aurait été terrible.

On roule à bonne allure dans une ambiance détendue. Un pro de l'équipe Mercury s'est joint à nous. J'entends des bribes de phrases : « Quand on marche pas, c'est qu'on ne sait pas assez se faire mal », dit l'un. « J'étais à 180 pulsations, lui à côté restait à 150 pulsations », raconte un autre... Gilles se permet un numéro d'acrobate : alors que le peloton progresse vite, il libère un pied de sa pédale et plie sa jambe en arrière pour l'étirer avec sa main. Puis il recommence à mouliner comme si de rien n'était... Il me montre quelques coureurs « remarquables » de notre groupe, un « jeune homme » de cinquante-deux ans qui totalise cent quatre-vingt-treize victoires chez les amateurs, un gamin de vingt ans qui roule sur un vélo de la Française des Jeux, deux ou trois autres costauds. Au début de la sortie, j'étais plutôt en demi-teinte. J'ai mangé sur le pouce à la cafétéria du *Monde*, lapereau et haricots verts. J'ai peur d'attraper un coup de fringale. Je croque des barres de céréales quand le rythme ralentit un peu. Même dans les roues on prend du vent. À dix kilomètres de l'invisible Christ de Saclay, Gilles me prévient, on va monter une sacrée bosse que les gars appellent « le Poggio » (référence à la dernière grande ascension proche de l'arrivée du Milan-San Remo). Il me conseille de grimper avec la grande cou-

ronne et le 19 dents à l'arrière, car le petit plateau risque de me faire sauter le cœur si je
mouline trop. Tout va bien jusqu'à mi-côte mais
en voulant changer de vitesse, j'ai inversé le sens
des manettes et me voilà sur un braquet impossible. Le temps de réagir, j'ai les jambes cisaillées,
la meute m'a lâché, qui va rouler, je le saurai
après, à 50 kilomètres/heure jusque dans la
ligne droite qui suit le « Poggio ». Je suis furieux
après moi. Je roule seul quelques kilomètres,
mais Gilles aussi a explosé, on se retrouve pour
rentrer ensemble. Une bonne sortie.

À Arcueil, après un raidillon terrible pour les
cuisses, surtout en fin d'entraînement, on s'arrête
une minute devant chez sa grand-mère : c'est là
qu'il stocke les maillots de l'US Métro, son
club. Il m'offre une magnifique tunique bleue
qui s'ouvre par le milieu, un maillot d'été que
je serai heureux d'endosser aux beaux jours. Je
lui promets un exemplaire de mon maillot du
Midi Libre. La nuit tombe sur Paris. Revoilà
la circulation, les vapeurs d'essence et les gaz
d'échappement. Je garde, précieuse, l'image de
cette campagne que nous avons traversée tout
à l'heure, comme l'enfant de *Mon oncle* cultivait
la nostalgie des villages tapissés de feuilles
d'automne qu'un balayeur dilettante négligeait
pour faire la conversation avec les passants. Le
retour à la bruyante modernité, sale et trépidante,
est une violence. Je m'écarte des rangées de voitures en stationnement, une portière pourrait
offrir ses arêtes vives à mes arcades sourcilières,

et le bitume adore casser les clavicules des coureurs, ou les poignets. Prudence donc, méfiance. La ville soudain m'apparaît hostile et dangereuse.

Le soir, malgré le bain chaud, un léger mal de tête et les jambes très lourdes que je soulage en me passant de l'Akiléïne au parfum de lavande.

22 février

Nouer, renouer le fil de soi, se retrouver « ligoté » quand on croyait s'échapper. Les jours où je ne pédale pas, laissant mon vélo comme un astre endormi au milieu du salon, métal oblique, éclats de rutile sur le parquet flottant comme un tapis volant — je regarde trop *Aladin*, Constance me réclame chaque soir le génie de la lampe —, je me demande encore comment je me suis « embarqué » dans cette aventure. Peut-être en allait-il simplement de ma survie, j'écris cela un demi-sourire aux lèvres, car les grands mots m'ont toujours fait sourire, comme les grands morts quand j'étais enfant — je parle du petit garçon que j'étais à six ans, pouffant près du cercueil de l'arrière-grand-père, les grands déguisés en noir pour pleurer, moi en genoux écorchés de ronces, rançon sanglante et piquante des mûres tièdes —, un peu honteux de ce sourire que je dissimulais tant bien que mal en fixant le bout de mes souliers.

Longtemps j'ai pédalé sur des vélos trop grands pour moi, sur des vélos de fille dépourvus de la fameuse barre horizontale qui « posait son homme », exposé aux quolibets des vrais durs juchés sur des bécanes « avec la barre ». C'était un temps de l'enfance où rien n'était à ma taille, ni l'amour des miens, trop grand pour moi, trop pressant, trop lourd à porter, ni leurs silences qui m'évoquaient parfois une sorte de désert, des histoires trop longues à raconter, alors on avait raccourci, paré au plus pressé. Ne rien dire, c'est déjà proférer des mensonges « longs comme ça ». Et aussi des rêves trop grands pour moi, des vacances trop longues loin de ma mère, le temps aussi était trop long car au bout il n'y avait rien d'autre que recommencer à attendre une issue qui n'avait pas de nom.

J'ai retrouvé des photos de ces périodes où mes bicyclettes d'emprunt racontaient ma vie mieux que des mots. Vieilles bécanes qui avaient dû rouler plus que de raison, il y avait toujours un truc qui clochait, ce n'était pas vraiment l'harmonie, un câble de frein trop lâche, une chaîne qui sautait — ma première encre sur les mains ne fut pas signée « Montblanc », il s'agissait de cambouis bien noir et résistant au savon, qui faisait de mes doigts, de mes paumes, des curiosités chinoises. La selle était trop haute, le guidon un peu faussé, jamais bien droit, je m'escrimais à le redresser, la roue avant entre les genoux. En roulant, une musique bizarre se propageait,

213

le frottement du pneu contre les patins, ça finissait par agacer, cette scie incessante qui s'amplifiait avec la vitesse, un concert de libellules prises dans les rayons. D'autres fois, c'était la dynamo qui s'enclenchait toute seule, propageant dans le plein du jour son inutile lumière et ralentissant peu à peu la progression du vélo. J'ignorais encore le ravissement qui vient avec la quadrature du cercle, avec les roulements huilés à merveille, les jantes sans voile aucun, les dérailleurs sans arthrose, les chambres à air bien gonflées, si dures que le pouce se heurte à une chape invincible. Enfant, c'était un problème, la pompe, il manquait souvent le raccord, et qu'est-ce qu'un vélo sans air sinon un vulgaire clou privé de liberté ?

Aujourd'hui dans le *Monde des livres*, un bel ensemble sur le *Journal inutile* de Paul Morand, l'homme pour qui l'humanité se partageait entre ceux « avec des meubles » et ceux « avec des valises ». Les coureurs sont plutôt du deuxième bataillon, ils courent d'abord contre le temps, l'air du temps, et leurs tentatives, précisément, de mieux pénétrer dans l'air avec leurs casques et machines profilés témoignent de cette lutte perdue d'avance. « *Ô temps, suspends ton vol...* » Je me demande si le poète ne voulait pas donner à ce « vol » le sens d'un larcin, d'un cambriolage même, le temps est un voleur qui vole le temps, le vélo est propice aux raisonnements circulaires scandés par chaque coup de pédale, la roue tourne en un carrousel infernal, surtout dans ces instants où l'on est à la peine, la route tressautant et secouant les esprits, pensées changées en pierres qui roulent.

Ce matin, Constance a enfilé de vieux gants de cycliste aux doigts coupés, des gants rouges en cotte de mailles, la peau de chamois noircie par la suie des kilomètres. Il ne lui manque plus que les escarpins de la même couleur que portait Judy Garland dans *Le Magicien d'Oz* pour arborer un *total look* qui ferait se pâmer Aladin et le génie de la lampe. Je reçois comme un cadeau ce coup de plume de Morand sur « la liberté en gants de chevreau ». Je garde pour la soif, pour les jours de dents serrées, de mal partout, cette autre « touche » de *L'Homme pressé* qui ne semblait guère pressé d'en finir : « J'ai peu de cœur, mais ce peu est en acier. »

23 février

Il y a encore des beaux jours sans vélo, mais des jours qui, par des chemins de traverse, me ramènent à cette singulière aventure qui consiste à penser en pédalant, ou à pédaler en pensant. Aujourd'hui, c'est un rendez-vous au café des Deux Magots avec Maurice Olender, le créateur de la réputée « Librairie du XXe siècle » qui, calendrier oblige, se rebaptise « Librairie du XXIe siècle ». Ce petit homme passionné, terriblement convaincant avec son œil de velours et sa voix flûtée, veut me parler de Paul Celan, poète juif

215

d'origine roumaine qui écrivit son œuvre en allemand et vécut à Paris les années d'après-guerre, jusqu'à son suicide, du pont Mirabeau sans doute, si l'on en croit une allusion contenue dans son texte *La Rose de personne*, en 1970. Maurice Olender brosse un portrait fascinant de l'homme et de l'œuvre qui, à ses yeux, « n'a pas encore fait son temps ». Et il me laisse, magnifique présent (un présent, c'est un cadeau pour maintenant, pour l'instant), il me laisse le seul poème de Celan écrit en français. Je le prends pour moi, c'est un poème de Celan à son fils, son fils Éric.

> *Ô les hâbleurs,*
> *n'en sois pas,*
> *Ô les câbleurs,*
> *n'en sois pas,*
> *l'heure, minutée, te seconde,*
> *Éric. Il faut gravir ce temps.*
> *Ton père*
> *t'épaule*

Je le lis et le relis, je pense à mon père, à ses épaules, au temps qu'il faut gravir comme une côte de première catégorie. Je n'ai jamais vu entre les mains de mon père que deux objets de lecture : *Le Canard enchaîné* et San-Antonio (je me souviens de ses éclats de rire quand il dévorait les pages de *Queue d'âne* ou *Béru et ces dames...*) Pourtant, ce poème de Celan, j'ai l'impression d'entendre la voix de mon père, ou seulement son œil noir adouci par le pli des paupières, qui me donne ces mots.

Je vérifie auprès de Maurice Olender. Ma mémoire est bonne : c'est bien lui qui a publié le *Je me souviens* de Perec, un petit livre gris dont je connaissais des passages par cœur. Mais pas aussi bien que Sami Frey quand, chaque soir, sur un vélo de scène, un beau vélo noir à guidon plat, au théâtre Marigny, il récitait chacun des « Je me souviens » selon une chorégraphie réglée sur la partition du temps qui passe, rapidement pour les souvenirs rapides, lentement pour les souvenirs lents. Voilà comment Celan écrivant un poème à son fils Éric m'a redonné une furieuse envie de pédaler.

Au journal, Dominique Roynette s'interroge sur la manière dont on peut illustrer les morceaux choisis du dernier San-Antonio que nous publierons quatre vendredis de suite en avril. J'essaie de me souvenir d'une couverture. La première qui me vient en mémoire : une jeune fille court vêtue monte une côte sur une bécane façon bicyclette bleue, un chien haletant sur son porte-bagages. Le titre ? *Grimpe-la en danseuse*.

Après, on dira que je suis obsédé...

24 février

Sur Pathé Sport, dans la soirée, j'attrape quelques images du Tour du Haut-Var. Le jeune Sandy Casar, de la Française des Jeux, fait un

numéro dans la montagne. Il est le meilleur grimpeur de l'épreuve. Je le suis avec émotion dans
un groupe d'échappés qui montent les bosses à
toute allure dans un décor splendide. Ils traversent des villages, passent devant le seuil des maisons sous les applaudissements des autochtones
qui n'ont eu qu'un pas à faire pour les voir passer. Un serrement au cœur. Ce sera comme ça,
le Midi Libre, il y aura cette électricité dans
l'air ? Je trouve qu'ils roulent vraiment fort, les
pros...

Près de chez moi, un magasin à l'enseigne
« Quintefeuille ». On y vend des antiquités, mais
peu importe, c'est ce mot, « quintefeuille », qui
m'intrigue. Une feuille à cinq lobes, m'apprend
le dictionnaire, j'aurais dû m'en douter, alors
pourquoi cette curiosité soudaine. J'ai compris
en voyant Sandy Casar répondre aux questions
d'un journaliste. Le maillot de la Française des
Jeux arbore un trèfle à quatre feuilles, dont une
est dédoublée d'un carreau rouge. Une manière
de quintefeuille.

25 février

La neige est tombée sur Paris. Les toits sont
recouverts de poudre blanche. L'air est très froid.
J'ai attendu midi pour démarrer un long circuit
de côtes en partant de Saint-Germain-en-Laye.
Il fait soleil mais les muscles tardent à se réchauffer. Les troncs d'arbres abattus de part et d'autre

des chemins forestiers sont saupoudrés de ce qui ressemble à du sucre glace. La neige a fondu sur les portions ensoleillées de la route. Ailleurs, mes pneus s'enfoncent dans une mince épaisseur de glace pilée. Impression de rouler sur de la peinture fraîche. Je traverse des vergers aux arbres taillés branches au ciel comme des mains décharnées. Elles aussi ont eu leur compte de « sucre glace », et une envie de tarte aux mirabelles me traverse. Je grimpe les côtes à vive allure, le froid me force à ces montées rapides qui me pompent l'oxygène. L'air que je respire me réfrigère les bronches et mes jambes me signalent que j'appuie un peu trop fort sur les pédales. Tant pis, une heure vient déjà de s'écouler.

Herbeville : une sacrée bosse sur du bitume qui ne répond pas. Près de deux kilomètres vent debout à grimper à 13 à l'heure, 15 quand les arbres me protègent un peu, mon ombre se tortillant juste devant moi, avançant en éclaireur, rasant sans gloire ce goudron dont je pressens qu'il a de la famille dans la région du Midi Libre. Aujourd'hui je suis mort. Les côtes me cassent les pattes mais j'en redemande. Je touche à peine à mon bidon, l'eau colorée de sirop est presque glacée. Seule la pâte d'amandes me tient un peu au corps. Et une banane que je mâche consciencieusement dans les portions plus roulantes. Le reste du temps, je m'accroche, car le circuit n'est pas seulement vallonné : le vent est aussi de sortie. On lui doit ce ciel bleu acide, ce sifflement incessant dans les oreilles et dans toute la machinerie de la bécane. J'ai une pensée pour Jimmy Casper — le « petit fantôme » comme m'a dit un gars l'autre jour — qui doit encore être immobilisé, pour un mois peut-être, après sa chute plus grave que ce qu'on croyait au Tour méditerranéen. Le vent se prend partout, dans les mâchoires de frein, dans les roues, dans les câbles. Il s'attaque aux parties vives du vélo, celles qui précisément permettent de l'animer, freins, dérailleur, changement de vitesse, jeu de gaines, de fils d'acier, de graisse et d'huile, la dimension viscérale du vélo. Sans ces éléments vitaux, un vélo ne serait qu'un Pinocchio inanimé, orphelin de la fée Bleue, un bel objet sans âme qui ne saurait rien du dehors.

Près d'un terrain militaire hérissé de pylônes et d'étranges paraboles inquiétantes, la route est soudain défoncée. Je slalome entre les flaques et les ornières, un gant sur les pneus. Pour retrouver ma voiture, je dois grimper une dernière côte à l'arraché. Quatre heures et quart de vélo, cent cinq kilomètres au compteur, la tête saoule de vent et de froid malgré mon bonnet. Je rentre à Paris comme un zombie. Bain chaud où je manque de m'endormir. Massage lent. Compte rendu de cette journée de rémouleur sibérien. Dès que le train du sommeil sifflera, je sauterai dedans, j'ai mon billet.

Aux dernières informations, j'apprends qu'un séisme a secoué la ville de Nice où vit ma mère, 4,9 sur l'échelle de Richter, l'épicentre était situé en mer, à vingt-neuf kilomètres au sud de ma ville natale. La ligne est occupée, maman m'apprendra plus tard qu'elle a dormi tout habillée, ça a pas mal secoué, chez le malade qu'elle soignait. Je capte cette phrase dans un flash à la radio : « Nice est située sur une faille. » Ces quelques mots me remuent, je traduis, je suis né sur une faille, dans une ville où je n'ai pas grandi, ma mère était là pour accoucher en silence et en cachette des gens qui la connaissaient à Bordeaux, petite fille mère, petite fille de dix-sept ans. Nice où ma vie a commencé par une chute, si dure que maman n'a jamais pu me dire où précisément je suis né, dans quelle clinique, dans quel hôpital, elle ne sait pas, inutile d'insister, voilà, je viens d'apprendre que souvent la terre tremble à Nice, la ville bâtie sur une faille, raison de plus pour ne plus s'y retrouver, pour perdre la mémoire, pour expliquer ce vertige, quelquefois, comme une envie de tomber. Nice où Romain Gary vint autrefois hanter les galeries du Negresco dans le sillage de sa mère qui le rêvait diplomate, Nice qui ne fut jamais ma ville mais qui me suit sur tous mes papiers officiels de Fottorino, Nice, si je change l'ordre des lettres, c'est du ciné, du faux et du toc, une identité tremblée, pas étonnant que la terre s'y cabre, de temps en temps, comme ma mère toute petite quand elle n'avait pas l'âge de porter le poids d'un enfant.

Le soir, j'ai rendez-vous chez Jane Birkin pour
parachever un portrait d'elle que je prépare
depuis l'été. Elle me prête de magnifiques photos d'elle enfant, à treize ans, assise torse nu sur
une plage de l'île de Wight, de son père, un
ancien héros de la Seconde Guerre et de sa
mère, une comédienne de théâtre superbe. Elle
projette sur un écran de télévision un vieux
film des actualités au cinéma, le mariage de ses
parents en 1944, lui avec un œil barré de noir
comme un pirate, sa mère resplendissante.
« Quelquefois je me repasse en boucle ces images, ils n'arrêtent pas de se remarier, ça n'arrête
jamais. » Jane qui n'est pas guérie de son enfance
et qui me dédicace le livre de sa pièce *Oh ! par-
don tu dormais* par un : « Avec mon baiser en
vélo. » Je suis prêt à pédaler longtemps pour
aller cueillir pareil baiser, délicat et « *fragile comme
un peu de soie* », si je me souviens bien de la fin
des « Dessous chics ». En sortant de chez Jane,
j'ai encore dans les yeux son visage de fillette
radieuse qui regardait comme si elle venait de
la découvrir cette scène du mariage. Je pense
aussi au tremblement de terre de Nice. Il est
des gens pour qui l'enfance est une terre ferme
sur laquelle ils ont plaisir à accoster quand la
vie chavire par trop. Ces enfances-là me fasci-
nent comme les timbres exotiques que je collais
dans les albums en songeant que jamais je ne
verrais Madagascar ni la terre Adélie. J'ai vu

Madagascar, une grande île et une grande illusion, j'ai vu Madagascar où avait vécu mon grand-père maternel chasseur de crocodiles, et, vérifiez si ça vous chante, j'ai été témoin d'une tentative de coup d'État à Madagascar, un matin en plein Tananarive, j'étais présent au bord du lac, j'étais là dehors dans la foule, je ne savais pas qu'un coup de force se préparait, j'étais là dans la rue, alerté par les haut-parleurs qui annonçaient le départ d'une course cycliste.

27 février

Un peu de neige, le froid au rendez-vous. Tant pis, je pars rouler sur le circuit de Vincennes. Après un échauffement au milieu des voitures, je me sens plutôt en jambes. Le vent aussi est de la partie. Je roule tête baissée, les mains en bas du guidon, les oreilles remplies d'un écho de coquillage, comme la mer imaginaire que j'écoutais enfant. Des mots ricochent dans ma tête, je suis sensible à cette bande-son qui défile pendant que je pédale, une musique décousue où se superposent les craquements du vélo, des bruits de tronçonneuse dans le bois, la sirène lointaine d'une ambulance, la symphonie du « vélomane ». C'est ce mot, « vélomane », qui ricoche dans ma tête, avec des accents de mélomane. Tous ces sons agrégés finissent par composer une partition qui vous habite longtemps après avoir fini de rouler. On pourrait raconter une course cycliste rien qu'avec des bruits, des cris, la caresse du vent sur les joues, ou au contraire sa furie quand il traverse les parties vives de la bicyclette, les bribes de conversations récoltées au milieu des coureurs ou sur le bord des fossés, les airs de musique qui s'échappent des autoradios, des fenêtres entrouvertes, les coups de sifflet, l'accélération des autos et le souffle quand elles nous dépassent, les mini-tempêtes qui nous clouent sur place quand on croise un semi-remorque, le piaillement des oiseaux, ici des corbeaux tout noirs, là des mouettes toutes blanches, et encore des pies qui ont volé l'obscur des corbeaux et le clair des mouettes. Un chaos sonore qui finit par ressembler à la vie.

Ancienne attachée de presse de l'équipe italienne Polti, qui comptait dans ses rangs Richard Virenque, Brigitte Vivier est une jeune femme passionnée qui ne connaissait pas grand-chose au vélo avant de vivre la tourmente de l'année 1998. Elle me parle souvent de l'ancien directeur sportif de la Polti, un Italien passionné de bicyclette qui a fini par lui dire un jour : « J'ai bien réfléchi, je peux vivre sans le vélo. » Cet homme plaide pour une pédagogie précoce en matière de dopage. Il lui a raconté comment ses coureurs ont grandi depuis leur plus jeune âge avec un casque sur la tête, alors que les plus anciens répugnaient à utiliser ces « couvre-chefs ». Un jour d'étape pénible, par une chaleur terrible, il avait suggéré à un de ses gars d'ôter son casque, tant il lui paraissait suffoquer sous ses boudins de plastique. L'autre avait refusé furieusement : pas question de l'enlever ! « Tu vois, me dit Brigitte, le dopage, c'est comme le casque : si on met en garde les jeunes très tôt, ils refuseront ensuite de prendre des produits dangereux. »

La journée se finit tard au journal. Je termine mon portrait de Jane Birkin à l'occasion du dixième anniversaire de la mort de Gainsbourg. J'en avais déjà écrit l'essentiel pendant mon récent séjour à Esnandes. Je le rallonge avec les impressions glanées lors de ma dernière rencontre avec Jane, lundi soir. On a toujours l'appréhension de trahir un peu quand on écrit sur quelqu'un qui vous a ouvert sa porte et son cœur, qui vous a laissé entrer dans une intimité sans défense. Les mots et l'émotion, éternel sujet. Je sais que je ne vais pas dormir tranquille, malgré la journée qui m'attend demain, peur de ne pas avoir choisi la bonne image, la bonne phrase. L'écriture est un malentendu permanent. Je pense aux mots de Gide : « On sait ce qu'on a dit. On ne sait pas tout ce qu'on a dit. »

Dans l'après-midi, j'ai présenté mon projet fou à toute la rédaction en chef réunie autour d'Edwy Plenel. L'aventure sera suivie sur notre site du *Monde interactif*. Un reporter-photographe sera dépêché spécialement pour suivre « ma » course. Cet enthousiasme me réconforte, malgré la douleur que je ressens au genou, le gauche, sans raison particulière.

Quatre heures de vélo dans les côtes, cent kilomètres au compteur, une sale journée avec des
rafales de petite grêle qui me piquent le visage
et m'empêchent parfois de garder les yeux grands
ouverts. J'ai repris mon circuit de côtes en partant de Saint-Germain-en-Laye. C'est long, quatre heures à pédaler seul. À Herbeville, j'ai pris
une route que je ne connaissais pas, une route
qui descend à pic après un virage très prononcé.
Le vélo vibrait, la route était mouillée. J'ai manqué tomber. À un moment, j'ai même senti que
ma bécane était littéralement en train de décol-
ler par la roue arrière. J'ai vu l'instant où j'allais
basculer dans le vide, je me suis récupéré comme
j'ai pu mais je me suis fait très peur. Quand j'ai
eu achevé cette descente dangereuse, je me suis
dit : il faut absolument que je fasse le même trajet dans l'autre sens, le sens de la montée. J'ai
parcouru une boucle d'une vingtaine de kilomètres avant de me présenter au pied de l'obstacle. C'était comme j'imaginais, pire même.
Ma descente à tombeau ouvert m'avait laissé
penser que la côte devait être sévère. En réalité,
il s'agit d'un vrai mur. Impossible de grimper
calmement, assis sur la selle. Il faut littéralement
s'arracher au bitume, se dresser sur les pédales
et secouer le vélo dans tous les sens, c'est un duel
avec la gravité pour ne pas buter ou simplement
mettre pied à terre. J'ai senti mon cœur s'embal-

ler, il voulait vraiment me lâcher, quitter le navire, cette galère. Une montée de près de quatre kilomètres au total qui me laisse exsangue, groggy. Il m'a fallu près d'une demi-heure pour retrouver un rythme normal en pédalant.

Cette côte d'Herbeville me laisse perplexe. Bien sûr, il devrait faire beau pendant l'épreuve du Midi Libre. Je serai encore plus entraîné. Mais je ne pourrai pas éviter les montées de panique, quand l'effort devient insoutenable et qu'il faut pourtant donner le coup de pédale en plus. Je ne me décourage pas, je connais mes facultés de résistance. L'inquiétude m'habite. Elle sera ma fidèle compagne, comme la solitude dans la chanson de Moustaki, jusqu'au dernier jour.

En roulant tout à l'heure, j'entendais une vieille chanson de Dylan avec son harmonica sur fond de guitare folk : « *The answer, my friend, is blowing in the wind.* » Sur le répondeur de Gainsbourg, m'a dit Jane Birkin, il y avait ce message : « Être ou ne pas être. Question. Réponse. » Je me sens glacé, tout à coup. Il est trois heures de l'après-midi quand je rentre à la voiture. *Le Monde* doit être sorti dans les kiosques, avec mon portrait de Lady Jane. Je le préparais depuis juin. Les choses finissent toujours par arriver. Dans moins de trois mois, moins de cent jours, je serai au départ du Midi Libre. C'est ce que *L'Express* annonce dans sa dernière livraison. J'y crois puisque c'est écrit, avec mon nom, mon nom sans coquille, tous les « o » à l'appel, roue de secours comprise.

3 mars

Est-ce le retour du froid ? Je ressens une vive douleur au genou gauche et au bas du dos, dans le creux des reins. J'ai beau essayer quelques assouplissements, rien n'y fait. Je file à Vincennes pour quarante-cinq kilomètres à un train assez rapide. Une fois échauffé, le mal au genou s'atténue sans disparaître complètement. Ce genre d'alerte fait gamberger. Il suffirait d'une tendinite pour ruiner tous mes espoirs de terminer le Midi Libre.

5 mars

Le ciel du matin est maussade. Mais à deux heures, les nuages se dissipent et un soleil timide pointe son nez. Je pars à vélo pour le bois de Vincennes, mon portable dans la poche de mon maillot, en cas d'urgence... Le genou me fait encore mal, mais la douleur est supportable. À ma grande surprise, le circuit est rempli de coureurs. Je joue à l'élastique avec un groupe, le laissant s'éloigner pour mieux le rattraper ensuite. Un chat avec « son » peloton... Insensiblement, la vitesse s'accroît. On oscille entre 35 et 40 à l'heure. Certains portent des cuissards courts. Une sensation de printemps, enfin. Les chaînes grincent, les pédaliers couinent comme des moulins à poivre, les cadres encore maculés de terre témoignent de grains récents. Les gars se racontent leur course du dimanche. Ceux qui étaient dans « la bonne » (la bonne échappée !), ceux qui sont sortis une fois, deux fois, mais qui n'ont pas eu la force de gicler quand le bon coup est parti. D'autres ont chassé à mort derrière les échappés sans jamais pouvoir les rejoindre, la langue sur la roue.

Deux Africains sur ma gauche se racontent dans leur dialecte la course de la veille. Ils parlent très vite avec la voix haut perchée, on se croirait soudain au pied d'un arbre à palabres dans un coin du Sahel, Bamako ou Niamey. L'un des deux répète : « La pli, la pli, j'étais gelé », puis quelques mots vernaculaires avant d'évoquer une plaque en fer sur laquelle il roulait à chaque tour, qui faisait « bing, bing », et de secouer sa tête pour montrer à son copain que les trépidations soudaines de la route le remuaient comme une bouteille d'Orangina... Vincennes, circuit de la mondialisation cycliste en noir et blanc. Les Africains aiment beaucoup le vélo. Il existe même un Tour du Burkina Faso. Un de mes amis, Thierry de Lestrade, a tourné un film sur cette épreuve. Un coureur burkinabé dit cette phrase à un de ses coéquipiers : « Tu comprends, un vélo c'est comme une femme, ça ne se prête pas... »

Quelqu'un m'appelle : c'est Gilles. On s'attrape les mains comme dans un relais à l'américaine. On pédale ensemble et, tout en roulant, il me raconte le spectacle de désolation après la tempête de décembre 1999. Tous les cyclistes étaient là, c'était un vrai carnage. Les gars étaient tristes. C'est la première fois que je mesure l'ampleur des dégâts, les saignées à blanc, les troncs rabougris, déchiquetés, que la végétation n'a pas encore reverdis.

Nous voici au bout de la grande ligne droite de Vincennes. On a décidé d'escalader la « bosse » de Saint-Maurice. Après une voie rapide, on vire sur la droite et, d'un coup, la route grimpe. Le début de la côte n'est pas trop difficile, mais après un virage, c'est un mur qui se dresse, un vrai mur. Je passe le 23 dents et monte en force. L'obstacle ne doit pas excéder trois cents mètres, il n'empêche : les cuisses prennent une vraie décharge électrique. On croit que c'est fini mais la route continue de s'élever comme un serpent charmé par une flûte indienne. Quand je bascule, le cœur cogne et recogne. Sur le bord de la route, un panneau planté là. C'est écrit : « Hôpital de jour François-Truffaut ». À la fin de sa vie, Truffaut avait correspondu avec des malades qui souffraient d'affections cérébrales. Mais le trouver ici, au sommet de la côte du cimetière... L'expression cycliste « creuser le trou » prend un sens bien particulier.

Cent kilomètres de plus au compteur. Comme chante Souchon, « *c'est déjà ça* »...

Au salon Brasilia de la Maison d'Amérique latine, nous dévoilons devant la presse les grandes lignes du Midi Libre 2001. Jean-Pierre Gugliermotte, le nouveau patron de la course, commente le tracé de l'épreuve qui s'inscrit sur un écran géant. Les deux premières étapes sont vallonnées mais pas très sélectives, même si le vent, dans le golfe du Lion, peut tendre quelques pièges redoutables et provoquer des cassures dans le peloton, sur la route de Port-Barcarès. La course partira de Gruissan, dans l'Aude, un village de pêcheurs construit sur pilotis où Beineix tourna les premières scènes du film *37°2 le matin*. Le lendemain nous arriverons à Pézenas, célèbre pour ses foires et son marché lainier, la ville de Bobby Lapointe et de Molière. Alain Plombat, le directeur de la rédaction du *Midi Libre*, me glisse le mot de Pagnol : « Jean-Baptiste Poquelin est né à Paris, mais Molière naquit à Pézenas. » Dans l'étape des Cévennes, nous serons sur les terres des camisards. Je dois m'attendre à un paysage somptueux et austère, de la pierre noire comme le deuil, un silence à couper au couteau, par endroits, là où la vie humaine s'est dispersée. « Qui s'élève, s'isole », avait dit Rivarol.

Toujours érudit, Alain Plombat glisse dans ma musette que la course traversera Uzès, où la famille de Jean Racine l'avait « exilé », lui reprochant son existence dissolue dans la capitale.

« Son oncle était archevêque d'Uzès. Racine est venu y habiter. Cela ne l'a pas empêché de profiter de la vie ! » Et c'est à Uzès que l'auteur d'*Andromaque* a écrit cette fameuse phrase : « Mes nuits sont plus belles que vos jours. » Jean-Pierre Gugliermotte continue d'égrener le parcours : Rignac et son marché aux bestiaux, Mende, qui devint au XIVᵉ siècle capitale du Gévaudan, Florac, en Lozère, et Sète, avec son cimetière marin. J'ai à l'oreille la supplique de Brassens. Il ne repose pas dans le grand cimetière que domine la tombe de Paul Valéry mais dans celui des pauvres, plus bas, tout près de la mer, sur la plage de la Corniche.

Et qu'au moins, si ses vers valent mieux que les miens,
Mon cimetière soit plus marin que le sien.

Je me souviens d'une chanson de Maxime Le Forestier en hommage à Brassens :

Aussi libres qu'on ait vécu, assurément
On est toujours guettés par un alignement...

7 mars

En début d'après-midi, je pars rouler un peu plus de deux heures à Vincennes. Je regrette de m'être autant couvert. Il fait une température printanière, l'air est doux. J'ai mis des gants légers, frappés du trèfle à quatre feuilles. En réalité, j'aurais dû rouler en cuissard court et mains nues au contact de la guidoline pour avoir des sensations agréables, et j'envie les coureurs qui me dépassent jambes découvertes. Je me souviens d'une chute que j'avais faite au milieu d'un carrefour de La Rochelle. J'étais tombé les mains en avant sur des gravillons. Je ne portais pas de gants. Un de ces cailloux pointus s'était fiché dans ma paume. Le médecin avait dû charcuter sans anesthésie pour aller le rechercher. Depuis, je n'ai plus souvent pris mon vélo sans enfiler des gants, et je pense toujours à ce silex sombre qui bombait ma main…

Quand je repasse au journal en fin de journée, je trouve un exemplaire du *Midi Libre* déposé par Gérard Morax. « Une plume au bout du guidon », a titré mon confrère Jacques Fréné pour commenter mon aventure. Morax m'a aussi laissé un exemplaire du mensuel *Vélo*. En feuilletant les pages, je tombe sur une photo montrant la victoire de Casper au Tour Med, puis une autre où son vélo vole tandis qu'il chute en position de sprinter, les pieds pris dans la barrière de sécurité, ses mains nues sur le bitume. Un acrobate à terre. « Je suis affamé de victoires », dit le jeune sprinter dans une interview. Plus loin, des images du Flandrien Museeuw à vélo, un bandana bleu orné du lion flamand noué sur la tête. Devant sa maison, des supporters italiens ont écrit à la peinture blanche : « Auguri Maestro » — bonne chance au maître... Le gladiateur n'est pas prêt à mourir. Plus loin encore, une publicité de la Bianchi, Pantani à l'attaque, et ce titre : « Le mythe continue ».

Rouler, écrire. La tâche me paraît certains soirs dépasser mes moyens. Un jour, je le crains, je ne trouverai plus les mots, plus la force.

8 mars

On est toujours récompensé, à vélo, quand on insiste. Après deux heures de route, je transpire abondamment, la sueur dégouline sur mon visage et mes tempes, mais le coup de pédale est meilleur qu'au tout début de la sortie. Je ne compte plus les bosses. Dans la côte d'Herbeville, que je remonte dans sa portion moins raide, je suis doublé par mon ombre, qu'évidemment je suis... Impression fugace d'être deux. L'œil fixé sur ce coureur en ombre chinoise glissant sur le bitume, je suis mentalement stimulé. Sur le plat, une idée me traverse soudain. Pézenas, la ville de Bobby Lapointe... Je n'avais pas fait le lien, sur le coup, avec la fameuse bétaillère des *Choses de la vie*. Cette fois ça y est. Je redouble de prudence...

Dans *Vélo*, j'ai lu qu'il fallait pédaler avec la sensation d'avoir un coussin d'air entre la pédale et le pied. J'essaie. Tout est dans la tête. « En garder sous la pédale », comme un amoureux de la bouteille en garde « derrière les fagots ». Se forger un moral dans le vent et sous la pluie, dans le vent terrible et sous la pluie battante, tremper ses muscles et son corps tout entier comme on trempe une épée dans un bain d'inox. Devenir soi-même une épée, un couteau — mes amis cyclistes me trouvent « affûté » —, un couteau pour couper l'air, le vent, la pluie, conjuguer rage et courage, avoir un moteur et du souffle, être à la fois arbre à cames et sarbacane, sentir le sang bouillonner dans les jambes et s'interdire de renoncer. Aujourd'hui, avec le breuvage trop sucré que j'avale — un jus de fruits que je n'ai pas coupé d'eau —, mon sang doit ressembler à de la sangria. On acquiert un drôle de mental, sur une bécane. J'ai roulé seulement quatre-vingt-douze kilomètres en un peu moins de quatre heures, mais je suis satisfait et rassuré, j'ai pédalé plus que je n'en avais envie, j'étais parti avec un moral de rien du tout qui a grandi au fil de la route. Il s'est aiguisé à mesure que je m'aiguisais. Bien sûr, il faudra bientôt en faire plus, beaucoup plus. Mais les images grises du début ont disparu : je n'arrêtais pas de songer à Tom Simpson, à ses derniers hectomètres vacillants sur les pentes brûlantes du mont Ventoux, le regard déjà absent, terribles instants où la pente mène aux enfers. (Je repense à ce que disait Arafat sur les Égyptiens qui n'avaient pas voulu lâcher un kilomètre de désert. Un kilomètre, dans certaines circonstances, c'est une distance interminable, un bout du monde inaccessible.)

La gare de Nevers. Juste en face, sur le trottoir, le camion d'une équipe cycliste, des mécanos qui s'activent à préparer des vélos de chrono, les guidons en aile delta. Demain se disputera ici le prologue du Paris-Nice. Des coureurs chaudement habillés passent un par un ou en petits groupes, au retour d'une sortie de mise en jambes. J'essaie de reconnaître leurs maillots, je suis engoncé dans un manteau, je les envie. Jean-René Bernaudeau m'a donné rendez-vous après la réunion des directeurs sportifs. Jean-René, c'est le patron de l'équipe Bonjour. Je ne l'ai jamais rencontré mais je l'ai beaucoup admiré, il y a une vingtaine d'années, quand il se mettait à plat ventre pour Hinault dans les cols du Tour et du Giro. On dit que les jours où il voulait la gagne, il enfilait les gants qu'il portait le jour de sa grande victoire dans le mont Stelvio.

Bernaudeau possède une noblesse naturelle. Le teint très mat, presque noir, des yeux vifs et mobiles, un sourire éclatant, le Vendéen est plus petit que je ne l'imaginais, solidement planté sur ses jambes. Il m'a pris dans sa voiture et, jusqu'à l'hôtel où l'attendent ses gars, à une bonne demi-heure de route, on n'a parlé que de vélo, évidemment. Il s'anime très vite en évoquant la cuvée de jeunes amateurs qu'il prépare au sein de la formation Vendée U, son réservoir de champions. « Les gars qui gagnent 700 000 francs par mois et qui trichent, ça ne m'intéresse pas. Ils n'ont rien à faire dans le vélo. Ils valent moins que les bénévoles à brassard rouge qui arrêtent les voitures, le dimanche, pour assurer la sécurité des jeunes. Quand je vois des minimes se faire insulter à cause du dopage chez les pros, je me dis que les tricheurs doivent se retirer. »

Chez Bernaudeau, la religion pratiquée est celle de l'entraînement, « les heures de goudron », comme il dit, même s'il insiste pour que ses coureurs apprennent à se désintoxiquer du vélo. « Quand ils ont beaucoup roulé, je les incite à partir quelques jours avec leur petite femme, à redevenir eux-mêmes et pas seulement des coursiers. S'ils vont marcher en montagne, le cœur ne voit pas la différence, et eux peuvent se changer l'esprit. » À l'hôtel, situé derrière le circuit de Magny-Cours, après une petite pause devant une voiture de l'écurie Prost — un monstre bleu bourré de carbone, comme les vélos des pros —, Jean-René continue sur sa philosophie du cyclisme. L'entraînement, mais pas trop (« Moi, dit-il, ça m'a usé, toutes ces heures à rouler, je n'aimais que la course ») ; la récupération, le sens du collectif, le respect des autres. « Quand un jeune vient chez nous, j'aime bien faire la connaissance de ses parents, savoir comment il a été éduqué. Dès la première poignée de main, le premier regard, je devine celui qui veut m'avoir. À un jeune qui arrive, je lui apprends à bien traiter les mécanos. Eux seront là l'an prochain. Lui, c'est pas sûr. Il faut revenir aux vraies valeurs du vélo et on aura de belles années devant nous. » Il s'arrête un instant, un large sourire sur son visage. « Moi, j'ai acheté un manoir en Vendée, de la belle pierre. Mes gars viennent là régulièrement. On crée un esprit collectif, les pros viennent rouler avec les amateurs. Tu pourras venir... »

J'acquiesce.

« Parfois, poursuit-il, j'ai voulu tout arrêter. Avec Philippe Imbault (le manager de l'équipe), on se posait des questions. Mais on n'avait jamais vraiment envie de tout plaquer. Et puis ces jeunes nous faisaient confiance. On leur disait, le dopage, ça va s'arranger, ça passera. On n'en savait rien, au fond. Quand l'affaire Festina a éclaté, on a été soulagés. Et regardez, cette année, c'est la première fois depuis longtemps qu'on voit des jeunes gagner, des échappées prendre tournure. Quelque chose est en train de bouger, enfin. » Bien sûr, tout n'est pas réglé. Il y a encore des coureurs indésirables, des amateurs « à risque », nourris dans la culture du dopage, qui rejoignent les rangs professionnels avec leurs funestes habitudes. Je pense à ce cycliste entrevu à Vincennes, les joues gonflées comme celles d'un hamster, en pleine cure de corticoïdes... Jean-René évoque le cas d'un amateur récemment embauché dans une équipe pro. « Quand j'ai su que X [il cite le nom d'un de ses collègues directeur sportif] l'avait recruté, j'en ai pleuré. »

Si j'avais à ma disposition une machine à remonter le temps, j'aurais donné beaucoup pour avoir vingt ans en l'an 2000 et trouver Bernaudeau sur ma route. Le voici qui parle stratégie, comme il doit en rebattre les oreilles de ses jeunes ouailles. « Une année, au Giro, avec Guimard, on a fait un coup pour le Blaireau sur quatre jours. Cyrille nous avait demandé de disputer la prime pour la Fiat Panda qui était offerte au gagnant des points chauds. Les Italiens se foutaient de nous car on les faisait systématiquement. Quand on se relevait, ils venaient à notre hauteur, nous tapotaient l'épaule et se payaient notre tête : "Eh, les gars, ça compte pas pour le classement général…" On jouait aux cons. Mais le quatrième jour, on est partis comme ça avec le Blaireau, les Italiens étaient écroulés de nous voir courir après la Fiat Panda, sauf que, ce coup-là, ils ont eu beau "embaucher" toutes les autres équipes pour rouler derrière nous, ils ne nous ont jamais revus et Hinault a gagné le Giro. Le soir, les gars n'avaient pas envie de rigoler… »

Dans la forêt de Mervent, en Vendée, un lieu réputé pour ses côtes très raides — j'allais m'y entraîner quand j'étais junior pour m'aguerrir en montée —, Bernaudeau répète d'incroyables scénarios avec ses gars. Une année, le Tour de Vendée passait par la forêt de Mervent, et plus précisément dans la zone du barrage : une descente vertigineuse, un virage serré, puis une côte à vous faire exploser les cuisses, pour finir avec un faux plat. « J'ai emmené mes coureurs là-bas. J'avais pris un balai de cantonnier. J'ai ratissé le sol, enlevé les gravillons et je leur ai dit : "De deux choses l'une : soit vous freinez dans ce virage et vous perdez tout votre élan, soit vous ne touchez pas vos freins, vous passez à 80 à l'heure et vous ne donnez même pas un coup de pédale dans la côte. Exécution !" » Dix fois, vingt fois ses jeunes coursiers ont refait l'exercice. « La roue doit être là », montrait Jean-René, et si la roue était « là », le vélo passait en trombe sans un coup de patin. Le jour de la course, les coureurs de Bernaudeau ont pris les deux premières places. Ils ont lâché tout le monde car ils se sont présentés en tête dans la descente et ont pris le virage à plus de 80 kilomètres/heure, leurs doigts n'ont pas même effleuré les cocottes de frein. Il faut le voir raconter son coup fumant, qu'il a réédité l'année suivante. De la ruse et de la dignité, un esprit chevaleresque, le refus des gestes indignes. « Quand un de mes coureurs crève, je ne veux pas qu'il rentre "dans les voitures". On est là pour le dépanner. Si je suis allé pisser — ça m'arrive deux fois par jour —, il doit savoir rouler à plat sur la jante. Je m'en fous qu'il bousille une jante, il roule à plat comme je le lui ai appris. » Plusieurs fois, Jean-René a parlé de bonheur, de prendre du bonheur sur un vélo. Manifestement, il en a eu sa part.

« Moi, la vie m'a tout donné, elle m'a comblé. Ce que je veux, c'est motiver mes gars pour qu'un jour, dans la maison qu'ils auront gagnée à la force des mollets, on se raconte ces histoires en les rendant encore plus belles ! » Bernaudeau le panache, comme cette fois où il s'était échappé sur plus de cent kilomètres avec Hinault, dans l'étape Nantes-Bordeaux du Tour. « On était fâchés, avec Hinault. Je n'étais plus dans son équipe. J'avais attaqué, il était venu me chercher. On avait fait le trou et il m'avait crié : "Roule, on fera les comptes plus tard." Derrière, il y en avait partout sur la route, des coureurs. Si on était allés au bout, le Tour aurait été joué. » Une joie d'enfant sur son visage, quand il raconte ses faits d'armes.

Un jour, il a appris que trois de ses coureurs amateurs s'étaient mis en « mafia » avec d'autres. Au lieu de respecter l'esprit d'équipe, ils roulaient derrière leurs copains échappés car ils s'étaient entendus avec d'autres pour se partager les primes et les prix. « Je les ai convoqués pour leur dire : "J'ai une bonne nouvelle pour vous : vous venez d'être embauchés à temps plein par la mafia. Au revoir." Ils sont partis. L'un d'eux est revenu, s'est excusé. Il est toujours là et il ne le regrette pas. » Un mauvais souvenir passe. « Une fois, un sponsor était venu sur une course voir nos amateurs. Un homme s'est échappé. Derrière, mes gars étaient cinq à rouler comme des forcenés, ils ne l'ont jamais rattrapé. Le sponsor ne comprenait pas. Je ne suis même pas allé le voir après la course. Si je lui avais dit que ce coureur était dopé, il n'aurait pas compris. »

On nous appelle pour une petite cérémonie dans un salon de l'auberge. Le patron du groupe Time, qui équipe les Bonjour, présente ses nouveaux vélos avec les pédales automatiques, les fourches de carbone, des cadres ultralégers d'un rouge éclatant. Un instant je pense à la petite Constance, à la tête qu'elle ferait devant ces grands jouets écarlates. Puis Bernaudeau m'entraîne dans la salle à manger, où ses coureurs sont déjà attablés. Je leur expose mon projet de courir le Midi Libre, ils écoutent attentivement, poliment, comme des gamins bien élevés. « Vous n'avez pas choisi la plus plate », me lance l'un d'eux, tout sourire. Arrive Didier Rous, le dernier vainqueur du Midi Libre. L'accueil est simple et sympathique. Jean-René prend la parole : « Nous allons soutenir ton initiative, on va t'aider, tu peux compter sur nous. » Son grand sourire clôt la séance. On prend date pour une sortie en Vendée avec ses coureurs. L'aventure continue.

J'ai rejoint les copains de la Française des Jeux à leur hôtel, dans la zone industrielle de Nevers. Eux aussi mastiquent leurs pâtes. On me confirme que Casper avait bien les mains nues, lors du sprint malchanceux qui lui a brisé le scaphoïde. Il est bon pour un mois d'arrêt. On parle d'anciens champions. Marc Madiot converse avec Michel Gros, le patron de l'équipe Jean de la Tour : « Tous ces bons coureurs qui sont passés à côté », lance Marc, rêveur. Les deux hommes égrènent des noms de « beaux coureurs » qui n'ont pas eu de palmarès. Pour gagner, il faut avoir quelque chose en plus, le métier ne suffit pas. La hargne, l'envie de s'imposer, voilà les moteurs du champion cycliste, ça se passe dans la tête autant que dans les jambes et les reins.

Il se fait tard. Une journée sans vélo mais avec une terrible envie de vélo. Si penser équivaut à faire, j'ai beaucoup pédalé aujourd'hui. Dans ma tête.

11 mars

Retour à Paris. La pluie. Je décide de ne pas aller rouler. Je voudrais ne plus sentir cette douleur dans le genou gauche. Le fils de mon ami Frank de Bondt, Yann, un coureur à pied, s'est fait une fracture de fatigue quelques jours avant un championnat de France qui était à sa portée. C'est le sort des athlètes, un destin de champion est aussi marqué par les chutes et les rendez-vous manqués. Mais moi qui ne suis pas un champion, je ne veux pas courir le risque d'être hors course avant la course. Aujourd'hui, j'écris. Demain, je rattraperai les kilomètres perdus.

Cet après-midi, j'irai tout de même rouler, malgré la pluie. Je dors mal quand je ne fais pas de vélo dans la journée, comme s'il me fallait maintenant ma dose de fatigue physique pour trouver le sommeil. Je me sens énervé, excité, je tourne en rond. J'ai reçu un e-mail d'un certain Antoine Vayer, ancien entraîneur de l'équipe Festina dans les années 1995-1998 (une référence) qui ajoute à mon irritation. Ce monsieur, qui fut aussi consultant pour *Le Monde* pendant le Tour 1999, m'accuse de « cyclophilie » car je vais courir avec des juniors. Il m'écrit avoir honte d'avoir collaboré à mon journal, « Vous me faites honte » dit-il, avant d'évoquer mon « psychotisme » et mon « narcissisme ». « Ayez cette dernière humilité, ô narcisse Fottorino : renoncez. » Il m'exprime tout son dégoût devant mon initiative de courir le Midi Libre, me conseille de réserver mes philippiques à *L'Équipe*, m'appelle Photo Rhino et me compare à une bête à cornes fonçant sur des poncifs... Il conclut qu'il ne veut pas me blesser, que son but est « plutôt constructif et amical ». Découvrant ces propos de malade (parler de cyclophilie comme de pédophilie...), je me demande comment cet « éducateur » (il est l'entraîneur de Bassons et s'est vu refuser un poste à la Française des Jeux, malgré son insistance...) peut encore sévir dans le milieu cycliste. Chez Festina, aux plus belles heures du dopage organisé, il n'a rien vu. Une enquête m'apprend qu'il touchait pourtant sa part de primes gagnées par les coureurs traités à l'EPO, sans cracher dessus... Un de ses anciens collègues dit que, au moment où l'affaire a éclaté, il n'a pas retourné sa veste Festina, il l'a laissée tomber... D'où son obsession de propreté et de pureté tardive et suspecte. C'est aussi ce triste individu qui a sali sans preuve Lance Armstrong en affirmant qu'il était impossible, sauf à être chargé, de grimper les cols plus vite au sommet qu'au pied. Une absurdité : l'art des vrais grimpeurs consiste précisément à accélérer quand la pente s'élève. Vayer aurait dû se référer à la jurisprudence Bahamontes ou Charly Gaul. Évoquant Bahamontes, je revois une photo de l'Aigle de Tolède abandonnant, épuisé, un Tour de France. Pour bien signifier qu'il renonçait, il avait ostensiblement enlevé ses chaussures et les portait à la main, marchant en chaussettes sur le bitume. Rien ne l'aurait fait remonter en selle. Association d'idées, c'est un proverbe africain de Amadou Hampâté Bâ qui me vient à l'esprit : « Quand un homme est mort, ses pieds sont d'accord. » Une manière de dire que la vie, c'est le mouvement perpétuel des pieds, comme sur un vélo...

Une éclaircie dans l'après-midi, je file à Vincennes, quatre-vingts kilomètres à fond sur le circuit, j'ai même lâché des jeunots dans la grande ligne droite, contre le vent. J'ai compris : c'est Antoine Vayer qui m'a dopé... J'ai seulement emporté un bidon d'eau qui a gardé le parfum du sirop de fraise que je verse d'habitude. Un souvenir lointain revient, lorsque, l'été de mes treize ans, j'avais disputé des courses de côtes dans la Chalosse. Avec mes copains, on colorait l'eau de quelques gouttes d'Antésit, et le goût de réglisse me restait longtemps dans la gorge, un goût fort et inachevé, jamais assez sucré, mais tenace et rafraîchissant.

Quand je quitte le circuit, un dernier soleil s'effondre derrière les troncs nus des arbres. Une lumière à la David Hamilton imprègne le bois. Il était de bon ton de moquer les clichés de David Hamilton, ses couleurs suaves et voilées, les jeunes filles hors du temps qui montraient un peu de leur chair, enfourchant une bicyclette avec des jupes longues et un peu échancrées qui leur battaient les chevilles...

Ce matin, à la clinique du sport, j'ai rencontré un kinésithérapeute, Denis Vincent. Il a l'habitude de masser les sprinters et les marathoniens. Dans une semaine, il prendra en main un « vieux » cycliste.

13 mars

Le fabricant de maillots s'est trompé dans les couleurs. Un bel orange a remplacé le jaune prévu. Mais l'ensemble a de l'allure. Un caméléon s'est faufilé au-dessus de l'inscription « Midi

Libre ». C'est la marque de fabrique. Un caméléon... Je n'y aurais pas pensé mais, à le voir
ici, je me dis qu'il est parfaitement à sa place.
Je serai le caméléon du peloton.

14 mars

J'en crois à peine mes yeux en lisant les chiffres sur mon compteur. Je viens de parcourir
cent soixante-dix kilomètres. J'ai passé exactement six heures et dix-huit minutes sur mon
vélo. Un circuit d'un peu plus de vingt-huit
kilomètres que j'ai parcouru six fois, trois heures sans pluie, trois heures sous les averses, du
côté de Saint-Germain-en-Laye. J'avais placé
deux bidons sur mon cadre et rempli mes poches
de maillot de barres de céréales au chocolat. Je
ne peux pas dire que je me suis ennuyé, ni que
je suis très fatigué. Les jambes me font mal,
bien sûr, mais je suis rassuré de voir que j'ai gardé
du jus, y compris dans l'ascension des dernières
montées du parcours, avec le vent contre moi
mais sur un bitume très roulant. Je ne sais pas
quoi penser de cette bonne moyenne, peut-être
le vent, souvent favorable, peut-être la forme
qui est en train d'arriver... Dans un village, à
l'heure de la sortie des classes, des gamins tur-
bulents chahutaient sur le trottoir. L'un d'eux
m'a crié : « Monsieur, vous me donnez votre
vélo ? » J'ai aperçu des prostituées dans la forêt,
des petites Latino-Américaines. Je me suis fait

klaxonner plusieurs fois car, je dois l'avouer, comme tous les coursiers quand ils s'entraînent je brûle les stops et les feux rouges. Ça permet de rester chaud, de ne pas perdre le rythme. On ralentit seulement pour s'assurer que rien ne vient, puis on passe... Au fil des heures, les muscles s'engourdissent un peu, se tétanisent. Régulièrement, je relance l'allure en secouant mon cadre. Parfois, quand le vélo est bien en ligne dans une côte, je ferme les yeux, juste deux ou trois secondes, c'est comme si on se sous-trayait à la douleur. C'est sûrement paradoxal de craindre la bétaillère de Bobby Lapointe et de fermer les yeux le temps d'un soupir en péda-lant. Les yeux clos, je me sens comme en lévi-tation, je ne suis plus exactement un terrestre. Il m'arrive aussi, quand l'effort devient intense, de marquer un très bref temps de roue libre, c'est à peine si j'entends son cliquètement. Puis les jambes recommencent à appuyer, à tirer, c'était juste un intermède, une manière de me prouver que si je le voulais, je pourrais arrêter immédiatement. Tout cela est affaire de volonté. Vouloir donner le coup de pédale suivant, ou pas. Les yeux fermés, le coup de pédale sus-pendu, c'est l'acte de liberté du coureur enchaîné. Par moments, j'ai même l'impression d'avoir dormi et de me réveiller tout à coup avec cent kilomètres au compteur. La souffrance ressem-ble parfois à une absence.

Avec la pluie, mes pneus reprennent de la couleur, mes roues sont deux cerceaux vert salamandre. Un enterrement devant une église. Je suis d'humeur légère, je pense à cette histoire de cour d'école : un ancien coureur qui a fait sa carrière en queue de peloton a cassé sa pipe. Le jour de ses obsèques, tous ses compagnons de route suivent son corbillard. L'un d'eux souffle : « C'est bien la première fois qu'il roule en tête. » Son voisin répond : « Oui, surtout après avoir crevé... »

Je me distrais comme je peux. Un premier bidon vidé au bout de quatre heures, j'entame le second. Je me demande si j'ai jamais pédalé aussi longtemps, parcouru autant de kilomètres. J'enfourche ma machine à remonter le temps. J'avais treize ans, c'était avec René Drapeau, mon ami de Nieul, le fils du cantonnier aux moustaches en guidon de vélo. On se lançait dans des brevets de cyclotourisme. Lui voulait courir le Paris-Brest-Paris. Moi, je voulais juste aller avec lui. Il m'avait emmené au club des cyclos de La Rochelle. On avait une sacoche au-dessus de la roue avant, avec, déplié sous un film transparent, un morceau de carte routière. Je crois que nous avons dû faire deux ou trois brevets de deux cents kilomètres, j'emportais un petit transistor dont la fréquence se déréglait sans cesse au fil du parcours. Mais aux pancartes des villages, quelle mouche nous piquait, on lançait des sprints à perdre haleine, les vieux cyclos nous engueulaient en criant qu'ici, on ne faisait pas la course. Après cette année-là, j'ai commencé la compétition, et plus tard, juste retour des choses, j'ai convaincu René, une vraie force de la nature, dur au mal et courageux en diable, de venir dans mon club. La première course qu'il a disputée près de Royan, à Cozes, il l'a gagnée ! Au club de Châtelaillon, il y avait des coureurs de tous âges, les plus vieux étaient ostréiculteurs, peintres en bâtiment ou ophtal-mologues, les plus jeunes, lycéens ou déjà orientés dans les filières « pro ». Les adultes m'avaient pris sous leur aile, viens mon p'tit gars, roule donc ici pour pas prendre de vent, là, c'est bien, et tourne les jambes, ne mets pas de gros bra-quets, le vélo, c'est de la souplesse, si tu veux gicler dans les bosses, gardes-en, voilà, tu feras bien assez d'efforts, et pense à manger, pense à boire aussi, et si tu roules sur la caillasse, mets vite ton gant sur les boyaux. Ce n'étaient que conseils, ruses et astuces transmis par les « anciens », ceux qui en avaient vu d'autres, des pelotons de deux cents gars éclatés dans les bor-dures, des courses de fous sur des routes si étroi-tes qu'on aurait dit des chemins, et avec des côtes, malheureux, que même à pied tu serais pas passé, ils en racontaient des pas croyables, pendant qu'on filait sur le bord de mer du côté de Châtelaillon, avant d'entrer dans les terres par la côte des Boucholeurs. Souvenirs d'entraî-nements du dimanche, tout d'un coup, ces voix que j'entends encore dans mes oreilles, avec l'accent charentais un peu traînant, les « mon p'tit gars », et « prends la roue », et « serre les dents », et « reste avec nous »... Oui, surtout ça, reste avec nous.

Je devais aussi avoir douze ou treize ans le jour où je me suis perdu du côté du port industriel de La Pallice. J'avais fini par atterrir devant un magasin de cycles. J'étais entré pour acheter des rustines et un nécessaire à réparation. C'était l'été, il faisait très chaud. J'avais été reçu par un grand escogriffe en blouse, le cheveu blanc et rare, mâchonnant un chewing-gum comme un cow-boy dans un western. Ce fut ma première rencontre avec Jean Bégué, le père Bégué, comme on l'appelait, une ancienne gloire du cyclisme régional, qui flaira aussitôt sous mes airs de gamin curieux un bon public pour ses histoires de coursier. Il m'avait entraîné dans son arrière-boutique où étaient punaisées de vieilles photos qui devaient dater des années cinquante, l'époque de sa victoire dans Bordeaux-Saintes, son sprint sur les graviers à l'entrée du vélodrome. « Et là mon p'tit gars, j'en ai fait péter un coup », et le geste suivait la parole, il tirait avec ses mains sur un guidon imaginaire, la mâchoire à moitié décrochée par la rumination du chewing-gum, un œil clos et l'autre grand ouvert qui me fixait pour bien s'assurer que je suivais. À la fin de la séance, je fus adoubé graine de coureur et le brave Jean Bégué m'offrit un magnifique maillot vert et blanc de marque Hutchinson, avec les poches à l'arrière pour glisser un bidon ou de la nourriture. Il refusa mon argent et me laissa filer avec mille recommandations et ma promesse qu'un jour, oui, oui, monsieur, je serai un coursier... Ce maillot était trop chaud pour la saison, et il me grattait au cou, mais je ne l'aurais ôté pour rien au monde.

Quelques années plus tard, j'étais cadet, j'ai remporté le prix cycliste de La Pallice, non loin des silos et de la base sous-marine. J'ai cherché le visage de Jean Bégué. Ce jour-là, il n'était pas venu. Je sais qu'il vit encore et mâchonne toujours son chewing-gum en racontant ses vieilles histoires. Longtemps il a roulé à vélo, mais comme il m'avait dit un jour : « Tu sais, avec mon cœur en carton... »

À chaque tour je suis passé devant mon Espace blanche en la regardant : allais-je résister à la tentation de m'arrêter avant les six boucles prévues ? Deux tours avant la fin, il pleuvait à verse, la pensée m'a effleuré de souffler un peu à l'abri dans l'auto pour repartir après. Mais j'ai mis la tête dans le guidon, et j'ai continué. Je me souviens des courses de jeunes qu'on disputait l'été. Parfois, le speaker arrosait un peu trop l'événement, chantait dans le micro, complimentait les majorettes et s'égosillait pour annoncer les primes. Du coup, il oubliait de changer les plaques en métal du compte-tours qui restait désespérément sur le même chiffre, malgré nos passages à répétition sur la ligne. Certaines courses de cadets, que le règlement limitait à soixante kilomètres, ont sans doute été rallongées de vingt bons kilomètres. On râlait, les plaques finissaient par être changées...

Mon vélo est sale, les cocottes sont collantes, un peu de sirop du bidon s'est répandu sur les tubes et la guidoline. Je n'ai pas le courage de passer le chiffon sur le cadre. Le Béarnais Duclos-Lassalle, qui brilla tant de fois dans l'Enfer du Nord, disait qu'il arrêterait le vélo le jour où il n'aurait pas la force de le nettoyer après l'entraînement. Je devrais méditer la leçon.

15 mars

Quelques images de Lance Armstrong, à la télévision. L'UCI vient de donner à la justice française les échantillons sanguins prélevés l'an passé sur les coureurs de l'US Postal. J'attends toujours le reportage qui nous montrera comment le double vainqueur du Tour se prépare chez lui, aux États-Unis, ce qu'il a vraiment à cacher. Dopé, il l'est peut-être. Dopé ou non, c'est un champion d'exception, un type pas comme les autres.

Dans le Paris-Nice, les hommes de Madiot collectionnent les places d'honneur : Nazon second, cent soixante kilomètres d'échappée solitaire pour Vogondy dans l'étape du Ventoux, Magnien quatrième. Je sais que Marc s'impatiente de ne pas pouvoir afficher « la gagne ». Vivement le retour de Casper pour les coude-à-coude.

Frank de Bondt m'a présenté Philippe Brunel, grand reporter à *L'Équipe*. Celui-ci me parle de son amitié pour Merckx, qu'il connaît intimement. Pendant que Brunel évoque le roi Eddy, d'autres images du film *La Course en tête* me reviennent en mémoire. Cela se passe pendant le Giro, une échappée de quatre ou cinq hommes sur un relief montagneux. Merckx roule en tête, toujours en tête. Pas une fois il ne va se retourner. Dans sa roue, des costauds, Battaglin, Baronchelli, un ou deux grimpeurs espagnols. Ils « sautent » les uns après les autres. La caméra les montre qui décrochent et, devant, les épaules de Merckx dodelinent, la nuque est dressée, bien droite, une raideur de statue, le coup de pédale effrayant. Ils traversent des villages, les supporters encouragent les Italiens, Merckx appuie encore plus fort, jusqu'à cet instant où il est seul. C'est fini, personne dans son sillage, il le sait, il le sent. Un chef-d'œuvre de chevalerie. *La Course en tête*, le titre n'était pas usurpé.

Philippe Brunel me suggère de disputer quelques compétitions, histoire de tester mon comportement au sein d'un peloton avant de courir le Midi Libre. J'y ai déjà songé. J'avais renoncé en craignant une chute avant l'épreuve. Je vais y réfléchir. Il pense également que je devrais au moins une fois partir en même temps que les pros. J'en ai bien envie, moi aussi... On verra si le commissaire de l'UCI dépêché sur l'épreuve accepte de fermer les yeux sur mes audaces... Brunel raconte qu'Anquetil portait toujours sa montre au poignet droit car, à gauche, le remontoir finit par blesser la peau. La montre, c'était vraiment la spécialité du Normand, au point d'avoir pensé à la place du remontoir...

18 mars

Le vin enivre, le vent aussi, un terrible vent du nord qui souffle sur la campagne des Yvelines. J'ai la tête soûle et le souffle coupé, il faut s'accrocher au vélo et surtout ne pas essayer de lâcher le guidon, même d'une main. À un moment donné, dans une ligne droite, je ne sais pas comment je ne suis pas tombé. J'avais posé les deux mains sur mes reins, pour détendre un peu mes lombaires. Une bourrasque a fait chavirer ma roue avant, je n'ai eu que le temps de retenir le guidon, un vrai miracle si j'ai pu éviter le vol plané. J'étais parti pour six heures de vélo mais, avec ce vent, les averses qui m'arrosent copieusement et la soudaine fraîcheur, je me limite à cinq heures. À peine cent vingt kilomètres au compteur, la moyenne n'est pas terrible, mais j'ai les jambes moulues, les muscles en capilotade. Je me suis choisi un bon circuit de côtes. J'ai en particulier grimpé la fameuse bosse de « la ferme de Launay », celle où j'avais cru m'envoler lorsque je l'avais prise dans le sens de la descente, l'autre jour. Il a encore fallu s'arracher mais cette fois, c'est le cœur qui m'a fait peur, je l'ai senti s'emballer, j'étais au bord de l'asphyxie, mes maillots enfilés les uns sur les autres me serraient trop, je me suis senti partir, suffoquant comme si j'allais m'évanouir, le cœur trépidant comme un pois sauteur du Mexique (ce fut un cadeau de *Pif Gadget*, il y a longtemps...). Au sommet, j'ai descendu toutes les fermetures Éclair, pour trouver de l'air. Je sentais le fardeau des barres de céréales dans mes poches arrière, de ma pompe que je glisse aussi dans ces poches dorsales, tout cela me serrait à la taille, m'oppressait. J'ai voulu ôter une veste, mais le vent, une nouvelle fois, a manqué de me faire tomber. J'ai renoncé. J'ai mis un bon moment pour retrouver un coup de pédale. L'horloge de mon compteur indiquait seulement deux heures et demie de selle. Je devais poursuivre...

J'en ai assez de mon sempiternel sirop de fraise, il faudra que je pense à changer. La prochaine fois, j'essaierai la framboise. Et ces barres de céréales, dures ou molles, elles me donnent la nausée. J'ai envie d'un bon plat de pâtes chaudes avec de la sauce tomate. Je me dis que je n'ai pas assez mangé ce matin, et cette pensée accroît ma morosité. Je suis vraiment à l'ouvrage, aujourd'hui, tout en ayant le sentiment du travail accompli : je grimpe côte après côte, le souffle toujours coupé par ce vent du nord. Quand je reviens sur Saint-Germain-en-Laye, la pluie se remet à tomber. Mon vélo est un vrai tas de boue et moi, je ressemble à mon vélo !

Tout à l'heure, au bord de la route, j'ai vu un éléphant bleu. Non, ce n'est pas une hallucination ni l'ébriété qui vient avec le vent du nord ! L'Éléphant bleu est une station pour nettoyer les voitures avec des jets d'eau très puissants. J'ai garé là mon Espace et descendu mon « Jimmy Casper ». En six minutes exactement, le voilà flambant neuf. Toute la crasse a disparu, le sable, la terre dans le pédalier, sur la chaîne, dans l'axe des manivelles, sous le ventre redevenu blanc. Les jantes sont nickel, les pneus rutilants, c'est « *l'amour passé à la machine* » de Souchon, avec retour aux couleurs d'origine, le vert salamandre de mes Michelin. Il en faut davantage pour ternir ma passion du vélo... J'essuie les parties métalliques de mon beau destrier avant de le glisser dans le coffre. J'ai bien besoin d'un traitement semblable, mais moins brutal : un bain chaud fera l'affaire. J'ai très mal aux jambes. Je n'ai pas roulé pour rien et j'ai bien fait d'insister. Il y a des kilomètres qui comptent double.

19 mars

À dix heures, Denis Vincent m'installe dans sa salle de massage, au dernier étage de la clinique du sport. Je retrouve une ambiance familière, le papier médical sur le Skaï de la table, le

257

coussin en demi-lune sous le nombril pour atténuer le creux du dos. Je suis allongé sur le ventre,
en slip et torse nu. Denis Vincent a branché une
lampe chauffante qu'il rapproche de mes cuisses. La sensation de chaleur est immédiate. Il
passe une main sur mes muscles. « C'est très
tendu », dit-il. Je lui raconte la sortie de la veille,
le vent, les côtes. Le massage commence. « Les
muscles, il ne faut pas avoir peur de leur rentrer
dedans. » Il n'hésite pas. Ses mains appuient
très fort sur les ligaments au sommet des cuisses. Voyant ma douleur, il insiste un peu et me
recommande des exercices d'assouplissement.
Il appuie aussi sur les lombaires, à la naissance
des omoplates, dans le cou. Douleur et soulagement. Denis Vincent a souvent massé les
champions de l'équipe de France d'athlétisme,
dont Marie-Jo Pérec. « Elle était faite pour courir, c'était un diamant. » Ses mains forcent, j'ai
l'impression qu'il m'épluche les vertèbres dorsales. À la fin, je me sens détendu, le corps
rudoyé pour la bonne cause. Je comprends maintenant ce qu'il m'avait dit l'autre fois : mieux
vaut vous masser le lendemain de l'effort car le
massage continue de détruire les muscles. Une
destruction qui régénère, c'est là tout le para-
doxe du sport, se faire mal pour aller bien ; ceux
qui ne connaissent pas appellent ça du maso-
chisme.

20 mars

Toujours la pluie. Pas de vélo. J'ai attrapé dans ma bibliothèque le livre d'une rencontre entre Robert Doisneau et Henri Alekan, deux as de la lumière. On les voit converser sur une scène de théâtre, avec, dans le décor, deux vieilles bicyclettes comme il y en a parfois chez les fleuristes, de gros vélos repeints aux couleurs du printemps ou laissés dans leur habit de rouille. La dernière phrase du livre est : « Et chacun repartit sur sa bicyclette. »

22 mars

Cinquante kilomètres à Vincennes, une petite pluie accompagne mes coups de pédale. J'arrête de rouler, trop de froid. Trop d'eau. J'arrête également d'écrire. Les pages que je remplis sont aussi consternantes que le ciel. Toutes mes obsessions tournent autour des nuages, de mes genoux. Je déchire pas mal, ces jours-ci.

27 mars

Après une semaine quasiment vierge de kilomètres, je suis à Esnandes pour rattraper le temps perdu. Cent cinquante kilomètres au compteur, six heures moins un quart sur le vélo. Je suis parti jambes et mains nues, avec ma combinaison dessinée pour le Midi Libre. Mais le vent a bâché le ciel de gros nuages et la pluie s'en est donné à cœur joie sur mes cuisses. Je passe par toutes sortes d'humeurs. Le gris domine. Je suis maintenant capable de rouler une bonne centaine de kilomètres sans trop souffrir. Après, c'est selon le terrain, le rythme, le vent. Aujourd'hui, les rafales sont si violentes que le vélo siffle comme un catamaran en pleine mer. Je fais le gros dos, les mains en bas du guidon. Je me demande jusqu'où je pourrai supporter cette souffrance physique, lorsque précisément elle deviendra insupportable. Une odeur âcre de colza balaie la campagne. Mon regard se repose un peu sur ce tapis jaune ondoyant. J'ai repris mon circuit du Calvaire, à Nieul-sur-Mer. J'ai manqué de percuter un fourgon des Pompes funèbres. La scène aurait été cocasse. Mon rêve de mouvement perpétuel reste chaque fois inexaucé. Les heures passant, les jambes pèsent des tonnes, le coup de pédale devient heurté, je me transforme en pantin désuni que le vent finit par casser. Bien sûr, au Midi Libre, je serai précédé de jeunes coureurs, mes boucliers humains. Mais la route sera longue. Trop longue ?

28 mars

Cent douze kilomètres, quatre heures et quinze minutes de vélo, à travers les bourrasques et les averses. Le soleil s'est montré comme pour me narguer avant d'aller se faire voir ailleurs. Une trombe d'eau m'a trempé jusqu'aux os. Je rentre plutôt en forme. Les jambes semblent tenir la cadence des efforts à répétition. On verra demain, le troisième jour est souvent critique.

Le soir, en rejoignant mon père à la salle de kiné, j'entends les prévisions météo pour le lendemain : pluie et vent sur la Charente-Maritime. 7 °C à La Rochelle. « On n'a jamais vu ça ! dit mon père. Tu as choisi ton année... » Il commence un massage en profondeur quand, soudain, la pièce est plongée dans le noir. Une minitornade. Il poursuit ses gestes sûrs le long de mes muscles, comme si de rien n'était. Depuis le temps, il pourrait me masser les yeux fermés. Je me souviens que le soigneur de Fausto Coppi, un certain Cavanna, était aveugle. Il lui avait suffi d'effleurer les jambes du jeune Anquetil, venu visiter le « campionnissimo », pour lui prédire un destin d'exception.

Je m'essuie à la lueur d'une bougie. Les appareils de chauffage se sont éteints. J'ai un peu froid. Pluie ou pas, je suis bien décidé à rouler demain.

29 mars

J'ai pris la direction de la Vendée, vent dans le dos, m'exposant à un retour pénible. Après cinquante kilomètres et une bonne douche froide, après avoir croisé des camions remplis de gru-

mes qui m'ont craché sur les jambes des tour-
billons d'eau, je suis au pied du massif de
Mervent, là où Bernaudeau apprenait à ses gars
à placer la roue dans les descentes pour éviter
de freiner. Je reconnais le circuit du lac. Dix
kilomètres de bosses, des raides et des plus dou-
ces, des courtes et des très longues. Je vais le boucler à cinq reprises. Les côtes passent encore.
Mais quand le vent me cueille dans les dernières pentes, c'est une véritable déflagration musculaire.

J'ai en tête des images de grimpeurs. Ces gars-
là sont en négoce avec le ciel. Ils y ont leurs
indulgences. Ils paient cet état de grâce d'une
part de leur humanité. Ils ne sont plus tout à
fait des hommes lorsqu'ils s'élèvent sans souffrance apparente, ils sont extraterrestres, exemp-
tés de pesanteur. Là où les routiers sprinters
s'enfoncent dès qu'il faut monter, eux escala-
dent la pente avec une avide facilité. Je pense à
Charly Gaul. Le petit bonhomme de pluie aurait
aimé le temps d'aujourd'hui. (J'avais un pro-
cédé mnémotechnique pour retenir l'année
de la victoire de Charly Gaul dans le Tour de
France : 1958, Gaul en jaune, de Gaulle à l'Élysée...)

J'essaie d'être léger, de pédaler souple. À
peine franchis les sommets, je bascule la chaîne
sur la grande couronne pour reprendre plus rapidement de la vitesse. Le vélo file. Le compteur
s'affole. 40, 43, 45, 50 à l'heure. Je fais attention :
la route est humide. Tout d'un coup, alors que

je me félicitais d'avoir pris la direction de la Vendée pour échapper aux ondées, des seaux d'eau froide me tombent à nouveau sur la tête. C'est le déluge, je n'y vois plus rien. Rage et découragement. Encore une fois trempé, dégoulinant de partout, le bonnet gonflé de toute cette flotte que j'essore d'une main crispée : une petite cascade s'en échappe sous mes yeux. La rage l'emporte. Je décide de poursuivre. L'obstination finit par payer. Au bout de quelques minutes, au sommet d'une rampe sévère, un rayon de soleil vient réchauffer mes jambes. Tout en roulant, je m'efforce de boire, en respirant par le nez afin de ne pas m'asphyxier chaque fois que j'attrape une gorgée dans mon bidon. Je suis passé au sirop de framboise, c'est meilleur et ça change. Cent kilomètres au compteur. Il faut songer à faire demi-tour.

Le vent me plombe. Ce n'est plus du vent mais une véritable tempête, un mur invisible qui m'empêche de rentrer chez moi. Dans le marais, face à cet ennemi surpuissant, sans compter les semi-remorques qui m'envoient des paquets d'air et d'eau quand ils me croisent, je sens monter une exaspération, comme une envie de pleurer. Mais les bornes finissent par passer. Dans ces paysages désolés que les bourrasques bousculent et ratatinent, même les arbres ont le dos courbé, j'essaie de me souvenir d'une chanson de Brel où le vent se déchaîne :

Tellement fort
Qu'on ne sait plus qui navigue,
La mer du Nord
Ou bien les digues...

À deux kilomètres de la maison, la route a
été barrée. La maréchaussée refait un pont, le
ciment est encore frais, impossible d'aller plus
loin. Je suis à bout de forces. Je négocie avec
les ouvriers pour faire l'équilibriste le long des
rampes, promis, je ne poserai pas le pied sur
le macadam tout neuf. Ils ont dû voir sur mon
visage que je n'allais pas rebrousser chemin. Me
voilà le vélo à l'épaule, funambule marchant sur
des morceaux de tuyaux posés sur les côtés du
pont. Enfin la maison. Le compteur indique
cent cinquante kilomètres, cela fait six heures et
trente-cinq minutes que je roule. J'arrive exténué, les jambes comme prises dans du béton. Je
regarde hébété le feu dans la cheminée. Le vent
siffle encore dans mes oreilles, un vent à rendre
dingo. Comment tout cela va-t-il finir ? La
semaine prochaine, je dois aller reconnaître les
trois étapes de montagne du Midi Libre, à travers les Cévennes et la Lozère, jusqu'à Sète et
son fameux mont Saint-Clair. Tout à l'heure, à
Mervent, il y avait une belle lumière, des odeurs
de mousse et de sous-bois, des piaillements
de piafs dans le silence de la nature. Je me suis
rappelé cette phrase de Giono : « Les oiseaux
giclaient des buissons. » Effort surhumain ? Non.
Effort inhumain ? Non plus. Tout cela, au

contraire, est terriblement, banalement, bêtement humain, cette envie, ce besoin de se dépasser. C'est de la vie vécue sur le mode intense, pas une seconde n'est anodine, le présent se charge de souvenirs gravés, l'air se change en vieil or. J'ai vu un panneau à l'entrée de La Rochelle : « Vélo frôlé, cycliste blessé ». Ici, tout me frôle mais rien ne me blesse car ce temps interminable passé à pédaler, ces kilomètres de peine, ces douleurs aux jambes, je les ai voulus.

30 mars

Enfin du soleil. Du vent, mais surtout du soleil. J'ajoute cent kilomètres au compteur. J'aurai roulé cinq cent dix kilomètres en quatre jours, et j'ai plutôt bien tenu le coup. Quand j'avais dix-neuf ans, je m'étais promis une saison de « pro ». Finalement, j'avais bifurqué vers le droit (trois ans de droit, le reste de travers…), ayant pris conscience que je pouvais réussir dans les études. Cette saison manquée de coureur « pro », je me l'offre vingt ans après. Un rendez-vous différé de vingt ans, c'est de la fidélité.

Aux informations télévisées, on annonce que les nouvelles méthodes de détection de l'EPO seront appliquées lors du prochain Tour de France. Le commentaire est illustré par les images d'un peloton. Constance me demande : « Tu es où dedans, papa ? » Si elle savait à quel point j'aimerais y être, dedans.

1er avril

C'est après que j'ai eu peur. Après la chute à 45 kilomètres/heure dans le faux plat descendant de Vincennes. Une femme a traversé la route sans regarder notre groupe de coureurs qui déboulait à toute allure. Elle n'avait d'yeux que pour le ballon de son petit garçon qui s'était échappé. Des gars ont pu éviter l'imprudente *in extremis*. Moi, je l'ai percutée de plein fouet. Un choc violent qui m'a jeté à terre, le vélo par-dessus tête. Quand j'ai vu cette femme entre les cornes de mon guidon, c'était trop tard, j'étais déjà en l'air. Elle est lourdement tombée sur le dos, son petit garçon criait, elle ne bougeait plus. Je me suis mis debout. Des cyclistes et des promeneurs se sont arrêtés. La femme s'est relevée, elle était un peu commotionnée mais n'avait rien de cassé. Il est vrai qu'elle était assez corpulente, ce fut notre chance à tous les deux. Rétrospectivement, j'ai frémi en songeant que j'aurais pu me briser net une clavicule ou, pire, une cervicale. Je n'avais pas mon casque mais, par chance, ma tête n'a heurté ni le macadam ni l'angle du trottoir pourtant très proche. J'ai fait l'inventaire de mes blessures, trois fois rien, une écorchure à la naissance d'une cheville, la marque des dents du pédalier dans un mollet, comme une morsure de métal, un tatouage de cambouis. Mon « Jimmy Casper », lui, est un peu endommagé. La roue arrière est sérieusement voilée. Une cocotte de frein est tordue. En remontant sur mon vélo, il me semble qu'il fait un bruit de guimbarde. La barre transversale est un peu enfoncée au flanc gauche, sans doute l'impact du guidon quand il s'est retourné contre le cadre. Je reprends ma route lentement pour quelques kilomètres, mais j'ai la tête qui tourne. Pourvu que je n'aie rien de « caché », un traumatisme qui se révélerait seulement plus tard. Après quarante kilomètres, je rentre chez moi. Plus de peur que de mal.

Je me repasse la scène. Cette femme dont je n'ai pas vu le visage, comme aimantée au ballon de son fils, j'aurais pu la tuer.

2 avril

Au service course de la Française des Jeux, à Moussy, Fabrice Vanoli ausculte ma bécane. Rien de méchant après la chute d'hier. Il préfère cependant remplacer ma roue arrière car le voilage est trop important. Il en profite pour installer une roue libre avec une couronne de 25 dents, je serai plus à l'aise en montagne. Il change aussi ma guidoline. J'observe le ruban tout neuf, blanc cassé semé de petites taches sombres, la couleur des granités que j'achetais à Sidi Bou-Saïd, cn Tunisie, les jours de grand soleil. Fabrice m'a remis la ceinture du cardiofréquencemètre. D'autres chiffres vont pouvoir s'afficher sur mon guidon, au côté du compteur de vitesse et de kilomètres.

3 avril

Il s'appelle René Mounis. Depuis trente ans, il s'occupe du parc automobile sur la course du Midi Libre. Il est venu me chercher ce matin à l'hôtel et me conduit au départ de la première étape de montagne, près du pont du Gard. Au menu, deux cent quinze kilomètres pour rallier Laissac en traversant les Cévennes. Je n'ai pas étudié le parcours en détail. Je préfère partir « à l'aventure ». Je sais que je devrai grimper plusieurs cols. René Mounis me suivra ou me précédera quand il faudra m'aiguiller sur la bonne route. Je m'élance pour près de sept heures de vélo à travers un paysage somptueux de vergers et de moyennes montagnes. Est-ce de parcourir le « pays Stevenson », que l'auteur de *L'Île au trésor* sillonna jadis avec son âne ? — une pensée me vient pendant que je progresse sur une portion de route gondolée comme le plancher d'un manège de foire : l'impression de rouler sur le dos d'un âne qui dodeline. Quelle idée de s'agiter quand la nature donne une si belle leçon d'immobilité ! D'énormes rocs dominent la plaine, pétrifiés dans un élan très ancien. Par endroits, les creux sont si profonds de part et d'autre de la route que je vois dépasser, presque à portée de main, la cime des arbres plantés en contrebas. Des oiseaux y pépient bruyamment, se croyant en sécurité sur les plus hautes branches. Ont-ils vu qu'il suffirait à un promeneur de tendre un filet à papillons pour leur bâillonner les ailes et le bec ? Capitole et roche Tarpéienne... Mais les têtes de linottes n'ont que faire des « classiques »...

Ce matin, j'ai pris soin de passer la ceinture du cardiofréquencemètre autour de ma poitrine. Il s'est mis en route dès que j'ai commencé à pédaler. Aucun fil ne le relie à la montre enroulée au guidon. Les électrodes s'activent avec la sueur qui sert de « conducteur ». Mon cœur reste dans une fourchette comprise entre 130 et 150 pulsations, sauf dans les cols où le seuil de 160 est franchi. À cet instant, une petite alarme se met en route, comme si un Samu miniature me signalait un danger. Aussitôt je lève très légèrement le pied, et comme par miracle mon cœur redescend à 159 coups, 156, 153. La sirène se tait. Je sors du « rouge ». En réalité, je sais que je peux « monter » à 180 pulsations sans courir de risque. Au-delà de cette intensité, l'effort ne peut être maintenu longtemps.

J'ai traversé Alès, aperçu un carreau de mine désaffectée. Puis j'ai continué le long de ces roches feuilletées qui festonnent la vallée du Lot, les gorges du Tarn, un morceau de la route du Gévaudan. Dans le col de Cabrunas que je grimpe sous un beau soleil, d'énormes camions jaunes sortis du *Salaire de la peur* vont et viennent pour refaire la chaussée. Le goudron est semé de cailloux. La pente n'est pas trop raide mais il faut prendre un rythme régulier pour avaler ces kilomètres de montée. Je me rends compte que ce genre d'effort me convient. J'alterne les moments sur la selle, bien en arrière, les muscles le plus détendus possible, et les passages en danseuse. Quand je me dresse sur les pédales, j'en profite pour mettre un braquet légèrement plus dur, histoire de relancer l'allure. Grimper un col, c'est respecter une alchimie fragile entre le souffle et le cœur, les jambes et l'esprit. Il faut se dire qu'on pourrait aller plus vite, et quand le sommet approche, que le paysage se dénude, quand, au-dessus de notre tête, le vide commence à s'imposer — un col, même de faible altitude, c'est une fenêtre sur le ciel —, on peut accélérer, à condition d'avoir gardé les réserves suffisantes. Je ne fais pas trop monter le cœur. Je regarde parfois en contrebas pour apprécier l'effort déjà produit, les lacets que je n'aurai plus à grimper. Les villages laissés derrière apparaissent au détour d'un virage, petit monde soudain ramené à une échelle lilliputienne. La pente, quand elle n'est pas trop sévère, n'empêche pas les pensées de vagabonder. Là, par exemple, je suis un échappé du Tour qui a semé tous ses adversaires... Je l'avoue : il m'arrive de retrouver des réflexes de vrai coureur. À tel ou tel endroit, quand la route s'étrangle ou s'incurve, au milieu d'un faux plat, j'imagine que si je me battais pour la gagne, j'attaquerais précisément ici… On est incorrigible, quand on a goûté à la compétition. Même cuit, on se voudrait sur la brèche, prêt à en découdre, on s'invente des ailes, on se rebaptise Coppi, et le bitume défile encore un peu. Dès que j'atteins le sommet des cols, je mets le grand plateau pour prendre de la vitesse, mais sans me faire exploser les cuisses à tirer mon énorme braquet.

À vingt-neuf kilomètres de Laissac, je croyais en avoir fini avec les difficultés. Mais une longue côte se dresse sous mes roues, qui, dans mon souvenir, n'était pas signalée. Cela fait plus de six heures que je roule. L'envie me traverse d'arrêter là, de monter dans la voiture de René Mounis qui m'a prodigué ses encouragements enthousiastes tout au long de la journée. J'ai tenu une moyenne proche de 30 kilomètres/heure. C'est honnête, d'autant que le vent est plutôt défavorable. Alors, j'arrête ? Je pioche un peu, le soir vient. Si j'essuie une défaillance dans cette étape pendant l'épreuve, je risque d'arriver très tard, peut-être à la nuit, sous la lune, « le soleil des statues », comme disait Cocteau, transformé pour de bon en statue, incapable de plier les jambes, de descendre de vélo. Mais après tout, rouler la nuit, quand on n'a plus d'ombre… Je chasse ces images de malheur et tente de retrouver un rythme. Je dirai à Jean-Pierre Gugliermotte qu'il a escamoté une sacrée bosse. Finalement, j'en viens à bout et les panneaux indiquant Laissac à une poignée de kilomètres me stimulent.

Plaisir de voir « 200 kilomètres » s'afficher sur mon compteur. L'espace d'un instant, j'en oublierais presque mes douleurs. Quand je finis par mettre pied à terre, René Mounis se précipite vers moi. « Vous suivrez les pros, pendant la course, j'en suis sûr ! Vous verrez... » J'aimerais tellement le croire... Bien sûr, je suis bien préparé. J'ai « mangé » des kilomètres comme jamais de ma vie. Mais la course, c'est autre chose. Il faut arriver à changer de rythme, sauter dans les roues de jeunes coureurs « saignants ». Et pourquoi pas... Dans les étapes de montagne, ce serait formidable d'arriver à tenir la roue de Jimmy Casper dans un groupe d'attardés. Assez rêvé. Je ne sens plus mes jambes, même si je ne suis pas trop épuisé. Demain, j'attaque la grande étape des cols. Roger Bène, qui nous a rejoints à Rodez, me dit : « Je suis navré mais ce sera plus dur qu'aujourd'hui... »

4 avril

Plus dur ? Non. Épouvantable. Bien sûr, la route s'est changée en montagnes russes dès le départ de Rignac. Bien sûr, les premiers cols de la journée n'étaient pas de tout repos, et j'ai entendu plus d'une fois le signal d'alerte tinter sur mon guidon. Mais l'épouvante est venue du ciel plus que du sol. Cela m'apprendra à vouloir monter sur l'Aubrac avec une simple casquette de toile, sans protection sur les chaussures, sans gants ni imperméable. Le ciel m'est tombé sur la tête. Des seaux d'eau en montant vers Laguiole. Des grêlons piquants comme des aiguilles qui m'attaquaient pendant mon ascension vers la station de ski. Quand j'ai vu les voitures descendre du sommet les phares allumés, j'ai compris que, en haut, il ne faisait pas meilleur. Un brouillard épais a enveloppé le paysage. Les arbres, les maisons, les pylônes électriques, les troupeaux de vaches éparpillées sur la route, tout cela n'était plus que formes fantomatiques dans le rectangle embué de mes lunettes. J'ai continué à grimper, les vêtements dégoulinants, puis la pluie m'a paru changer de densité. Évidemment, ce n'était plus de la pluie mais une neige solide, épaisse, glacée ! Sitôt franchi le sommet, je me suis élancé dans la descente et, cette fois, le froid que j'avais repoussé en pédalant pendant l'ascension s'est jeté sur ma pauvre carcasse. J'ai eu la sensation que mes mains avaient soudain doublé de volume, et mes pieds ne « répondaient » plus. Les virages en épingle, avec parapet et précipice, m'obligeaient à garder constamment les doigts gourds sur les cocottes de frein. Plus je prenais de la vitesse, plus j'avais froid. Plus j'avais froid, plus je pédalais, et plus j'accélérais, et plus le froid, et les mains sur la peur... Plusieurs fois Roger Bène m'a dépassé. Je voyais ensuite son auto garée sur le bas-côté. Il m'adressait des signes que j'interprétais comme autant d'encouragements. Une heure s'était écoulée quand j'ai compris qu'il me suppliait d'arrêter... J'ai attendu d'avoir gravi la dernière difficulté de l'étape avant de me mettre à l'abri. J'avais parcouru cent trente kilomètres, je tremblais de la tête aux pieds. Roger m'a posé son blouson sur les épaules. « Vous m'avez donné une leçon de courage, a-t-il glissé gentiment. Il fait 1 °C ! Aujourd'hui, le tiers du peloton aurait abandonné. » Il avait allumé le chauffage dans l'auto. Un souffle brûlant sortait par les trous d'aération du tableau de bord. Je n'ai pas tout de suite approché mes mains de cette source de chaleur, tant le contraste avec le froid me faisait mal. Je suis resté une demi-heure les doigts levés devant moi, comme les branches des arbres dénudés aperçus au milieu du déluge. Puis, peu à peu, le sang s'est remis à circuler normalement, la douleur s'est atténuée, je me suis réchauffé. C'était fini.

Nous avons rallié Mende. J'ai demandé à Roger Bène de me montrer le col de l'arrivée : La Croix Neuve et ses trois redoutables kilomètres à 12 %. C'est là que fut tournée la dernière scène de *La Grande Vadrouille*, quand Bourvil et de Funès échappent aux Allemands en fuyant à bord de planeurs avec leurs amis anglais. Je n'ai pas oublié ce dialogue jubilatoire : « Il n'y a pas d'hélice, hélas ? — Non, c'est là qu'est l'os... »

Nous traversons Mende sous la pluie. Surgit une montagne pointue surmontée d'un calvaire, une sorte de baie de Rio surplombée par le Christ

274

de Corcovado. Je n'en crois pas mes yeux. La route se met à grimper, grimper. Un premier virage en épingle. Pas question de le prendre à la corde pour gagner deux mètres : c'est la garantie, pour le cycliste, de sortir à pied. Puis un deuxième virage, aussi effrayant que le premier, et la route s'élève de plus belle, il reste encore un kilomètre et demi. Je ne dis rien, pas un mot. Je pense : tu ne passeras pas. Impossible de monter ça. Impossible. Ce n'est pas un col pour grimpeurs. Je comprends mieux pourquoi Laurent Jalabert a gagné ici dans le Tour de France, un 14 juillet. C'est une arrivée pour coureur explosif, avec de la fonte dans les cuisses. Il faut passer l'obstacle en force, à l'arraché, comme un haltérophile soulève trois fois son poids. Je me demande même si ma couronne de 25 dents, à l'arrière, n'est pas trop petite pour franchir un tel mur. On redescend vers Mende. Je suis sonné. J'ai la tête qui tourne à l'idée de me trouver au pied de ce géant après deux cents bornes, le 26 mai prochain...

Dans mon bain, je fais défiler les images de cette journée. La côte de Marcillac, la montée de l'Espalion, deux morceaux sévères pour commencer l'étape. Puis l'ascension vers Laguiole, quarante kilomètres sans répit car la route ne descend jamais. C'est dans cette zone qu'aura lieu le ravitaillement, là que les pros me rattraperont. Il faudra prévoir un système radio pour que je sois informé du déroulement de la course. Si le peloton est déjà scindé en plusieurs morceaux quand il fondra sur moi, autant essayer de s'accrocher à ceux qui roulent à l'arrière — les sprinters cherchant à limiter la casse sans trop entamer leurs forces. Peut-être que parmi eux, Jimmy...

Le soir, au dîner, Roger Bène me confirme que, chaque année, il y a une journée de pluie ou d'orage sur la course. Je devrai prévoir des vêtements de pluie, un maillot à manches longues ou escamotables sur les poignets, des bidons de thé chaud, une bouteille Thermos, des gants d'hiver... Pendant que j'avale un carré d'agneau, Roger me raconte des souvenirs avec Blondin. L'auteur de *Monsieur Jadis* a marqué des générations de journalistes sportifs par ses calembours et ses reparties. « Un jour, pendant le Tour de France automobile, la salle de presse avait été installée dans une salle de classe à l'ancienne, avec tables en bois et encriers de céramique. Blondin avait commencé à boire le contenu d'un encrier, son visage était maculé de noir. Comme Jacques Goddet le tançait, il avait répondu : "Qu'est-ce que ça peut vous faire que je boive de l'encre puisque j'écris de bons papiers..." »

On se quitte sur ce bon mot. J'ai décidé que demain matin, je monterai à l'assaut de La Croix Neuve. « Un drôle d'apéritif », m'a dit Roger en souriant.

Sitôt avalé le petit déjeuner, je suis à pied d'œuvre. Il est neuf heures, la température est de 1 °C. Impossible de s'échauffer, les routes sont trop pentues autour de Mende. Alors je m'approche sans détour de l'obstacle avec la sensation d'un animal qu'on mène à l'abattoir. Le ciel est dégagé mais le froid tétanise mes muscles que la pluie glacée de la veille a endoloris. Je sens une légère contracture derrière un mollet, mais ce n'est pas le moment de s'écouter car, déjà, la pente s'élève. J'ai mis mon compteur à zéro. Il faut tenir 2 700 mètres. Mon cœur s'affole, l'effort est d'emblée très violent. Ce genre de bosse ne fait aucun cadeau, ne laisse aucun répit, c'est un combat à l'arme blanche, même victorieux on prend des coups. Le premier virage est passé. Je suis allé le chercher très large sur l'extérieur mais, malgré cette indispensable précaution, il faut relancer en tirant de tous les côtés pour continuer. Une ligne droite, vraiment rectiligne, abrupte, brutale. Ça monte toujours plus raide. Je n'ai pas branché mon cardiofréquencemètre. Je ne voulais pas me faire peur en voyant mes pulsations monter à plus de 180, à 200, qui sait ? Le deuxième virage, aussi terrible que le premier. Mon vélo couine, j'entends le bruit de mes pneus sur le goudron rugueux, la mécanique force, les rayons craquent, le pédalier aussi, moi aussi, ou, plutôt, je me déchire les muscles. Impression de coupures et de brûlures, sans compter le souffle haletant, le cœur au bord des lèvres et la sueur qui inonde mon visage comme si j'avais ouvert le jet d'une douche très chaude. J'ai mis une paire de lunettes Shimano sans correction visuelle, histoire de rester un peu dans le flou, comme en janvier quand je montais à l'assaut de la colline du Labyrinthe, au Jardin des Plantes. Mais le stratagème a ses limites. Je transpire tellement, et la température est si basse, que la buée a envahi mes verres. Je n'y vois plus rien. Finalement j'ai relevé la monture sur mon front. Il a fallu se rasseoir sur la selle, éprouver encore plus douloureusement la pente. C'est comme remonter un toboggan d'enfant à bicyclette, un toboggan qui se prolongerait jusqu'au ciel. Un coup d'œil sur ma gauche. Mende paraît très loin, très bas, encaissé dans la vallée. Mon regard s'appesantit sur ces maisons resserrées autour d'une église dans la tranquillité d'un petit matin. Je suis la chèvre de M. Seguin partie au-devant de l'herbe tendre et du loup qui ne va pas manquer de me dévorer. Mes forces m'abandonnent. J'entends derrière moi la voiture de Roger Bène qui me talonne. Le plus dur est passé. Encore cent mètres et j'entrerai dans la portion finale, la moins raide. Mais cette fois mes jambes ne veulent plus, ne peuvent plus. Je pose un pied à terre. J'étais sans doute trop froid. Mes muscles sont en bois, mon braquet trop gros ne m'a pas permis de mouliner davantage. Peut-être la peur, aussi, l'appréhension. C'est angoissant, une butte pareille. Passer en force, cela suppose d'avoir la force. Je ne l'ai pas, ce matin. « Vous avez fait le plus dur », me rassure Roger. Il a raison, mais j'aurais bien aimé passer. Je tente encore de poursuivre, mais c'est impossible. Je gamberge un peu. Franchirai-je l'obstacle, le mois prochain, après plus de cent quatre-vingts kilomètres de course ? En réalité, les passages qui me terrifiaient le plus, les deux fameux virages, je les ai grimpés d'un bon coup de pédale. Mais j'y ai laissé trop d'énergie pour pouvoir terminer avec mon 25 dents à l'arrière. Il faudra sûrement 26 ou 27 dents, une couronne de sécurité, si je suis planté. Le 26 mai, pas question de descendre de vélo, il faudra donner coûte que coûte les ultimes coups de pédale. Bien sûr, je serai sans doute stimulé par l'ambiance, la perspective d'arriver, le public qui se masse tous les ans dans les pentes de La Croix Neuve, laissant aux coureurs une étroite bande de bitume pour se faufiler au milieu de cette marée humaine. Mon compteur indique 1800 mètres. Il m'a manqué 900 mètres. Roger m'assure que, dans des conditions normales, je passerai. Pourvu...

En attendant, après un petit trajet en auto, je remonte sur mon « Jimmy Casper », quelques kilomètres avant Florac, ville départ de la dernière étape du Midi Libre. D'emblée se dresse un col de première catégorie. Le ciel est tout bleu mais l'air est encore froid. Le déluge d'hier est un souvenir, la nature est magnifique, verte, accueillante. Qui pourrait croire que la veille ces paysages étaient des fantômes ? Mes jambes se réchauffent peu à peu. Les premières pentes du col sont très raides et la route accroche, mais l'effort est moins violent qu'à La Croix Neuve. Je grimpe bien en ligne sur le vélo. Dans les virages, je reprends mon souffle avant de me relancer dans les portions plus dures. Chaque fibre musculaire semble reliée directement au mental. Il faut pouvoir prolonger cet effort sur plus de six kilomètres. C'est long. Quand on découvre un col, on guette les signes qui annonceront la fin du calvaire. À l'amorce de chaque virage, on appréhende de voir ce qui vient après, derrière. C'est traître, un col. On croit que le pourcentage va s'atténuer et c'est au contraire un raidillon qui vous guette à la sortie du tournant. Le moral en prend un coup, on se dit non, cette fois, je vais lâcher. C'est précisément là qu'il faut insister, surtout si le sommet approche, et il approche forcément. À La Croix Neuve, c'était trop douloureux. Ici, je m'accroche, tout dégouline, le cœur s'emballe, j'essaie de le calmer. La pente s'adoucit, je me dis que j'en vois la fin, mais non : en suivant du regard une auto qui m'a doublé, je m'aperçois qu'elle monte encore, encore. Enfin la descente. Je déchante. Les virages sont tellement mauvais que je dois sans cesse appuyer sur les freins, les mains crispées sur le bas du guidon. Impossible de récupérer vraiment. D'autant que le froid glace la sueur qui inonde ma poitrine et mes jambes. Dans une épingle particulièrement serrée, je sens mon vélo qui chasse à l'avant, comme si j'avais déjanté. En réalité, c'est le pneu qui est dégonflé. Je poursuis, je verrai bien en bas si je m'arrête pour regonfler. Mon compteur oscille entre 50 et 60 kilomètres/heure. Je ne prends pas de risques inutiles, d'autant que la route n'est pas neutralisée. Je suis arrivé sur une route de crête, dans un décor en Cinémascope : la Corniche des Cévennes, une merveille. Des cascades chantent, les arbres fruitiers sont en fleurs, je traverse Saint-Jean-du-Gard, le territoire des camisards. L'air est tiède, enfin, je pédale depuis plus de trois heures. Le reste de l'étape est plutôt plat. Je décide de m'arrêter pour déjeuner. Je repartirai à vingt kilomètres de Sète, où m'attend le mont Saint-Clair.

« Votre Saint-Clair, il est là-bas », me lance Roger Bène lorsque je reprends mon vélo au bord de l'étang de Thau. Nous avons auparavant traversé Pézenas. Roger m'a parlé de Bobby Lapointe, dont il fut le témoin pour chacun de ses mariages. « C'était le fils du marchand de fourrage. Il a commencé par publier des livres très savants de mathématique. Après, il a écrit des chansons que personne ne voulait chanter. C'est comme ça qu'il a décidé de les interpréter lui-même. » C'est dans un cabaret de la rue Mouffetard que Bobby Lapointe a chanté « Avanie et Framboise ». François Truffaut, qui avait entendu parler de ce chanteur étrange, est allé l'écouter. Il l'a engagé pour son film *Tirez sur le pianiste*. Robert Lapointe, dit Bobby, était lancé.

Roger Bène évoque son ami disparu. Je regon-
fle ma roue avant. Il fait grand soleil. C'est
reparti. Je longe la Méditerranée. Le vent a
poussé des risées de sable fin sur la chaussée.
Des femmes en maillot de bain sont étendues
sur leurs serviettes. Des enfants jouent. Un avant-
goût d'été, tout à coup. Mais au fond, encore
éloigné, je vois Sète et la montagne qui la surplombe. J'essaie de deviner une route qui zébre-
rait cette montagne, une route découpée avec la
hache de Dieu. Je ne vois rien, et ce rien me
serre le ventre. Je ne suis pas monté au sommet
de Mende, je veux grimper en haut du Saint-
Clair. Je sais qu'il est encore plus raide, mais il
fait moins de deux kilomètres. Ce matin, j'ai
donc escaladé l'équivalent du Saint-Clair. Je me
livre à ces calculs à trois sous en entrant dans
Sète par le front de mer. Roger m'a prévenu :
vous aurez un premier raidillon, la rampe des
Bédouins, puis tout de suite, sur la gauche, une
rue étroite, ça commence là. Roger porte un
beau tee-shirt rouge. Je lui demande de ne pas
me suivre en auto mais de se poster au sommet
du Saint-Clair. « Mettez-vous à l'endroit où je
devrai donner mon dernier coup de pédale. Ça
me stimulera quand je vous apercevrai ! » Il s'est
exécuté. Je passe sans trop de mal la rampe des
Bédouins qui mène au cimetière marin. Mais
les jambes sont déjà rudoyées avant d'aborder
la montée finale. Une auto me coupe la route,
je perds tout mon élan. C'est presque arrêté
que j'attaque la bosse. La pente est incroyable-

ment raide, tracée au milieu des habitations. Par deux fois j'ai l'impression que je vais rester collé au bitume tant la douleur est vive. Impossible de s'asseoir sur la selle. Il faut tirer, tirer. Ce matin, à Mende, le thermomètre indiquait 1 °C. Dans le Saint-Clair, en ce milieu d'après-midi, il fait 25 °C ! Je suis à mon point de rupture quand soudain, levant le nez droit devant moi, j'aperçois au loin une tache rouge, c'est Roger qui guette mon arrivée. Cette vision me donne un coup de fouet. J'appuie plus fort sur les pédales, le cœur au galop. J'ai failli renoncer il y a une seconde mais cette fois je vais atteindre le sommet, il le faut. Quand je dépasse Roger, sous un soleil radieux, je suis incapable de dire un mot. Je tourne autour des voitures stationnées sur la place, des touristes venus admirer le point de vue. Je n'ai même pas la force de donner le petit coup de pied latéral pour détacher mes chaussures des pédales, alors je me faufile, la nuque affaissée, puis je m'appuie à la portière d'une auto. Sentiment mêlé de souffrance et de victoire. Pareil effort est un supplice. Mon compteur indique 1563 mètres : « Bravo ! » m'a simplement dit Roger.

C'est fini. Je l'ai eu, ce Saint-Clair, mais la même question qu'à Mende me tourmente : pourrai-je le gravir au terme de deux cents kilomètres de course ? Je me suis déchaussé. Le sol est tiède sous mes pieds. On est allés regarder la mer, l'étang de Thau, le quartier de la Pointe-Courte, en contrebas, que filma Agnès Varda, les parcs à huîtres de Bouzigues. C'est la vie qui revient, avec ses couleurs, ses odeurs, les gens normaux. Il y a quelques minutes à peine, j'étais au bord de l'asphyxie et du désespoir sur les pentes du Saint-Clair. Peut-être puise-t-on aussi son courage dans ce désespoir. Il y a quelque chose d'intolérable dans cette sensation de douleur. Mais quand elle a cessé, on pense avec une étrange envie au moment où elle reviendra, pour se prouver sans doute qu'on saura mieux encore l'affronter, l'apprivoiser, la repousser.

10 avril

Des coups d'épingle dans le ventre, pendant la nuit. Un point très douloureux au côté droit. J'ai appelé SOS médecins. Sans doute les intestins, une colite. C'est vrai que j'ai dérogé à mon sempiternel régime pâtes-riz-patates en m'autorisant des crudités et des salades. Le médecin m'examine attentivement. Il me conseille de faire une échographie du rein pour vérifier qu'aucun calcul n'est venu enrayer la machine. Cette perspective me laisse un moment abattu. Heureusement, l'échographie ne montre rien d'anormal. À la clinique Geoffroy-Saint-Hilaire, à deux pas de chez moi, on me recommande des infusions de badiane. Rien de méchant, mais j'ai les intestins en miettes, les veines douloureuses et gonflées « à la selle », vraiment pas l'idéal pour rouler sur un vélo. Dans l'après-midi, je pédale en grimaçant sur le circuit de Vincennes où je n'étais plus retourné depuis ma chute. Des gars me doublent à fond, je n'essaie pas de prendre les roues. La forme est un état exceptionnel et capricieux. Il y a moins d'une semaine, je caracolais sur les routes montagneuses du Midi. Aujourd'hui, je traîne ma misère sur un circuit archiplat. Coureur cycliste, coureur cyclique... Dans ces moments, je me prends à douter de tout.

Depuis quelques soirs, je lis des passages de *Sur le Tour de France* avant de m'endormir. Antoine Blondin dit qu'un coureur est heureux quand il a « le pain et la selle » et, en bon magicien des mots, il est le seul à voir que deux maillots, un coureur derrière l'autre, font un maillon. Mais je retiens surtout cette analyse qu'il emprunte à Pierre Chany : « Un homme de mensurations moyennes gravissant le Galibier, par exemple, développe durant une heure une puissance de 23 kilos à la seconde, soit à peu près un tiers de cheval-vapeur... Alors que le taux de travail du métier manuel le plus pénible atteint exceptionnellement, et pour quelques minutes, un sixième de cheval ! » J'ignorais cette comparaison mais j'admets volontiers que, en montagne, l'effort du coureur est un tour de force.

13 avril

J'ai rejoint l'équipe de la Française des Jeux au relais Napoléon de Compiègne où sera donné le départ du Paris-Roubaix. Marc Madiot m'a convié pour une sortie d'entraînement avec ses gars, demain matin. Je me sens encore affaibli mais je suis heureux de me retremper dans l'atmosphère de la compétition. Les camions des équipes cyclistes sont ouverts à grands battants, les mécanos s'activent autour des vélos avec les clés Allen et leurs pinceaux trempés dans le gasoil. Pour passer sur les pavés, les gars s'équipent de pneus plus larges. Certains ont fait monter des freins de cyclo-cross, plus efficaces dans la boue. Je croyais que Madiot avait gagné deux fois Paris-Roubaix. Christian Lhost, le chef des mécanos, corrige : Marc a gagné trois fois. La première, c'était chez les amateurs. Je retrouve le Dr Guillaume, le kiné Frédéric Bourdon, l'ancien Maillot jaune et champion de France Jacky Durand qui se remet d'une mauvaise chute causée par un automobiliste. Un peu d'anxiété sur les visages. La Société du Tour n'a pas encore décidé si elle invitait l'équipe de la Française pour la prochaine Grande Boucle.

14 avril

Nous roulons à bonne allure sur les routes qui sillonnent la forêt de Compiègne. Jimmy

Casper porte un gros bandage à la main gauche. C'est une sortie décontractée d'une heure et demie, tantôt sur le bitume, tantôt sur les chemins de terre et de sable. Les coureurs s'exercent à sauter sur les bordures. J'ai fini par m'enliser et par tomber au ralenti, le dos au sol et les roues en l'air. Hilarité générale. On est rentrés par le parc du château de Compiègne, pédalant à fond de train sur d'étroites bandes de terre. On a terminé par la petite portion pavée où démarrera demain Paris-Roubaix. De retour à l'hôtel, je fais la connaissance de Laurent Jalabert venu annoncer à la presse son retour à la compétition. Il sera notamment au départ du Midi Libre. Nous échangeons quelques mots, le contact est simple et direct, très chaleureux.

Ce soir, à Compiègne, Jimmy Casper donnera le départ d'une course d'amateurs à laquelle participe son jeune frère. Une information banale qui me rappelle un drôle de souvenir. Il y a quelques années, l'auteur de mes jours — comment lui donner un autre nom — nous avait invités, Constance, sa maman et moi, au mariage d'un de ses fils dans les environs de Toulouse. Nous logions dans un hôtel de la ville de Muret. C'était le mois de juin. Il était venu nous chercher à l'avion du soir. Mais, à quelques centaines de mètres de l'hôtel, toutes les rues étaient bouclées, il avait fallu poursuivre à pied. On avait fini par atteindre l'hôtel sans comprendre pourquoi il était impossible aux autos d'approcher. Plus tard, j'avais reconnu une ambiance familière. En me penchant à la fenêtre de la chambre, j'avais aperçu des coureurs en train de s'échauffer. Une partie de la nuit, l'hôtel fut littéralement encerclé par une course cycliste, comme les Indiens aux flèches enflammées tournent autour d'un convoi de carrioles bâchées, dans les vieux westerns de John Ford. Le vélo venait de surgir du passé, j'avais entendu jusque très tard le bruit des coureurs se relançant au sortir des virages, le claquement sec et mat des dérailleurs quand on laisse tomber une dent de mieux, un bruit reconnaissable entre tous pour mon oreille exercée, à jamais alertée, quelque chose comme le son d'un flipper quand il vous donne une partie gratuite. Mais ce soir-là je n'avais pas envie de jouer.

16 avril

Avant-hier, sur la place du château, à Compiègne, des supporters de l'Italien Franco Ballerini distribuaient un dépliant en couleurs retraçant la carrière du Transalpin, marquée par ses deux victoires dans Paris-Roubaix. Dans *L'Équipe* de ce matin, il raconte comment, en 1992, battu sur le stade vélodrome par Duclos-Lassalle, il s'était senti ressembler à l'*Incomputa*, la statue inachevée de Michel-Ange. Ballerini a traversé pour la dernière fois l'Enfer du Nord qui a encore bien mérité son nom. Sous les pavés boueux, la page sans cesse récrite de cette course de légende, injuste et trépidante, tressautante aussi dans les portions cabossées de la tranchée d'Arenberg. Ballerini a terminé trente-deuxième, mais peu lui importait, il avait choisi cette course pour faire ses adieux au cyclisme, avec une émotion poignante. Aujourd'hui, comme il l'avait annoncé, il n'est plus coureur. Mais ses victoires sur les pavés ont chassé de son esprit l'*Incomputa*. Je n'ai jamais vu cette statue. Je sais simplement que l'image m'a touché. Je pense que si je n'avais pas bénéficié de cet incroyable concours de circonstances qui va me propulser le mois prochain au cœur du peloton professionnel, je serais resté inachevé.

18 avril

Les dames de la crèche s'étonnent du comportement de Constance. Depuis plusieurs jours, en fin d'après-midi, elle se dit très fatiguée et demande à s'allonger. Elle répète qu'elle a très mal aux jambes car elle a fait beaucoup de vélo. Elle réclame des pansements et son grand-père pour un massage. J'ai dû m'expliquer sur mes activités pédalantes...

19 avril

Cent quarante kilomètres en vallée de Chevreuse. Comme je ne connais pas encore bien les circuits, je me fie aux panneaux indicateurs pour passer Gif-sur-Yvette, Saint-Rémy, Chevreuse, puis faire demi-tour à quelques kilomètres de Rambouillet. À Châteaufort, j'aperçois une côte très raide qui monte vers le vieux village. Je m'y engage avec cœur, bien décidé à retrouver les sensations du Saint-Clair ou de La Croix Neuve de Mende. La pente est abrupte mais l'effort est bref, pas plus de trois cents mètres. Qu'à cela ne tienne : je la remonte encore deux fois après une petite boucle autour de Châteaufort. L'endroit est propice : j'aperçois une stèle dédiée à Jacques Anquetil, sans doute familier de ces montagnes russes. À Compiègne, j'ai parlé avec Bernaudeau de l'arrivée à Mende. Sa recette, c'est de mettre le bon braquet en bas de la rampe et de ne plus en bouger jusqu'en haut. Mais un mécano de la Française m'a plutôt conseillé le contraire, c'est-à-dire de tirer un développement assez fort au début, puis de rétrograder au fil des difficultés. Je tente les deux méthodes dans la bosse de Châteaufort. Il me semble préférable de ne pas trop jouer du dérailleur en pleine ascension, même s'il est facile à actionner derrière les cocottes de frein. Le vent et les giboulées n'ont pas cessé, il fait froid, ma volonté de me lancer dans le Midi Libre aura été particulièrement éprouvée. Combien de fois l'idée m'a effleuré de renoncer, mais autant de fois je l'ai repoussée comme une tentation indigne. Pour rien au monde je ne renoncerai, surtout après tous ces efforts accumulés qui me laissent les muscles durs et le cœur parfois apeuré comme un vagabond. J'ai ressenti un léger malaise lors de la dernière montée de Château-fort. Pas d'anomalie cardiaque, évidemment, mais une sorte d'étouffement, d'impuissance à sortir de mon enveloppe charnelle qui m'oppressait jusqu'à m'étourdir. Sans doute ma peau ne res-pirait-elle pas assez, en raison des maillots à manches longues dont je m'étais recouvert pour me protéger de la pluie et des frimas. Je n'ai pas paniqué. J'ai déjà connu cette sensation, une fois, dans la sévère côte d'Herbeville. J'ai bu une gorgée en pédalant à ma main. Tout est rede-venu normal. On a parfois le sentiment d'être un rescapé, à vélo. On revient toujours de loin. Je pense à Museeuw qui a terminé deuxième du Paris-Roubaix, dimanche, lui qu'on donnait pour mort, en tout cas fini pour le cyclisme, il y a encore quelques mois. Après cinq heures de bécane seul sur les routes du plat pays, l'hiver dernier, il s'imposait encore une heure ou deux derrière un derny lancé à 50 kilomètres/heure, « en post-fatigue », comme disent les pros. Le vélo « à la dure ». Il faudrait que je puisse accomplir quelques séances derrière la moto pour acqué-rir ce qui me manque encore pour être fin prêt au Midi Libre : le rythme.

20 avril

Au journal, Thomas Ferenczi chantonne une bribe de « À la porte du garage », de Charles Trenet : « ... *en freinant bien, pour ne pas te dépasser...* »

22 avril

Près de soixante-dix kilomètres sur le circuit de Vincennes. J'ai décidé de rouler peu mais très vite. À chaque portion avec vent de face, je mets un gros braquet que je tire en force, sprintant si besoin pour relancer l'allure. Deux ou trois coureurs se sont calés dans ma roue, mais ça m'est bien égal, aujourd'hui, je veux me faire mal aux jambes pour commencer à prendre ce fameux rythme qui me sera précieux si je veux espérer m'accrocher aux concurrents du Midi Libre sans me faire exploser le cœur. Mon compteur descend rarement en dessous de 30 kilomètres/heure, je suis un petit soldat mécanique avec une clé dans le dos remontée à bloc, qui jette ses forces dans la bataille jusqu'à la dernière cartouche. Les cuisses finissent par brûler, le souffle devient peu à peu un râle, il faut continuer encore, cela fait seulement une heure que je « chauffe la chaudière ».

C'est la journée des mises au point. Je dresse l'inventaire des détails — détails capitaux — à régler avant la course qui se lancera dans tout juste un mois. Le compte à rebours est commencé. Guy Caput, dont le père fut un excellent coureur de l'après-guerre avant de devenir « p'tit Louis », le célèbre directeur sportif de l'équipe Gan-Mercier de Poulidor, va m'aider pour que je puisse effectuer des séances derrière derny. Rédacteur en chef du magazine *Vélo News*, il possède toutes sortes d'échantillons diététiques et de matériels très performants, en particulier des roues légères et rigides que je pourrai utiliser dans les cols les plus raides. Il m'a appris qu'il était aussi kiné, et que, au cas où les masseurs de la Française seraient surchargés, ses mains étaient prêtes à réparer mes muscles.

Je m'occupe également d'adapter sur mes lunettes de course des verres corrigés à ma vision. J'apprends que la teinte jaune est recommandée pour les jours de grisaille, la verte permet de mieux cerner les contrastes... Avec deux montures équipées de verres différents, tout ira bien.

26 avril

Chaque soir, après l'étape, après le massage, après le bain et le dîner, après les interviews à mes confrères du *Midi Libre*, de la presse écrite et des radios, dans le silence de ma chambre, je m'installerai devant un ordinateur portable afin de raconter ma journée. J'essaierai d'envoyer mon article pas trop tard pour ensuite récupérer, dormir, étendre mes jambes sur le lit dont j'aurai surélevé l'extrémité afin de faciliter le flux sanguin. Par moments, je me demande si je serai capable de restituer sur le papier les mille sensations éprouvées pendant ces longues heures de selle. Je pense bien sûr à l'épuisement ou simplement à la fatigue. Mais autre chose m'intrigue : lorsque je roule longtemps, je ne suis pas toujours « réveillé ». Un étrange phénomène se produit, que connaissent aussi les marathoniens et autres coureurs de fond. Il se passe de longues périodes où le corps pédale avec les gestes précis et réguliers d'un automate, sans ressentir de douleur particulière car l'esprit vagabonde ailleurs, dans une sorte d'évitement de la réalité. Tout à coup, après cent kilomètres, peut-être plus, on se réveille, on ne saurait dire exactement quelle route on a suivie, quels villages on a traversés, quels visages on a aperçus. Tout se fond et se confond, une bande-son a laissé au creux de nos oreilles des cris épars, des bruits incohérents, des mots hachés, les vrombissements d'une moto, des rires. L'écriture qui en découle est une invention ; plus elle trahit la réalité, mieux elle rend compte de cet état second qui enveloppe le coureur tout au long de son périple.

Cet impressionnisme revendiqué ne me fait pas oublier l'essentiel : l'ambition sportive se double d'une ambition narrative. Je l'ai dit : tenir la route ne vaudra que si je tiens la plume. J'ai assez parlé ici d'Antoine Blondin pour ne pas m'étendre sur le modèle qu'il représente. Les suiveurs du Tour parlent encore avec admiration et respect des pages manuscrites qu'il noircissait au stylo à encre, d'une écriture ronde et presque enfantine, sans ratures, sur des cahiers d'écolier à grands carreaux. Dans mon panthéon des écrivains initiés à la chose cycliste, Dino Buzzati occupe une place de choix, avec ces pages écrites sur le Giro 1949, l'année du duel Coppi-Bartali. J'en extrais ce passage qui constitue une merveille du genre :

De notre envoyé spécial

Pinerolo, le 10 juin. Dans la nuit.

Lorsque aujourd'hui, dans l'ascension des terribles pentes de l'Izoard, nous avons vu Bartali se lancer seul à la poursuite, à grands coups de pédale, souillé par la boue, les commissures des lèvres abaissées en un rictus exprimant toute la souffrance de son corps et de son âme — Coppi était déjà passé depuis un bon moment, et désormais il était en train de gravir les ultimes rampes du col —, a resurgi en nous, trente ans après, un sentiment que nous n'avons jamais oublié. Il y a trente ans, veux-je dire, nous avons appris qu'Hector avait été tué par Achille. Une telle comparaison est-elle trop solennelle, trop glorieuse ? Non. À quoi serviraient ce qu'il est convenu d'appeler les études classiques si les fragments qui nous

restent à l'esprit ne faisaient pas partie intégrante
de notre modeste existence ? Bien sûr, Fausto Coppi
n'a pas la cruauté glacée d'Achille. Mais Bartali vit
le même drame qu'Hector : le drame d'un homme
vaincu par les dieux.

Tout au long de ce récit délicat où affleure
pourtant une grande violence nourrie au brasier
du drame qui couve, Buzzati évoque sans cesse
« le moment précis », celui où les juges, c'est-à-
dire les montagnes, c'est-à-dire l'Izoard, feront
rendre gorge au « Vecchio », le vieux lion Bartali. Cela fait plus de quinze ans que j'ai déniché ce livre dans le bac d'un bouquiniste sur les
quais de Seine, un après-midi de printemps,
quand mes jambes n'étaient plus celles d'un
coureur. Je le relis souvent comme on tente de
comprendre un tour de magie. Heureusement,
je ne perce rien et l'envie de relire demeure
intacte. Dans mon sac pour le Midi Libre,
j'emporterai ce livre comme un porte-bonheur,
et aussi *Sur le Tour de France* de Blondin.

27 avril

Frédéric Grappe, l'entraîneur de la Française
des Jeux, m'a concocté un programme d'entraînement pour ces dernières semaines. Les séances
brèves et violentes, si possible derrière derny,
alterneront avec les entraînements en « endurance critique » de six ou sept heures. L'e-mail

détaillé qu'il m'a adressé souligne en gras les périodes de repos, suffisamment importantes pour me permettre de reprendre du « jus » avant l'épreuve. « Libre à toi d'aménager ce programme en fonction de tes sensations du moment », précise Frédéric, qui ne néglige pas le « Connais-toi toi-même » du vieux cheval de retour que je suis.

Si je m'en tire bien pendant la course, je le devrai autant « au métier » qu'au physique pur. Mais, à vrai dire, je piaffe comme un néophyte et, de la même manière qu'il faut savoir penser contre soi, je devrai lutter contre mes pulsions si d'aventure j'ai le coup de pédale facile. Ma stratégie est assez simple : passer les deux premières étapes de plat sans chercher à maintenir coûte que coûte le contact avec le peloton quand il me rejoindra. Disputer le contre-la-montre de Montpellier « en dedans » pour garder des forces vives dans les trois dernières étapes dédiées à la montagne. Là, je serai vite renseigné sur mes capacités. Buzzati l'a écrit et mes jambes le savent : les cols sont des juges de paix. Le peloton s'y brise comme un collier de perles. À moi de jouer pour rester sur le fil.

1er mai

À mesure que la course approche, j'essaie de répondre à cette question que l'on m'a posée cent fois ces quatre derniers mois, et à laquelle je n'ai jamais répondu que par bribes laconiques, avec des mots simples, toujours les mêmes : la passion, le défi, l'envie de réaliser un rêve de gosse. Bon, très bien, mais encore ? Pourquoi s'aligner dans une compétition si rude, parmi des coureurs professionnels le plus souvent très jeunes et en pleine possession de leurs moyens, ambitieux, avides de victoires, des gars qui font carrière, moi qui ne suis qu'un dilettante animé par des songes ? Je sais. Je sais pourquoi. Cela pourrait se résumer en trois ou quatre mots : retarder l'instant du crépuscule. Faut-il expliquer, justifier, se perdre en paroles là où seuls comptent les actes pour transformer son expérience en conscience, comme prêchait Malraux ? Retarder l'instant du crépuscule. Cela suffit. Les jambes qui tournent sur la terre qui tourne, c'est la vie qui repousse ses limites, qui agrandit ses frontières. Le temps perdu à rouler dans le vent, sous la pluie ou contre la montre, c'est du temps retrouvé pour affronter plus tard les jours gris qu'on tapisse avec ses souvenirs, tant mieux s'ils furent heureux, et s'ils ne le sont pas, au moins qu'ils soient riches en aventures. Jour après jour, sur mon vélo, j'ai joué les Schéhérazade qui repousse l'heure fatale en disant des histoires. Moi, je me suis raconté une histoire, je l'ai prise en cours de route, le début était déjà loin, il a fallu raccommoder le temps et, après le Midi Libre, il me faudra le secours de l'imagination pour me projeter dans ce qui était mon rêve originel, mon rêve au grand air, cette envie de Tour de France qui au fond ne m'a jamais quitté. Être écrivain, c'est sans doute combler les trous de sa propre vie avec l'étoffe rapiécée des destins qui nous dépassent. Je l'avoue : à chacun de mes anniversaires, depuis que j'ai trente ans, je me dis : une année de plus, les espoirs de courir un jour le Tour de France s'amenuisent. Jusqu'à trente ans, j'ai cru que le petit ange du vélo apparaîtrait dans mon bureau du *Monde* pour me dire : « Viens, on a besoin de toi sur les routes du Tourmalet ou d'Aspin, dans l'Izoard ou le Galibier. » Je me serais contenté d'être coureur greffier, lanterne rouge érudite. Bien des observateurs ont suivi le peloton, l'ont précédé, l'ont côtoyé de près. Pas un ne s'est glissé à l'intérieur pour butiner avec lui les fleurs de pavé ou de bitume au parfum de légende et de gloire, de drame et d'héroïsme. J'étais prêt pour cette folie. Rouler ma bosse et rouler ma bille, ma devise était toute trouvée. J'aurais été coureur — voyez mes jambes sans poils —, j'aurais été chroniqueur — voyez ma plume, légère dans les montées, au plomb pour les descentes... J'ai parlé plus haut du vicomte Jean de Gribaldy que j'avais projeté d'approcher pour qu'il m'engage dans son équipe le temps d'une folle équipée sur les routes de juillet. Quand il s'est tué en auto, j'ai su qu'aucun ange ne viendrait plus s'asseoir à ma table pour m'offrir la traversée du miroir.

Voilà pourquoi ce matin-là, quand Gérard Morax a agité sous mes yeux comme un hochet le Grand Prix du Midi Libre, je n'ai pu résister à l'appel venu de mes jeunes années. J'ai parlé de fidélité, c'était aussi une dette envers moi-même, c'est le mot, je me devais bien ça puisque je me l'étais promis, quand j'avais quinze ans, dans les lignes droites interminables du bord de mer où déjà le vent s'en donnait à cœur joie pour me couper le souffle et la route. Je me voyais en jaune, en champion du monde, en coureur radieux, en presque dieu. L'année où Fignon remporta son premier Tour de France, je venais d'obtenir mon diplôme de Sciences-Po. Fignon et moi avons exactement le même âge. J'aurais donné cher pour échanger mon parchemin contre sa tunique, mais je n'étais pas envieux, nos chemins étaient différents, même si les commentateurs l'appelaient « le professeur » à cause de ses lunettes cerclées et de sa réussite au bac...

Longtemps j'ai suivi les crises africaines, de l'Éthiopie à l'Afrique du Sud. J'ai enquêté sur le général Noriega au Panamá, vu la misère des favelas du Brésil, des bidonvilles de Mexico. J'ai connu l'Union soviétique de la perestroïka, les paysans de Pologne, les femmes en gants blancs et voilette juchées sur leurs vélos dans les rues de Saigon. J'ai aperçu à Hanoi des paysans pédalant à toute allure avec, ficelés sur leur porte-bagages, des porcelets tout ronds, quand ce n'étaient pas d'incroyables échafaudages de tuiles empilées qui, par miracle, ne tombaient pas. J'ai arpenté Madagascar et Carthagène de India en Colombie, j'ai remonté le fleuve Niger jusqu'à

Tombouctou, admiré les sources du Nil blanc
où nageaient des hippopotames, j'ai cherché
les liens de Charles Pasqua avec les machines à
sous de Libreville et le pétrole de l'enclave de
Cabinda, en Angola, j'ai vécu les mille vies des
reporters quand on les laisse libres de tremper
leur plume dans l'air du temps, l'air fût-il vicié
et le temps compté. Pendant toutes ces années,
à l'instant où ces impressions vivaces s'entrecho-
quaient dans mon esprit, quand de cette réalité
noire ou bigarrée il fallait, par la magie des mots,
écrire un article, je songeais : ce sera moins dur
que de monter le Tourmalet. Combien de reportages rédigés dans les avions de nuit me rame-
nant vers la France, griffonnés au dos des menus,
sur les pages blêmes des carnets à spirale, sous
l'éclairage vacillant des plafonniers. Le dos courbé
au-dessus de la tablette, j'écrivais comme on
pédale, cherchant la meilleure trajectoire pour
les verbes et les adjectifs, allant au plus court
comme on coupe un virage, allant au plus pressé,
au mieux pesé, n'oubliant jamais la règle première du coureur : se faire léger, souple et délié.
Se faire oublier, aussi, pour mieux surgir là où
personne ne vous attend, au détour d'une phrase,
au sortir d'un tournant. Aujourd'hui encore,
quand me guettent des pages d'écriture, mes
ordres de grandeur sont convertis en intensité
physique. Cela peut sembler incongru ou trivial
de comparer le noble effort des lettres et celui du
rémouleur de bitume. Pour moi ils sont égaux
et, pour tout dire, la fibre cycliste, parce qu'elle

m'a souvent remué la chair, m'est apparue comme une préparation sans pareille pour affronter le vertige des mots, l'épaisseur du langage au milieu duquel le chemin est étroit pour trouver le ton juste, le bon rythme, l'image, la couleur, la musique, l'émotion, la grâce. « On pense à vélo », prétendait Cioran. Je crois aussi qu'on écrit beaucoup quand on n'écrit pas. De ces longues virées à bicyclette me sont restées des phrases, et pas n'importe lesquelles : des débuts, des commencements, tous ces « il était une fois » qui rendent les histoires possibles, et belles.

Ces pages que j'achève comme on sort d'un rêve, je les dois à cette mécanique roulante qui m'a fait parcourir quelque cinq mille kilomètres à la force des muscles et de la volonté. Quand il pédale sur la route sous les yeux du public, le coureur est roi. Tous les regards, tous les égards sont pour lui. Puis la roue tourne, c'est une image pour dire que le temps passe. Le coureur devient une ancienne gloire, il est rentré dans le rang. Quand il a brillé, on se souvient de lui, Bobet, Poulidor, Anquetil, Merckx, Thévenet. Même les queues de peloton sont des queues de comète pour ceux qui ont la passion intacte du vélo. Je les ai vus à Compiègne, s'approchant des anciens pros avec des photos remontant à vingt ou trente ans en arrière, quémandant un autographe, un souvenir — « Vous avez bien gagné à Superbagnères, en 72 ? » —, le signe qu'eux aussi ont bien vécu ces moments de légende, les étapes du Tour dans le brouillard, les voitures suiveuses, tous phares allumés, avec klaxon à l'italienne comme dans une scène du *Fanfaron*, la pluie ricochant sur le haut des pavés, les arrivées dantesques au sommet du Télégraphe, de la Croix-de-Fer, de l'Alpe d'Huez, du puy de Dôme, quand l'effort et le dépassement de soi laissent aux témoins de ces faits d'armes le sentiment contradictoire de la grandeur et des fragilités humaines.

Retarder l'instant du crépuscule. Ce soir, j'ai gagné du temps.

2 mai

Cette nuit j'ai rêvé que je grimpais à la suite La Croix Neuve de Mende et le mont Saint-Clair. Ça ne finissait jamais. Ce rêve risque de revenir souvent d'ici au 22 mai. Je pédale d'arrache-pied la journée, et mes nuits sont encore plus pentues que mes jours. Si je tiens compte de ces efforts rêvés, je peux encore ajouter quelques centaines de kilomètres à mon compteur. Je suis prêt. Dans mon esprit, je pars demain.

DU MÊME AUTEUR

Aux Éditions Gallimard

CARESSE DE ROUGE, 2004, prix François-Mauriac 2004 (Folio n° 4249)

KORSAKOV, 2004, prix Roman France Télévisions 2004, prix des Libraires 2005 (Folio n° 4333)

PETIT ÉLOGE DE LA BICYCLETTE, 2007 (Folio 2 € n° 4619)

BAISERS DE CINÉMA, 2007, prix Femina 2007 (Folio n° 4796)

L'HOMME QUI M'AIMAIT TOUT BAS, 2009, Grand Prix des Lectrices de *Elle* 2010 (Folio n° 5133)

QUESTIONS À MON PÈRE, 2010

Chez Gallimard Loisirs

LE TIERS SAUVAGE. Un Littoral pour demain, *préface d'Erik Orsenna, photographies par Aldo Soares,* ouvrage publié avec le concours du Conservatoire du littoral-Fondation Électricité de France, 2005

MARÉE BASSE, avec Éric Guillemot, 2006

Aux Éditions Stock

LES ÉPHÉMÈRES, 1994

AVENTURES INDUSTRIELLES, 1996

CŒUR D'AFRIQUE, 1997

VOYAGE AU CENTRE DU CERVEAU, 1998

NORDESTE, 1999 (Folio n° 4717)

UN TERRITOIRE FRAGILE, 2000 (Folio n° 4856)

JE PARS DEMAIN, 2001 (Folio n° 5258)

Chez d'autres éditeurs

LE FESTIN DE LA TERRE, *Lieu Commun,* 1988

LES ANNÉES FOLLES DES MATIÈRES PREMIÈRES, *Hatier,* 1988

LA FRANCE EN FRICHES, *Lieu Commun*, 1989

LA PISTE BLANCHE, *Balland*, 1991

ROCHELLE, *Fayard*, 1991 (Folio n° 4179)

MOI AUSSI JE ME SOUVIENS, *Balland*, 1992

BESOIN D'AFRIQUE, avec Christophe Guillemin et Erik Orsenna, *Fayard*, 1992.

L'HOMME DE TERRE, *Fayard*, 1993

C'ÉTAIT AILLEURS, avec Hans Silvester, *La Martinière*, 2006

LA FRANCE VUE DU TOUR, avec Jacques Augendre, *Solar*, 2007

PARIS PLAGES : DE 1910 À AUJOURD'HUI, *Hoëbeke*, 2010

FEMMES ÉTERNELLES, avec Olivier Martel, *Philippe Rey*, 2011

COLLECTION FOLIO

Composition Nord Compo
Impression Novoprint
à Barcelone, le 26 mai 2011
Dépôt légal : mai 2011
1ᵉʳ dépôt légal dans la collection : mai 2011

ISBN 978-2-07-043898-8./Imprimé en Espagne.